Patrick Chamoiseau

Écrire
en pays dominé

Gallimard

Patrick Chamoiseau, né le 3 décembre 1953 à Fort-de-France, en Martinique, a publié du théâtre, des romans (*Chronique des sept misères, Solibo Magnifique*), des récits (*Antan d'enfance, Chemin-d'école*) et des essais littéraires (*Éloge de la créolité, Lettres créoles*). En 1992, le prix Goncourt lui a été attribué pour son roman *Texaco*.

Pour Pierre Cohen-Tanugi
Vrai compagnon en ce vertige
et cette mise en abyme.

P. C.

Jojo, ce vieux guerrier,
me laisse entendre comme seule question qui vaille :
Le monde a-t-il une intention ?

Les jours se sont parés des fers du soleil et le vent même qui nous avait domestiqués aux oxygènes de ses passages s'est retrouvé gazé par l'haleine des tôles. Ô driveuse, rien n'est à faire ou à penser, seule l'immobile survie peut se jouer des tranchants et espérer parfois, quand l'ombre première bourgeonne en l'armistice d'une lune. Le royaume lui-même se retrouve aplati malgré ses fastes et ses espaces ; il lui manque les ourlets de nuages, la brume, les vents fermentés, le sucre qui anmiganne, la muraille des cannes émotionnée d'ombres vertes, et l'épaisseur que donne au monde l'eau vivante dispersée. Accabler. Charrier des silences. Éteindre des sourires sur le blanc des dentelles. Les jours, parés des fers solaires, s'exercent à dépasser la saison en montant jusqu'aux fatalités. Mais : demeure le don.

CADENCES

I

ANAGOGIE
PAR LES LIVRES ENDORMIS
Où l'enfant qui lisait va devoir tout relire...

II

ANABASE
EN DIGENÈSES SELON GLISSANT
Où l'ethnographe va devenir un Marqueur de paroles...

III

ANABIOSE
SUR LA PIERRE-MONDE
Où le Marqueur de paroles va balbutier
une étrange poétique...

ANAGOGIE
PAR LES LIVRES ENDORMIS

Où l'enfant qui lisait va devoir tout relire...

Comment écrire alors que ton imaginaire s'abreuve, du matin jusqu'aux rêves, à des images, des pensées, des valeurs qui ne sont pas les tiennes ? Comment écrire quand ce que tu es végète en dehors des élans qui déterminent ta vie ?
Comment écrire, dominé ?

Qu'ont, littératures, prévu pour toi ? Qu'ont-elles sédimenté au fil du temps pour toi qui suffoques sous cette modernité coloniale ? Ho, tu n'affrontes pas d'ethnies élues, pas de murs, pas d'armée qui damne tes trottoirs, pas de haine purificatrice... Tu n'es pas de ceux qui peuvent dresser des cartes de goulags, ou mener discours sur les génocides, les massacres, les dictateurs féroces. Tu ne peux pas décrire des errances de pouvoir dans des palais stupéfiés, ni tenir mémoire des horreurs d'une solution finale. Autour de ta plume, aucun spectre de censure ni de fil barbelé. Tout cela — domination brutale — est déjà d'un autre âge, même si de par le monde tu en perçois les soubresauts épouvantables,

17

les futurs anachroniques, qu'affrontent encore, ô frères, des milliers d'écrivains.

Au fond de cette angoisse, il t'arrive de murmurer, amer : *Heureux ceux qui écrivent sous la domination de l'âge dernier : leurs poèmes peuvent faire balles, et conforter l'espoir du nombre de leurs impacts.* Car l'âge d'à-présent — le tien où nulle balle n'est utile — est à venir pour tous : il est celui du chant dominateur qui te déforme l'esprit jusqu'à faire de toi-même ton geôlier attitré, de ton imagination ta propre marâtre, de ton mental ton propre dealer, de ton imaginaire la source même d'un mimétisme stérile : ton âge est celui d'une domination devenue silencieuse.

Ainsi, pauvre scribe, Marqueur de paroles en ce pays brisé, tu n'affrontes qu'une mise sous assistances et subventions. Tu croules sous le déversement massif, quotidien, d'une manière d'être idéalisée qui démantèle la tienne. Tes martyrs sont indiscernables, les attentats que tu subis n'émeuvent même pas les merles endémiques, tes héros n'atteignent pas le socle des statues et leur résistance bien peu spectaculaire t'est quasiment opaque. Ton pays, ce peuple, toi-même, ses écrivains et ses poètes, dans les opulences célébrées, sans une larme ou un grincement de dents, allez en usure fine, en usure fine.

L'unique hurlement est en toi.

Un cri fixe qui te pourfend chaque jour : il s'oppose
à ces radios, à ces télévisions, à ces emprises publicitaires, à ces prétendues informations, à ce monologue d'images occidentales fascinantes ; il refuse cette
aliénation active au *Développement* dans laquelle les
tiens ne sentent même plus que leur génie intime
est congédié. Un cri roide de chaque jour.
Un silencieux tocsin.

Devant toi, résistant à l'affût en pays-Martinique,
ne s'offrent que les immeubles qui reflètent le ciel,
les hautes vitres sombres des opulences, la cathédrale
aéroportuaire, les hangars où se déversent les contai-
ners, le rutilement des grands centres, les transhumances automobiles, les fièvres de l'acheter et du
vendre, les parkings et chariots où se nouent des fer-
veurs, la verticalité seule des hautes antennes balisant
le cimetière déserté de nos esprits.

Devant toi, pauvre scribe combattant, le sérieux-
bouffi des petites politiques et les longues tubulures
qui perfusionnent les champs — qui nous perfusionnent tous. Devant toi, les dos courbés face aux
paquebots de croisières, aux tour-opérateurs et aux
bottes d'hôtels qui civilisent les plages et au tourisme-
roi qui sanctifie les sites.

Et en toi — je veux dire tout-partout, toi qui n'assumes rien tant que la commune taiseuse douleur — dans chaque coin de villa, sur chaque banc d'assemblée, l'inertie en moisissure, la purulence des sectes, le cortège des misères inconnues, l'épaisse mangrove des drogues, le mensonge à soi-même sous les guichets d'allocations et les pouvoirs de poulaillers, la médiocrité érigée en noblesse pour média, le béni-commerce avec l'absence et l'hystérie muette des emmurés vivants. Le mal-être dont nul texte ne témoigne. Ce cri qu'aucun poème n'explore. Cette littérature évacuée en elle-même.

Mais, au cœur de cette frappe indolore, les lancinements de la domination brutale sont là ; c'est pourquoi l'écriture des écrivains qui l'affrontent (ou qui l'ont affrontée) en d'autres lieux, en d'autres temps, est si précieuse pour toi. Tu peux y repérer le Dominateur sous sa forme violente, mais aussi deviner, dans la description de ses outrages, le feulement du vainqueur furtif qu'il va devenir et qu'aucun radar ne verra plus. Il est déjà là, bien en place à tout âge, comme dans l'évolution ces espèces-mutantes qui côtoyaient leur source originelle en progressive extinction. Dans la domination, les âges s'emmêlent, archaïques subtils, primaires furtifs, sanglants usants, avec des avancées, avec des reculs, et avec, à chaque stade, la mobilisation virtuelle des autres. Sois attentif, ô Marqueur — me disais-je — à l'emmêlée des âges mais conserve ceci à l'esprit : le champ de bataille n'est vraiment ouvert que sous l'âge d'à-présent. Malheur à ceux qui écrivent contre la domination de l'âge dernier : ces balles ont un passé grandiose mais peu de lendemain.

Depuis ma terre et mes douleurs, je voyais ces peuples qui s'opposent à la force silencieuse avec des gestes obscurs. Ces fanatismes, ces intégrismes, ces délires religieux, ces frénésies ethniques semblaient des réponses ancestrales à un Dominateur que l'on ne discerne plus. Des réflexes retournés contre soi-même, des recours rassurants au moule traditionnel qui embrigadent toute littérature et confèrent l'illusion de résister. Or, là on ne résiste pas : on s'arc-boute dans une ornière de soi tandis que la domination silencieuse se pare de modernité progressiste, d'ouverture démocratique et de vertus économiques imparables. Devant ce phénomène, je me trouvais désemparé.

Je soupçonnais que toute domination (la silencieuse plus encore) germe et se développe à l'intérieur même de ce que l'on est. Qu'insidieuse, elle neutralise les expressions les plus intimes des peuples dominés. Que toute résistance devait se situer résolument là, en face d'elle, et déserter les illusions des vieux modes de bataille. Il me fallait alors interroger mon écriture, longer ses dynamiques, suspecter les conditions de son jaillissement et déceler l'influence qu'exerce

21

sur elle la domination-qui-ne-se-voit-plus. Mais comment ?

> Le vieux guerrier me laisse entendre : ... *(sa voix tressaille, et s'impose comme un vent de pommes-roses)*... je suis né dans l'archipel des Antilles, sur une île raflée par les colons français en 1642 ; ils en ont éliminé les Caraïbes puis amené des milliers d'Africains comme esclaves de plantations, et transbordé mille autres peuples au gré de leurs besoins. Cette colonie a été déclarée en 1946 département français. Elle n'a pas suivi le mouvement de décolonisation des années 60, mais des mutations subtiles de son rapport à cette métropole.. *(il rit)*... Tu m'entends, toi qui rêves les questions ?... *(il rit encore)*... Inutile de me chercher des yeux, écoute-moi simplement... — *Inventaire d'une mélancolie.*

Ces questions harcelaient mon écriture. Elles troublaient le roman en cours, tracassaient mes projets, paralysaient mes rêves. Elles suscitèrent un étrange personnage, une sorte de vieux guerrier, venu de tous les âges, de toutes les guerres, de toutes les résistances, de tous les rêves aussi qu'ont pu nourrir les peuples dominés. Il semblait porter les plaies de ce monde et mes blessures les plus intimes. Cicatrices et œil trouble. Le vouloir ferme, l'envie intacte. Vivant extrême que je ne parvins jamais à décrire sur une page. Je l'entendais, riche d'une vaste expérience, me raconter ses guerres passées et les lignes de forces des batailles qui s'annoncent. Sa voix, murmure cassé à mon oreille, se nourrissait du bourdonnement des colibris qui traversent la terrasse où j'écris quelquefois. Jamais clair, hostile aux certitudes mais vivace en croyances avec lesquelles il joue. Je pris l'habitude de noter ses propos avec l'idée d'en faire un jour un ouvrage impossible que j'appellerais *Inventaire d'une mélancolie*... Ce vieux guerrier n'aurait aucune tristesse, pas le moindre regret, juste la couleur d'un manque : de ne pas disposer d'un assez de vie, d'un assez de temps, pour comprendre ce monde et se comprendre lui-même. Mélancolique, mon vieux guerrier, de ne devoir chercher qu'une bonne question pour habiller le chemin de sa vie. *Ta liberté n'est qu'apparente*, me disait-il souvent. *Tente, au plus loin de toi-même, de déceler ce qui agite ta voix. Tu ne sauras rien du mystère de l'Écrire mais tu auras pensé ce qui chez toi le mobilise. Et ton art, qui doit résister à toute domination, trouvera une liberté réelle dans cette pensée marronne.*

Tu l'as dit ?

> Le vieux guerrier me laisse entendre : ... je m'en souviens, je te l'ai dit. Mais puisque te voilà prêt à cette pensée marronne, je te parlerai des trois dominations : la Brutale, la Silencieuse, la Furtive... *(il rit)*... Sacré rêveur, je te les rabâcherai sans fin, comme le plus assommant des répétiteurs !... — *Inventaire d'une mélancolie.*

Accompagne-moi, là-même, en écriture sur la terrasse de ma maison, avec ces pages qui se chargent lentement. Le jour se nomme à peine. Une pluie me salue. Le monde est immobile car les alizés se sont perdus. De temps en temps, ils surgissent et m'animent d'un frissonnement de feuilles car il leur arrive de me prendre pour un arbre.

Par où commencer ce voyage en moi-même ?

Où suis-je vraiment ? En quel côté de moi ?

Remonte — me dit la pluie, ou sans doute toi, mon vieux guerrier — au miquelon de toi-même, puis commence à errer en toi-même, ameute les phrases, laisse faire leur arroi d'émotions, et, comme l'a murmuré M. Savitzkaya : pour être sûr de tout dire, commence par ne parler de rien.

> De Ogotemmêli : Rêveur, rêveur, rêveur encore, toujours rêveur, rêveur terrible. — *Sentimenthèque.*

Frisson. Sentiment. Ogotemmêli, ce vieux sage dogon, terrible chasseur aveugle, traverse mon esprit. Comme toujours, quand je me lance à l'abordage de moi-même, les livres-aimés, les auteurs-aimés, me font des signes. Ils sont là. Ils m'habitent en désordre. Ils me comblent d'un fouillis. Tant de lectures depuis l'enfance m'ont laissé mieux que des souvenirs : des sentiments. Mieux qu'une bibliothèque : *une sentimenthèque.* Frisson. Sentiment...

> De Breytenbach : L'Écrire-acte, l'acte-mot, acclamation d'énergie offerte au combattant solitaire toujours. — *Sentimenthèque.*

24

Des Amérindiens : Le chant perdu des pierres
perdues... — *Sentimenthèque.*

C'est toi, Breyten ?... Ho Amérindiens, pourtant sans
écriture, c'est vous ?... Je vous ressens, amis, chaque
fois que je me penche au-dessus de ces feuilles. Vous
êtes là, présences sensibles en moi. Auteurs-aimés,
nimbés de signes et de rumeurs, soulevés par mes
célébrations. Rien de savant, nulles citations : juste
des couleurs accolées à mon âme. Des limons-mots.
Des paillettes-verbes étincelantes. Des traces-fluides
rémanentes. Quelque chose d'arbitraire, d'un injuste
délicieux. Lectures terribles. Rencontres imaginées.
Plaisirs ramenés de leurs propres mots et de mes
notes somnambules. Ces auteurs deviennent les paysages de cette route que j'emprunte à présent. Ils en
sont les odeurs. Ils en sont les parfums. Ô dominés-
frères et tellement libres aussi, je vous appelle, dans
l'éclat de vos réussites et dans l'exemple de vos échecs.
Venez, venez autour de moi, la traversée est difficile,
qui s'amorce dans le sommeil des livres...

Du Nègre marron : Le bruit de l'eau dans les
arrière-ravines, et le vent qui se tait dans les
hauts. — *Sentimenthèque.*

De Guillevic : Étranger en toute langue, dans les
clartés de l'incommunicable... — *Sentimenthèque.*

25

De la cale négrière : Ce cri, ho !... Visiteur familier. — *Sentimenthèque.*

De Hermann Broch : L'hymne romanesque livré aux troubles des mondes qui s'effondrent, l'autre connaissance. — *Sentimenthèque.*

LES LIVRES ENDORMIS — Quand j'essaie de me souvenir de mon premier geste d'écriture, je ne me souviens de rien. Ou plutôt : je me souviens de mon premier toucher de livres. Les deux actions se sont mêlées avec le temps. Je suis au bord d'une vénérable boîte de pommes de terre que Man Ninotte, ma manman, avait destinée à la conservation des livres. Elle se fermait par un système de fil de fer. Et, en ce temps-là, une fermeture conférait de l'importance à n'importe quel objet. La boîte était en bois blanc, très fin, souple, relié par des agrafes. Les livres s'y empilaient, poussiéreux, inexplicables. Ils provenaient (je le saurai plus tard) du périple scolaire de mes frères et sœurs qui m'avaient précédé sur ce terrible chemin : distributions de prix ou exigences d'achat décrétées par les Maîtres. Personne ne m'avait jamais incité à lire quoi que ce soit, mais la boîte ruminait dans la pénombre d'une penderie ; la boîte était close ; la boîte avait suscité une attention particulière de Man Ninotte : cela suffisait pour que je dénoue les fils de fer, que j'écarte son couvercle, et que je sorte un à un ces livres endormis.

Le vieux guerrier me laisse entendre : ... les États occidentaux avaient transformé leur *pays* en *Territoire*, c'est-à-dire qu'ils avaient déployé, sur la diversité originelle de leur espace, les centralisations de *l'Unicité*. Ils avaient écrasé des langues au profit d'une langue. Ils avaient étouffé des cultures au profit d'une culture. Ils avaient enterré des histoires sous la fiction d'une Histoire, les dieux sous un Dieu, et cætera... *(un temps, puis sa voix se réinstalle, café grillé)*... Le Territoire devint la gueule armée de l'Unicité. Et cette gueule s'ouvrit sur le monde par le biais des Découvertes puis des expansions coloniales... *(il rit)*... Ceux-là, pitite, n'étaient pas endormis... — *Inventaire d'une mélancolie.*

Je sais ce qu'est un livre endormi. J'en connais l'odeur, la couleur éteinte, l'aspect compact de la tranche, la pellicule de poussière brouillée qui lui confère une manière d'âge sans âge. On le sent comptable d'une gloire lointaine. Retombé dans une sorte d'oubli, au mitan d'un orgueil minéral, il attend avec certitude le retour de son temps. Un livre : jamais-pas découragé, jamais-pas brisé, mais en surveillance comme un ressort, et libérant le piège de sa présence quand on en brise la coquille chagrine, que l'on surprend la pulpe vivante des pages, et que se dévoilent les titres, les marques de chapitres, les numéros de pages, l'alignement des lettres énigmatiques.

De García Márquez : Anime ton alphabet, des odeurs et des parfums... — *Sentimenthèque.*

De Lamartine : L'âme, comme richesse pleine, errante-majeure et belle-savante... Le monde saisi sur la trame d'une mesure mélancolique... solitude belle. — *Sentimenthèque.*

De V.S. Naipaul : Contre la Belle Cause, n'être au service de rien, mais veille aux silencieuses aliénations qu'une lucidité terrible ne parvient pas à déceler ; savoir regarder, écouter, faire parler ; et d'une détresse survenue en fin d'âge, faire écriture sincère. — *Sentimenthèque.*

Les livres endormis ont repris vie entre mes mains, non par le déchiffrement que j'aurais pu en faire — je ne savais pas lire — mais du fait de leur seule existence hélée par mon esprit. Je ne comprenais pas ce qu'ils étaient. Je les abordais en totalité : couverture, caractères typographiques, images, épaisseur, âge, fragilité, achèvement, taches... ils opposaient un défi à ma perplexité. Je me reliais à eux par un geste global de la main, des yeux, de la peau, de la tête, de l'imagination, de la peur, du questionnement. Le temps me renvoie à ce geste quand je sollicite le point de départ de mon écriture.
Il est là.
Dans ce rapport équivoque à des livres endormis manipulés longtemps. Je les empilais autrement dans l'espace de la boîte ; je les oubliais ; je revenais les voir après mes infantiles errances ; je les réabordais en familiarité de plus en plus étroite. À mesure de

28

la progression de mes connaissances (devenu écolier, j'avais sans doute diminué le mystère d'une-deux lettres), ils se sont élargis au monde, étalant leurs significations, diffusant leurs réponses silencieuses comme une humidité s'éprend d'une feuille sèche. Mes premières lettres, écrites sans projet, sinon celui d'imiter tel auteur ou de poursuivre telle histoire, entreraient dans un rapport identique au monde : toute première écriture est une écriture endormie.

> Le vieux guerrier me laisse entendre : ... les États-colonialistes se projetèrent à partir de leurs « Territoires », c'est-à-dire (au sens où l'entend M. Glissant) de cet espace géographique, possédé de manière quasi divine par mythes fondateurs et filiation biblique, et à partir duquel on est autorisé à étendre sa « Vérité » aux peuples barbares. Vérité de sa race. Vérité de sa langue. Vérité de sa culture. Vérité de sa religion. Vérité de son drapeau... Vérité-Une et Universelle qu'ils nous imposèrent avec génocides, violences et autosanctifications pour exploiter le monde... *(un temps, sa voix lève roche chaude)*... Ce fut la domination brutale. — *Inventaire d'une mélancolie.*

Quand le livre endormi est un grand livre, son sommeil a le charme d'une promesse. Le grand livre endormi attire, on le prend et le garde sans trop savoir pourquoi. C'est une présence au monde close sur une réponse. Cette réponse attend de s'ouvrir à la curiosité d'une lecture ou de ce qui précède toute lecture. Le livre endormi ne va pas modifier le monde, mais son lecteur ; son ouverture au monde, par l'entremise de son lecteur, fera l'alchimie toujours recommencée, protéiforme de sa réponse. Il aura autant de réponses que de lecteurs sans jamais faillir à lui-même. Ce qu'est un grand livre endormi, je le sais. Je connais le plaisir d'un grand livre qui s'éveille.

> Le vieux guerrier me laisse entendre : ... moi, dans les grands livres que je connais, on a tout effeuillé de la domination brutale. Albert Memmi. Frantz Fanon. Aimé Césaire. Octave Mannoni... *(il soupire, manioc amer)*... Mais, avant même de les avoir lus, je savais les génocides, les agenouillements, les aliénations, le racisme ontologique, les négations de l'humain qui infectent à la fois la victime et le vainqueur... *(un temps, sa voix s'encaille)*... J'ai éprouvé chacune de ces batailles, je conserve ces blessures dans ma chair, ce hoquet dans ma tête... — *Inventaire d'une mélancolie.*

Le grand livre peut s'endormir, et souvent il s'endort, car il échappe aux époques, aux urgences aliénantes d'une situation, aux aveuglements d'une douleur particulière. Il n'est d'aucun âge ou d'aucune histoire ; du temps de sa conception, du pays de son apparition, on ne trouve que quelques écailles qui enracinent la vigueur de son être. Mais, souple, ouvert, riche d'une ambiguïté transversale, il lui arrive de résonner dans les urgences, dans les blessures, les âges, les histoires. Mais, même s'il aide à survivre au cœur de ces tourmentes, c'est mal le lire que de confondre une résonance particulière avec la symphonie générale d'un vrai réveil. Ses couches d'ombres sont nombreuses, et chacune, dans ses ambiguïtés, porte germe de mille réveils possibles.

> De Kipling : Mille plaisirs autour d'un vieux chant colonial. — *Sentimenthèque.*

> D'Apollinaire : L'abandon à la sève des mots rares, aux sculptures de l'espace, aux ruptures fantaisistes, aux appositions raides qui oxygènent l'éclat, l'errance qui se devine et qui décroche toute ponctuation de la face immesurable du rythme... — *Sentimenthèque.*

(Les grands livres, exaucés par les temps qui viennent, ne seront d'aucune Nation. Ils entreront bientôt dans leur rayonnement majeur : leur réveil en amplitude ouverte. Ces anthologies littéraires basées sur la Patrie, le territoire, la race, la langue... seront alors impraticables : leur air confiné n'éclairera rien de l'emmêlement dynamique des simouns.)

> D'Octavio Paz : Changer l'espagnol — la langue qui regarde devient soudain (sous le regard autre) miroir d'un monde, des mondes... — *Sentimenthèque.*

> De Hugo : Tonnerre de rhétorique et de sonorités... Plaisirs de haute gueulée... Les risques les plus terribles pour une simple étoile, la

31

surprise d'une luciole dans le grondement de la falaise... joue ce danger. — *Sentimenthèque.*

Mon univers était un univers de livres endormis. Ninotte ma manman ne lisait presque pas ; et le Papa, bien que récitant de mémoire Jean de La Fontaine, ne s'intéressait qu'à l'almanach Vermot. Mes frères et sœurs n'accostaient aux livres qu'en fonction de leurs travaux scolaires, et ces livres-là étaient plus des outils de torture que des cornes de plaisir. Changer de classe c'était remiser quelques ouvrages dans l'oubliette de la boîte de pommes de terre ; les livres proprement scolaires se vendaient ou s'échangeaient avec ceux du programme de la nouvelle année. Man Ninotte respectait les livres rescapés, elle ne les jetait jamais, et les empilait dans cette fameuse boîte. Quand celle-ci se verra surchargée, les livres apparaîtront sur des étagères, se mettant ainsi à faire partie de notre vie mais de manière insolite, même pas décorative, et poussiéreuse toujours.

De Soljénitsyne : Contre l'Immense Vérité, conserve mémoire du crime. Dans le gouffre, nomme le sursaut intérieur, l'homme inespéré — fragile lumière à l'arrière de tant d'ombres. Mais méfie-toi de l'illusion d'une Histoire majuscule, et de ses ivresses enlisantes. — *Sentimenthèque.*

Mon approche des livres a été solitaire, on ne m'a rien lu, on ne m'a pas initié. On m'avait effrayé avec des contes, bercé avec des comptines, consolé avec des chants secrets mais, en ce temps-là, les livres ne concernaient pas les enfants. Donc, je fus seul avec ces livres endormis, inutiles mais faisant l'objet des attentions de Man Ninotte. C'est ce qui m'avait alerté : Man Ninotte leur accordait de l'intérêt alors qu'ils n'avaient aucune utilité. Je voyais son usage des fils de fer, des clous, des boîtes, des bouteilles ou des bombes conservés, pourtant je ne la vis jamais utiliser ces livres qu'elle mignonnait. C'est ce que j'essayais de comprendre en les maniant sans fin. Je m'émerveillais de leur complexité achevée dont les raisons profondes m'échappaient. Je les chargeais de vertus latentes. Je les soupçonnais de puissance. Seul dans le silence de la maison, aux pieds de Man Ninotte qui cousait, je m'accordais aux livres dans un univers où régnait la parole finissante.

> De Breton : L'extrême vigilance contre les forces obscures — soldat là où elles oppriment, poète somptueux là où elles changent la vie... et chante Liberté, ultime exaltation, vaste alphabet de la ferveur. Cultive le flamboiement, mais fuis tous les systèmes. — *Sentimenthèque.*

> De Pavese : La chair, en impossible de violences et solitudes, toute vie reniée. — *Sentimenthèque.*

> De Pagnol : Les voltes de la parole, force du rire dans l'entrechoc des amitiés... ô frère. — *Sentimenthèque.*

J'aime retrouver des livres d'adolescence, engoués par la poussière. Les desceller d'un geste coupable mêlé à du plaisir, et les relire tandis qu'ils agrippent à mes narines des effluves d'écorce maussade. Ils ne se réveillent pas vraiment, car leur lecture n'est plus une déflagration : c'est équipage de souvenirs troublés, qui me traverse l'esprit avec force et lentement, et qui se réinstalle, en immortel, sur d'anciennes marques.

Le vieux guerrier me laisse entendre : ... mes souvenirs à moi ne sont pas troubles... *(il rit, eau trouble)*... En ce temps-là, je m'en souviens, ce qu'ils infligeaient aux peuples dominés s'appelait « le Progrès ». J'ai souvenir des Agni de Côte-d'Ivoire, versant de l'eau chaude sur les plants de cacao imposés. J'ai souvenir de ces peuples du Pérou déterrant leurs morts des cimetières obligatoires pour les brûler selon leurs rites... *(il rit)*... J'ai souvenir de tous ceux qui opposèrent à leur « Progrès » de saines inaptitudes... *(un temps, sa voix s'éteint, rôde en mots inaudibles, et surgit, dense comme du miel d'abeilles)*... attends, écoute-moi encore. Les grands accomplissements du « Progrès » faisaient d'abord progresser l'exploitation coloniale et l'enrichissement des colons. Les routes et les ports servaient à l'évacuation des richesses. L'école fournissait juste des bras spécialisés. Les hôpitaux, des exploités en meilleure santé... Une bonne part de la résistance des colonisés consistera à réclamer pour eux les *pleins effets* de ce « Progrès ». Ainsi, sous la domination brutale, on se battit pour s'occidentaliser : ce fut comme « s'humaniser »... *(il rit, acide d'absinthe)*... Ce que refusait le colon s'installa dans les esprits brisés (et même dans les esprits rebelles) comme de petits soleils... *(il ricane)...* As-tu vu cela dans un de tes beaux livres ?... — *Inventaire d'une mélancolie.*

DOUDOUS — Ces livres allaient résonner un à un. De manière accordée à mes faciles émerveillements. C'est l'amorce d'une longue avalasse. Lire et relire, lire encore. Lire-triste. Lire-joie. Lire-sommeil. Lire-gober-mouches. Lire-sans-lire. Lire-réflexe. Lire-obligé. Lire-sauter-pages. Lire-relire-encore. Man Ninotte se réveillait la nuit pour me surprendre au fond d'un livre. Elle me prédisait cette fatigue irrémédiable d'où germe l'échec scolaire ; elle me promettait une usure de mes yeux qui allaient devenir ciel-pâle comme du vomi de chat ; elle m'alarmait à propos du coût de l'électricité ; elle éteignait d'un geste menaçant. S'enfouir sous le drap censé protéger des moustiques, entrer en pétrification stratégique, puis réenclencher sa lecture à la lueur sépulcrale d'une bougie ou d'une lampe de poche.

De Stevenson : Le réalisme extrême (point l'absolue vérité) dans l'extrême romanesque. L'enchantement, en fulgurance durable dans l'aventure qui baille (sous de secrètes lanternes) le sens merveilleux du réel... — *Sentimenthèque.*

De Nabokov : Dans les troubles de l'interdit, tenter l'ampleur, l'audace, le brouillage seigneurial. — *Sentimenthèque.*

Cette la-guerre avec Man Ninotte dota les livres d'un surcroît d'intérêt. C'était lire encore plus fort que de lire en cachette. C'était lire-magique que de lire dans le noir juste poinçonné d'une bougie qui roussillait les pages. La nuit autour de moi vivait du craquement des planches en bois-du-Nord, de la rouille vivante des tôles, des dégonflements de sommeils boursouflés, des grands-messes de la rue conquise par les zombis. Je ne voyais plus les mots, je ne lisais plus, je ne tournais plus les pages, je n'avais plus de livre entre les mains : j'étais digéré par une histoire-baleine qui m'avait avalé.

> De Villon : La poésie ruée du tumulte inté-
> rieur et non de la mesure hypnotique du trou-
> badour — le paysage brusquement effacé... —
> *Sentimenthèque*.

> De Yambo Ouologuem : Contre le mirage de
> *l'Avant*, le grand rire païen, en rythmes, paroles
> et parodies. — *Sentimenthèque*.

Les livres exhaussent hors d'atteinte du sommeil. Ils secouent l'esprit. Chaque page revêt la suivante d'un charme-emmener-venir. Malgré la brûlure des yeux, l'agonie de la bougie, il fallait lire au moins cette dernière page, et puis au moins celle-là, juste celle-là pour finir... ô promesse des pages qui s'introduisent, aléliron des livres qui se relayent !... Cette soif de « savoir la suite », j'allais la rencontrer au fil de mes premières historiettes écrites ou dessinées. Un allant m'emportait non pas dans le plaisir d'écrire ou de dessiner, mais dans la soif de savoir comment mes créatures échapperaient à leurs passes difficiles. L'Écrire mobilise la raison sur la soif de connaître la suite, de savoir où ça va. Cela libère l'autre part de l'esprit qui devient maître alors des accidents créatifs, là où se mobilise ce que la sensibilité enfantine, les peurs, les émois, les imitations ont pu accumuler. Entre plaisir de lire et plaisir d'écrire, ne se décèle aucune rupture tangible.

> De Tocqueville : Comprendre à fond ce que tu crains... Et : Contre la tyrannie qui renaît de ses cendres, *l'esprit de liberté* comme désir amoureux au gré des accalmies et des foudres éternelles. — *Sentimenthèque*.

> Du *Mahabharata* : Mémoires de la parole, échos et sculptures de toutes complexités. — *Sentimenthèque*.

Les insatisfactions s'amplifient au fil des lectures. On en veut plus. On en veut mieux. On n'est pas d'accord avec tel dénouement. Telle sobriété laisse déshydraté. À la fin d'une lecture, le monde ramené du livre poursuit en soi une vie autonome. On se trouve forcé de créer de nouvelles histoires à

partir de ce monde. Seul exorcisme à cette possession : l'épuiser à force d'histoires. C'est pourquoi,
je l'avoue, on me vit l'œil confus, le geste absent,
immobile sur une marche d'escalier ou perché sur
le toit des cuisines à lire très sérieux les chargements
du ciel.

> Le vieux guerrier me laisse entendre : ... moi, je voyais
> notre ciel s'assombrir. Les Territoires colonialistes
> devinrent des Centres à partir desquels le monde relié
> se régenta en toutes violences. Nous, vaincus, vivotions
> en périphérie de ces métropoles, autour des pompes
> suceuses dressées par leurs colons... *(un temps, sa voix
> roule comme eau bouillante)...* Ils imposèrent alors la
> néantisation productive des colonisés ; l'activité agricole
> non vivrière, conforme à leurs seuls besoins, devint
> pour nous spécialité vitale. Ces monocultures d'expor-
> tation, soumises aux cotations occidentales, ont consti-
> tué (et constituent encore) la colonne vertébrale de la
> plupart des pays colonisés : cacao par-ci, coton, tabac
> par-là, café, arachide, canne à sucre... Plus tard, leurs
> besoins industriels transformèrent certains de ces pays
> en simples sols d'extraction de minerais... *(il rit, char-
> bon)...* En ce temps-là, sacré rêveur, je n'avais pas le
> temps de lire... *(il ricane encore)...* Oh, je ne te repro-
> che rien, poursuis ton historiette... — *Inventaire d'une
> mélancolie.*

L'insatisfaction suscitera ma première écriture. Imiter, continuer, compléter, transformer, apporter son
battre-gueule à la clameur des auteurs rencontrés.

En écrivant, on n'a ni l'idée ni la prétention d'être écrivain (je ne l'ai toujours pas), on veut juste, de manière égoïste, retrouver-reproduire ce réel plaisir de la lecture — un plaisir réel dont l'achèvement débonde cette mélancolie que laisse aux marmailles l'ultime lèche sur un sorbet-coco.

> De Camus : La bataille incessante contre la Bête tissée au cœur même des révoltes-qui-mènent-au-bonheur et des illusions parfois brisées du quotidien — la Bête toujours recommençante en une haute Vérité. — *Sentimenthèque.*

> De Frankétienne : Le langage en toutes langues, comme une matière inouïe, sculptée de signes et de loas. — *Sentimenthèque.*

> De La Fontaine : Cisèle et amplifie. — *Sentimenthèque.*

Quelle put être la première écriture : quelques lignes ? un bout de poème ? un titre ? Feuilles, cartons vierges, crayons noirs, crayons de couleur, bics, se mirent en connivence avec ma main. Si je n'écrivais pas, je griffonnais ; les mots se mêlaient aux dessins ; les phrases s'accrochaient à des traits ; les récits mouraient soudain au pied d'une figure grotesque qui avait raflé mon imagination. Dessiner ou écrire relevait d'une même mécanique. Le dessin me sert aujourd'hui à préciser un monde, à conforter une silhouette, à caresser une atmosphère. Mes gribouilles, en marge du manuscrit, traquent une sensation mentale, empreintes d'un rêve fugace impossible à marquer. Les personnages créés s'appuient sur des gravures ou des photos (rencontrées toujours au bon moment) qui m'accompagnent durant les plongées d'écriture romanesque. Une photo ancienne [1], une illustration sont des geysers d'histoires, d'émotions, de sensations inexprimables. En la matière, l'écriture s'organise alluviale.

1. Les photos anciennes m'émeuvent plus que les autres. Le vieilli du papier, les rides d'un autre temps, les vêtements oubliés, les endroits aujourd'hui transformés ou disparus projettent d'un coup l'éclaboussure des sensations. Les époques anciennes marquent le visage des hommes. Les regards sont autres, ils ont vu autre chose, ils espèrent autre chose, ils ne sont plus d'ici. La photo elle-même qui les a capturés n'intègre nullement leur existence. Ils regardent l'objectif comme quelque chose qui ne capture pas, ils ne s'envisagent pas dans la photo future. Ils n'ont pas encore ce regard qu'aujourd'hui nous avons et qui anime les choses. Sur les photos anciennes les gens surpris ont le regard inquiet qui ne s'adresse qu'aux êtres. L'Écrire se confronte à l'inexprimable de ces sensations pour tenter de les capturer comme banc de titiris quand la lune est propice. On n'y parvient pas, on n'y parvient jamais : on se construit une trajectoire de remplacement avec l'insatisfaction irrémédiable qui va avec, et qui incite un peu plus tard à renouveler l'aventure, et à la renouveler encore, avec, de tentative en tentative, l'illusion salutaire qu'on va y parvenir. — (Voir un banc de titiris au débouché d'une rivière, c'est basculer dans une féerie de lumières vivantes soumises à un ballet hagard. Ramenées par les sennes, coincées au fond d'un seau, les lumières s'affadissent en alevins d'un gris mouillé où s'anime à peine une esquille de reflet. Pauvre pêche, qui me rappelle les illusions impuissantes de l'Écrire.)

Le vieux guerrier me laisse entendre : ... écrire... écrire... *(il rit, sa voix s'éloigne comme une pluie, puis revient, cassave)*... Quand je regarde vers l'Occident, je distingue les « Pays » des « États ». L'État actionne les expansions dominatrices du Territoire. Mais dans le Pays (épaisseur culturelle et humaine dessous le Territoire), il existe toujours des *personnes* ou des *instances* qui condamnent ces agissements. C'est pourquoi dans mes luttes contre le colonialisme, j'eus à mes côtés des *Justes* de l'Occident. Des Français, des Italiens, des Anglais, des Allemands, des Espagnols, des Belges, des Portugais..., qui éprouvèrent le respect intuitif de la diversité du monde contre « leur » État et contre « leur » Territoire. Je me dérobe aux États, à leurs raisons et à leurs pompes, mais j'accueille les amitiés des peuples... *(il cite des noms, inaudibles)*... Ô frères d'Occident, je sais entendre vos chants-Pays dessous les Territoires.

— *Inventaire d'une mélancolie.*

Man Ninotte me charroyait tout ce qui lui paraissait être un livre. Elle les achetait des mains d'un djobeur du marché qui s'était fait spécialité des rebuts de librairie. On lui laissait les vendre à vil prix à condition d'en arracher les couvertures. Il en faisait de petits lots par genre et les vendait cinq ou dix centimes selon les lois de la pesée ou celles d'une couleur dans les pages. Ainsi, chaque jeudi, Man Ninotte me ramena des liasses hétéroclites ficelées par le djobeur. Je m'abîmais dans chaque liasse avec le même appétit agoulique. En ce temps-là, chaque lecture était bonne, toutes lectures s'équivalaient. Je les abordais sous l'angle du plaisir. Seule prière : m'emporter

dans l'épaillage du rêve. Et, mon esprit étant prompt
à l'essor, je m'essaimais facile.

> De Sonny Rupaire : Le chant-soldat qui cherche
> son rêve... — *Sentimenthèque*.

> De Monchoachi : Contre l'existence incertaine,
> la houle créole, qui nomme, épelle, invoque,
> ordonne, éveille, réveille... — *Sentimenthèque*.

(La phrase m'emportait au rêve quand elle obligeait
mon imagination à des bascules vertigineuses. Je
résistais aux auteurs qui tentaient de m'y forcer avec
l'histoire qu'ils racontaient ou avec les exotismes de
leurs décors ; c'était presque aussi artificiel (et fragile) que d'avoir recours aux chevauchements des
transes. Le rêve puissant claquait pour moi, sans que
j'y prenne garde, de ce verbe enchâssé-insolite dont
l'écho ne s'éteignait plus, et qui trouvait dans les syl-
labes proches des caisses tremblantes qui l'acclamaient
sans fin. Il y avait aussi ce mot qui faisait couleur.
Celui qui faisait odeur. Qui faisait frisson. Ce frot-
tement sobre qui suggérait sentiment... Écrire-lire
est devenu pour moi une transhumance de sensations totales qui soumet l'esprit solliciteur aux estimes chaotiques de la glace, du feu, de la terre, du
vent, de l'ombre, des lumières... Cette miette de glace
au cœur du feu. Cette terre saisie en plein vent...
féerie dont on ne conserve que de petites bombes
de rêve disséminées dans la lucide incertitude des
phrases. Les musiciens le savent déjà.)

42

Le vieux guerrier me laisse entendre : ... j'ai vu très vite que les Centres s'opposaient entre eux dans le pillage de la Terre, mais qu'ils se rejoignaient de manière invisible dans un projet commun. Cela relativisait tout emplacement géographique pour tendre à faire de l'Occident un vouloir. *Un dessein... (il soupire, camanioc acide)*... On pouvait donc s'y inscrire par la seule forme de sa projection vers le monde. Donc, quel que fût le Centre qui te neutralisait sous son emprise exclusive et brutale, tu te retrouvais d'emblée, sans le savoir, sous domination d'une entité majeure... *(il soupire encore)*... Qu'est-ce que tu dis de cela ?... — *Inventaire d'une mélancolie.*

Man Ninotte (comme le djobeur d'ailleurs) n'établissait aucune hiérarchie entre ce qui lui paraissait être des livres. Romans policiers ou recueils de poèmes, photos-romans italiens ou essais-sans-images, bandes dessinées ou classiques littéraires... tout cela lui était égal-même-prix-ici. Son principe était d'activer les centres d'intérêt : qui aimait lire recevait ce qui se lit, qui aimait la musique se voyait attribuer de quoi gratter du son, qui aimait jouer avait de quoi faire-zouelle. Elle éprouvait quand même l'inquiétude de voir que son petit dernier, effacé dans ses draps, inanimé dans ses lectures, ne profitait pas comme il faut du soleil. Parfois, de retour du marché, affairée au tri des bassines de poissons frais, elle s'écriait soudain à mon endroit : *Mé ay fe ti bren van pasé en lè'w !*... Va faire un peu de vent te caresser un peu !... mais sans plus insister elle passait à autre chose. Lire, pour cette guerrière de chaque instant, était confusément utile à la survie.

> De Clément Richer : Le beau rêve du requin et de l'enfant son maître... — *Sentimenthèque*.

> De Peter Handke : La solitude errante, affrontée au langage dans les déroutes fugaces du quotidien — comme un regard. — *Sentimenthèque*.

Quand les livres s'épuisaient je sombrais dans un manque. J'avais découvert une bouquiniste du côté de l'école Perrinon, une dame très noire, de noir vêtue, sans sourire, aux pommettes d'Amérindienne. Elle s'était spécialisée dans les romans policiers d'occasion, et dans quelques récits de guerre, d'espionnage, d'amour ou de science-fiction. On pouvait pour trois sous en acquérir une grappe puis l'échanger après lecture contre une nouvelle grappe. Je trouvais la bouquiniste lisant dans une demi-pénombre, les mains greffées à l'une des célèbres couvertures noires. Perdue dans un silence amer, elle n'était ni aimable, ni attentionnée. Elle ne me conseillait rien. Je devais me débrouiller avec les quatrièmes de couverture, le parfum des premières phrases. C'est sans doute ainsi qu'on apprend à sentir un ouvrage, à percevoir d'un coup l'immatérielle réussite de deux centaines de pages. Les cloisons étaient couvertes d'ouvrages prometteurs en constant renouvellement. Cette source inépuisable me jetait en allégresse. Je lisais vite pour y retourner vite, un peu comme un pillard de pyramide revient de plus en plus souvent au bord enrichissant des sarcophages. Je devins un expert en roman policier, un vaillant en affaires d'espionnage, un pilote de science-fiction. Mes lectures se déroulaient par modules denses. Un bon roman policier déclenchait une consommation-arrachée du même genre jusqu'à ce que la veine s'épuise sur une histoire qui dévie mon attente. Pareil pour le théâtre, la poésie, toutes les mises du roman. J'avais mes moments que je conserve encore. Mais, à mesure des troubles d'adolescence, la poésie allait prendre le dessus.

> De Edward Kamau Brathwaite : La douleur primordiale qui rassemble ; mais le lent épuisement de la racine dans le chaos du Lieu neuf...
> — *Sentimenthèque.*

> De René de Ceccatty : Les reflets d'âme, captés, perçus, offerts... — *Sentimenthèque.*

(Le mystère de la bouquiniste est demeuré intact. Rien n'est venu éclairer ses silences, ses robes noires, ses yeux embrumés de lectures. Elle semblait avoir misé son existence dans les romans policiers et entretenait avec Lemmy Caution, Poirot, Carella, Sherlock Holmes, Ed-Cercueil et Fossoyeur, un vieux pacte de promesses qu'elle passait son temps à relancer, et qu'elle relance toujours. Le fil qui la reliait à ces livres demeurait actif. Ceux qui la reliaient à la vie semblaient s'être effilés, parfois même déraillés, mais cela n'infligeait nullement à son visage sévère, au clos de ses silences, au deuil-fossile de ses vêtements, les marques du désespoir. Juste, mélancolique, l'aura d'un espoir inégalable que les forces de la lecture seules pouvaient (sobrement) flatter.)

> Le vieux guerrier me laisse entendre : ... je ne sais même pas si, en ce temps-là, ma vie était reliée à quelque chose... *(il soupire, madère jaunâtre en plein carême)*... Nos vainqueurs étaient la lumière. Nous, colonisés, chosifiés, racornis dans une ombre, nous les regardions s'épanouir dans leur lumière légale... Et cette lumière était vantée dans leurs journaux, leurs cartes postales, leurs illustrés, leurs affiches publicitaires... diffusés de par le monde. Ils l'étalaient dans leurs livres scolaires et s'en glorifiaient dans leurs « Expositions coloniales »... J'exagère ?... *(il rit)*... En tout cas, à cette époque, je devais beaucoup ressembler à ta vieille bouquiniste...
> — *Inventaire d'une mélancolie.*

J'avais beaucoup lu, j'avais beaucoup imité, beaucoup écrit et dessiné de petites histoires qui ne se passaient pas aux Antilles mais dans les endroits de mes lectures : Paris, la Provence, New York, Chicago, Montréal, la jungle africaine, une île déserte, des forêts enneigées, les steppes... Mes personnages ne me ressemblaient pas non plus, ils avaient les

cheveux au vent et les yeux bleus de mes héros.
J'avais appris le rire avec Pagnol. La poésie sonore
avec Hugo ou Leconte de Lisle. Les petites gens
avec Zola. La merveille avec Lewis Carroll. L'élan
bondissant avec Stevenson. La joie de vivre (en fait,
celle d'écrire) avec Rabelais. La mélancolie noble
avec Lamartine. Les langueurs bucoliques avec Giono
et Alphonse Daudet. L'amour avec Stendhal. Le
secouage de la langue avec Simonin ou San-Antonio.
Le dessin avec Gotlib, Hergé, Uderzo... J'avais tout
rencontré : la mort, la femme, la haine, la trahison,
les regrets, le courage, le dépassement de soi, les
châtiments, la plongée dans les ténèbres intimes, la
fréquentation de l'inexprimable, le goût de vivre, la
souffrance d'être... Et ces forces s'étaient imposées
à moi avec l'autorité impérieuse de leur monde qui
effaçait le mien. Elles m'avaient décuplé de vies mais
en dehors de moi-même. Elles m'avaient annihilé
en m'amplifiant. Et c'est avec ces mondes allogènes
que mes écrits fonctionnaient dans un déport total.
J'exprimais ce que je n'étais pas. Je ne percevais du
monde qu'une construction occidentale, déshabitée,
et elle me semblait être la seule qui vaille. Ces livres
en moi ne s'étaient pas réveillés ; ils m'avaient écrasé.

De Camões : La *saudade,* entre terre et mer,
racine-errance, entre le Lieu et le monde, le
trouble et la vision. — *Sentimenthèque.*

De Jacques Rabemananjara : Dans le tombeau
de la cellule, invoque le pays, ses vents violents,

47

ses souffles de femme, ses présences, et remplit
le malheur d'un *Antsa* de délivrance. — *Sentimenthèque.*

Cet écrasement avait été rendu inévitable par la fascination que les terres du Centre exerçaient sur
nous. C'était l'endroit de la culture, de l'esprit, du
progrès, du vrai, du bien, du juste, du beau. C'était
beaucoup plus qu'une Métropole coloniale, c'était
une « Mère-Patrie » du sein de laquelle la géographie
ignominieuse nous arrachait. Dans cette île des Antilles qui avait connu la Traite des nègres, l'esclavage
des plantations de cannes à sucre, les dominations
coloniales les plus brutales, nous nous sentions hors
du monde, et pas seulement hors du monde mais
presque hors de l'Humanité. Par un effort céleste,
il fallait coûte que coûte abolir la distance en opé-
rant une fusion mentale avec notre Mère lointaine.
Cette alchimie était orchestrée par les maîtres d'école
qui nous érigeaient ces livres en tabernacles où pouvait se puiser ce que l'Humanité a de plus essentiel.
Ils rejetaient aux enfers la langue et la culture créoles du pays d'autant plus aisément qu'ils n'y voyaient
ni langue ni culture. Les rituels idolâtres autour de
la langue et de la culture du Centre étaient pour eux
les meilleurs vecteurs, et certainement les seuls, vers
la Civilisation, le Savoir et l'amnistie des damnations
géographiques. Frappées du sceau majeur des Tables
de Loi, les résonances des ouvrages littéraires se
muaient en langues de feu qui nous sculptaient l'es-

prit. Pas d'échanges : juste la frappe impérante. Toutes les liaisons que nous pouvions avoir avec l'extérieur (et l'extérieur c'était uniquement le Centre) disposaient sur nous du même pouvoir.

Le vieux guerrier me laisse entendre : ... ah, rêveur, je commence à te voir !... *(il exulte, diable ziguidi, puis sa voix se resserre en feuillage)*... Autour de leur Caserne, je place leur Église, leur École, leur Hôpital : ces trois dernières institutions relèvent déjà d'une autre domination. Pense aux effets (sur les esprits que l'on domine) de la neutralisation d'une maladie ancestrale : malaria, maladie du sommeil, typhus, tuberculose... MM. Koch, Pasteur, Yersin... virent leurs généreuses découvertes mises au service de subtiles dominations... Quand la Religion, l'École ou l'Hôpital, dépassant inattendûment leur tâche, éveillaient des dignités humaines, j'ai vu les colonialistes qui faisaient marche arrière, qui tentaient de les interdire, et j'ai vu le colonisé exiger qu'on les lui appliquât... Tu mesures l'impact différé d'une telle exigence ?... *(un temps, il murmure, inaudible, puis sa voix lève comme un vent de décembre)*... J'ai vu ces Écoles où des Vietnamiens, des Indiens, des Laotiens, des Algériens, des Sénégalais, des Cambodgiens, des Congolais, des Antillais..., des milliers de colonisés enseignèrent eux-mêmes à leurs filles et leurs fils ce qui allait à la fois les libérer et (silencieusement) les assujettir... C'est pourquoi ta belle enfance qui commence à se troubler ne m'étonne pas beaucoup...
— *Inventaire d'une mélancolie.*

Dans cet état d'esprit, durant ces temps scolaires, j'avais rencontré la littérature des poètes-doudous.

Ces derniers étaient le plus souvent des mulâtres du pays, moitié-Blancs moitié-Noirs, qui avaient pu échapper ainsi à certaines déchéances de l'esclavage. Ils avaient pu se lancer dans le commerce, ouvrir des ateliers, posséder parfois des esclaves, conquérir le Savoir français, des postes de fonctionnaires, et parvenir à l'aisance matérielle. Leurs descendants purent accéder à l'écriture juste après les colons. En pleines misères post-esclavagistes et coloniales, violences diverses et négations humaines, ils avaient décrit les éclats du pays, l'infinie douceur de ses rives, son goût de bonheur vanillé. Sonnets de papillons et de ciel bleu. Rimes d'alizés, de soleil et de fleurs odorantes. Métrique de scènes pittoresques et de languissantes créatures. À leur lecture, près de trois siècles après, je me laissais bercer de paradis offert. Le conservateur de la bibliothèque Schœlcher serrait leurs ouvrages dans une armoire grillagée qu'il ouvrait avec une boule de précautions, en me jaugeant d'un regard soupçonneux. C'était pour lui une oasis intime dans ces murailles de livres qui ne parlaient jamais de nous. Il me fit découvrir quelques romans de mulâtres qui se déroulaient dans la ville de Saint-Pierre d'antan, évoquant les rigueurs de l'esclavage, racontant avec la meilleure compassion du monde d'honorables rébellions. Ces ouvrages étaient plaisants mais leurs résonances demeuraient un peu inertes en moi, comme si elles désertaient le point d'ébullition. Le pays mien dans ces livres était mis à distance.

Le vieux guerrier me laisse entendre : ... j'entends ce que tu dis... *(il soupire)*... Les Dominants avaient appelé « Universel » une clarification du monde au tamis de leur seul déchiffrage. Beaucoup de nos créateurs s'y sont assujettis. Je veux dire : se sont autodissous dans cet « Universel » jusqu'à la transparence. Pensant toucher ainsi à l'ensemble des hommes, ils acquiesçaient mimétiques aux ordonnances des Territoires occidentaux... *(il soupire encore)*... Allez, continue, tu m'intéresses un peu... — *Inventaire d'une mélancolie.*

Ces écrivains-doudous pratiquaient une muséographie d'eux-mêmes. Coutumes. Traditions. Manières. Descriptions pittoresques. Ce regard sur eux-mêmes reproduisait celui des voyageurs occidentaux. Leur émerveillement s'alimentait aux émois des chroniqueurs de passage. Toute relation intime à ces magnifiques paysages se voyait ignorée ; seule se considérait une exaltation de surface conforme à la vision extérieure des conquérants de ce monde. Poètes hoo, qui vous proclamiez libres, n'entendiez-vous pas monter de ces sites enchanteurs le grondement des Caraïbes exterminés à l'orée de cette colonisation ? Votre écriture ne recevait-elle pas de l'entour adorable la commotion des génocides ? Vos doucelettes muses pouvaient-elles ne pas entendre l'étrave mortuaire des navires négriers déchirer la beauté océane ? Laquelle des rumeurs de nos champs de cannes ne vous divulguait pas les violences esclavagistes ?... Mais vous ne pouviez ramener de ces malheurs qu'une nostalgie : l'innocence de ces « bons sauvages » grillés par la Civilisation. Un peu comme on élève une maille de regret quand les automobiles commettent sur l'asphalte des hachées de bestioles. Fragrance de la cannelle. Les mornes arrondis d'alizés. Le babil des oiseaux. Ces splendeurs naturelles que nos maîtres nous enviaient vous empalaient sur une fierté inespérée. Cette géographie-paradis, étirée en complaisance, devenait pour vous l'unique focale vaniteuse de notre présence au monde. Et le seul intérêt. Poètes hoo, vous étiez dominés.

> De Natsume Sôseki : Vision, conscience, langage... réinventés par la féconde déroute du *Je suis* « autre ». — *Sentimenthèque.*

> De Derek Walcott : Le trouble d'emblée, et l'errance marine des solitudes qui participent au monde. — *Sentimenthèque.*

(Je suis enlevé par la grâce variée des champs de cannes. Bleutés des pousses. Ondulations mûres des longues feuilles. Nuages des floraisons où le blanc et le violet se disputent la fleur jusqu'à la rendre indéchiffrable. J'ai le regard du planteur (et désormais celui des chroniqueurs de passage) qui sentait monter de cette richesse marchande une apaisante beauté. Aujourd'hui, ces champs portent nostalgie du temps où nous étions capables de produire. J'ai aussi l'autre regard qui traîne à ras du sol : ombres, serpents sourds, rats tueurs de racines, feuilles tranchant comme des lasers la peau nouée des esclaves, paille (promise au feu) qui porte l'empreinte des gestes exténués... ; ce regard me vient de ces ancêtres qui y courbaient leur vie. Ces additions de cauchemars et de charmes font que le paysage des champs de cannes nous agrippe. Écrire, ici, c'est emmêler cette ombre et cette lumière, trouver concert intime de sucre fermenté et de sang éperdu : il devient perceptible quand le champ d'après-récolte n'est qu'un ravage de moignons dégorgés agonisant d'alcool.)

> Du *Kalevala* : Le chant total comme envoû-
> tement d'encre attentive et de souffles com-
> battants, de mémoires oubliées et de signes
> fondateurs. Magie. — *Sentimenthèque.*

> De Heredia : Cette armure, cette mesure, cette
> ciselure — éclat-vertige du blason. — *Senti-*
> *menthèque.*

Les esclaves devenaient des Nègres marrons en fuyant les plantations. L'étroitesse du pays ne leur avait pas permis de déploiement, ni même de véritable pro-jet. Mais certains écrivains-doudous avaient chanté leur balan vers la liberté. Ils leur rappelaient Spar-tacus et autre grand rebelle. Cet héroïsme qui se dresse était conforme aux légendes occidentales, il était donc autorisé. Cela évitait aux écrivains-doudous d'avancer dans la masse nocturne des esclaves demeurés sur les habitations. Quel chant lever de ces échoués sinon celui des geignements [groaning]? Cette louange du Nègre marron s'étalait comme un baume sur la plaie d'une défaite qu'un dispositif de valeurs colonialistes avait inscrite dans l'ordre des choses. La défaite étant acceptée, la glorification maximale de quelques comètes marronnes figurait le refus ; et surtout : autorisait la démission. C'était la seule grandeur possible, l'unique résistance recevable — d'autant plus recevable qu'elle avait plus ou moins échoué. Quant au reste, il se voyait abandonné aux bassesses illisibles : Quoi, de l'héroïsme parmi ces troupeaux d'esclaves ? quoi, de la résistance ? quoi, une grandeur dans cette misère ?... Ô muses, fuyons de là !... À ces écrivains, il ne restait de solution que les exemples du Centre dominateur vers lequel ils étaient aspirés. Ils s'y abandonnaient avec béatitude ou chargés des fausses armes d'une mimétique contestation. Je lisais donc leurs gracieux textes et m'émouvais d'y retrouver un peu de moi-même, comme une ombre du pays-mien que ces écrivains avaient remisé dans les soutes d'une citadelle étrangère. Citadelle que les livres déifiés avaient dressée en eux, avaient plantée en moi.

Le vieux guerrier me laisse entendre : ... pour prendre possession, ils plantaient leur étendard et soulevaient leur croix. Ainsi, le Territoire n'appartient même pas à celui qui était là « avant », mais bien à celui qui dispose de la légitimation divine universelle... *(il soupire en riant)*... On m'a dit que les Polynésiens détenaient le sol, et les virent arriver avec leur seule Bible. Aujourd'hui, les Polynésiens possèdent la Bible, et eux détiennent le sol... *(il soupire, sec)*... Ne ris pas... — *Inventaire d'une mélancolie.*

Il paraît que le « Hollandais volant » de mes lectures serait une projection des rayons du soleil à travers les courbes alchimiques des espaces. L'héroïsme, la résistance, l'élucidation de soi que les écrivains-doudous tentaient à leur manière devaient se concrétiser comme ce vaisseau fantôme : reflets volés à la lumière du Centre et que l'on impressionne minutieusement en soi afin d'accéder aux illusions d'une existence.

> De Goethe : Astral, « sans précipitation et sans repos », en devenir sans fin, et le meilleur porté dans l'insaisissable du roman-univers — étoile maîtresse. — *Sentimenthèque.*

> De Desnos : L'état de veille sous le poème de chaque jour — et la grande blesse qui vient. — *Sentimenthèque.*

LE CAHIER NÈGRE — L'adolescence fut une saison de trouble dont je n'ai plus la teneur. Un mal-être qui n'atteignait pas les rives de la formulation. Un sentiment d'absurdité qui m'encaillait dans des désespoirs inavouables. Mes lectures m'avaient propulsé dans une énergie aérienne qui ne prenait pas sens. C'est alors que mon grand frère me fit venir.

Ce frère était une sorte de génie. Il trouvait distraction dans l'algèbre, la peinture, la poésie, la physique, la chimie. Le matin au lever, il saluait le soleil d'une récitation de vers indéchiffrables. J'étais pour lui d'habitude une virgule négligeable. Mais ce jour-là, saisi d'un pulse de sympathie, il me fit asseoir en face de lui. Solennel, une main sur mon épaule, il me récita de mémoire un extrait de l'ouvrage qu'il tenait plaqué contre sa poitrine : « *Et nous sommes debout maintenant mon pays et moi, les cheveux dans le vent, ma main petite dans son poing énorme, et la force n'est pas en nous mais au-dessus de nous, dans une voix qui vrille la nuit et l'audience comme la pénétrance d'une guêpe apocalyptique. Et la voix prononce que l'Europe nous a pendant des siècles gavés de mensonges et gonflés de pestilences...* » Il avait récité cela d'une voix grondante, avec son emphase solaire. Il avait surtout récité avec un plaisir sans frein. Les vers diffusaient en lui la voracité d'une force utile. On était sorti des gratuités écolières du poétique. L'écriture avait surgi au fondoc d'une blessure que j'ignorais encore mais que lui éprouvait déjà. Il en élevait une incantation dont les vertus demeuraient mal identifiées mais qui lui permettaient de se libérer d'une partie des ondes de ce livre : mon frère me les transmettait comme on passe le manche urgent d'une casserole brûlante. En lui, le *Cahier d'un retour au pays natal* d'Aimé Césaire avait résonné.

Le *Cahier* est une belle secousse lyrique dans laquelle Césaire raconte son retour au pays natal, pays géographique des Antilles, mais aussi pays fondateur, l'Afrique. Il y procède à une description des ruines engendrées par la colonisation dans et autour de lui, et détruit les barrières dressées par la domination brutale entre lui et son pays natal, entre lui et l'Afrique, entre lui et son essence nègre, entre lui et sa parole vraie. Le *Cahier,* après une descente orgueilleuse dans l'enfer colonial, s'achève en une assomption grandiose où le poète proclame sa Négritude-humanité, avec une force incantatoire qui ébranlera les assises du monde. Un souffle de baptême pour les colonisés du monde, battus et opprimés, et pour les Nègres bien sûr.

L'impact du chant poétique d'Aimé Césaire fut sur moi progressif. *Cahier d'un retour au pays natal, Les armes miraculeuses, Cadastre, Ferrements...* [de lectures en relectures ma Négritude césairienne se déploya.] Une poésie-tambour, violente, solennelle, qui me nommait Nègre dans le monde et faisait de moi un fils de l'Afrique perdu aux Amériques. Elle dénonçait le colonialisme. Elle dressait réquisitoire contre l'Europe des marchands et soudards, et contre les maîtres blancs du monde. Elle inventoriait une Afrique fantasmatique et louait les beautés nègres. Elle soulevait des pans d'aliénation pour les fracasser contre un tranchant poétique que le surréalisme avait en partie aiguisé. Une voix altière, grave toujours, hugo-claudélienne, où se retrouvaient exprimés des lancinements aphones qui grenouillaient en moi. Formidable exutoire de mon mal-être.

Je récitais ces vers comme des prières ésotériques, des vocalises vibratoires qui enthousiasment des souches inertes en moi. Il faut parler Césaire, l'avoir en bouche et en poitrine, accueillir dans les os de son crâne l'activité tellurique de son verbe. Même en murmure il peut propager un écho dans ce qui souffre d'une anémie d'exaltation.

> Le vieux guerrier me laisse entendre : ... ah, Césaire, je clamais ses poèmes en menant les assauts !... Je ne retiens rien de sa politique, mais ses poèmes m'ont transporté. Sa poésie sait que les États-colonialistes

étaient des hordes pires que celles des loups. Voués à une extension illimitée, leurs Territoires antagonistes devinrent les moteurs d'une « *mise-sous-relations* » de l'ensemble du monde... *(sa voix lève, cannelle brûlée)*... Il faut haïr les Territoires, pitite, et pleurer ce malheur !... Car cette mise-*sous*-relations t'incline sous les forces impérialistes du monde. Il y a là des circuits communicants à sens unique, mais pas une seule valeur relationnelle. Pas la moindre... *(sa voix tombe, zinzolante en eau froide)*... Là, des circulations d'influences s'imposent à toi, ou te sont imposées, tu les subis obscures : elles te transforment, te modèlent, t'invalident, te déportent..., et confortent la domination brutale. Le flux s'élance d'eux vers toi. Ce qui émane de toi et les touche n'est pas déterminant : une boisson, un plat, un tissu, un rythme musical... — *Inventaire d'une mélancolie.*

Vers cette période, j'entrai dans ma poésie de combat, négriste, marxisante, magnifiant l'Afrique, condamnant le colonialisme, prophétisant des victoires imminentes du « Peuple ». Pour me reconstituer une identité archétypale censée être dissoute par les colonialistes, mes lectures se concentrèrent sur le « Monde noir » de la Négritude, sur les touffeurs non occidentales de l'Afrique, sur les Nègres marrons caribéens rebelles à l'esclavage, sur les combats des résistants africains durant colonisation et décolonisation, sur les sanglantes ripostes des Noirs américains. Mythes. Rythmes. Émotions. Traditions. Ethnies. Peuples. Cosmogonies. Tambours. Askia le Grand. Les princes de Ghana. Ogotommêli. Architectes de Djénné. Chaka. Patrice Lumumba. Elridge Cleaver. Stokely Carmichael. Malcolm X. Toussaint Louverture... Légitimer des différences. Inventorier les héros noirs, se révéler de grandioses lignées jusqu'au Grand-pays-perdu. Quêter dans les interdits de l'histoire égyptienne, dans l'archéologie africaine, la prééminence nègre.

Là, je me crus poète.

J'avais le sentiment que je deviendrais peintre, sculpteur ou dessinateur, mais je me disais avant tout poète. Ce en quoi je me trompais. Il me faudra du temps pour épuiser la Négritude, libérer mes lectures du cimetière des épigones qui caillait l'horizon. Mais avec elle, au bout de ce petit matin, j'entamai une autre lecture du pays-mien.

Je me mis à voir les forces de gendarmerie blanches. Les ouvriers des champs de cannes encore exploités par les planteurs-békés. Je vis les fusillades briser les marches des grévistes. Le racisme ordinaire déprécier la peau noire. L'idéalisation d'une Mère-Patrie lointaine à laquelle l'élite politicienne voulait nous assimiler. Le chantage des politiciens dominants qui transformaient toute consultation électorale en réflexe de peur contre l'indépendance. Ce dessillement de mes yeux rejoignait la vision qu'en donnaient les poètes de la Négritude. Le pays devenait une horreur coloniale qui s'opposait aux visions paradisiaques des poètes-doudous : « *sang impaludé* », « *l'échouage hétéroclite* », « *soleil vénérien* », « *angois-*

60

ses désaffectées »... ces mots de Césaire devinrent ceux d'une génération de poètes envers notre pays. Contre l'absolue beauté des écrivains-doudous, on débusquait la laideur. Tout était détestable. Tout était diminué. Tout était en bobo. Pour la Négritude, la présence coloniale avait tout infecté.

> De Dos Passos : Tenter toute la rumeur du Lieu. — *Sentimenthèque.*

> De Saint-Exupéry : Contre les murailles du Vrai, la force limpide du simple, et du juste, sans transparence ni clarté. — *Sentimenthèque.*

(En niant les beautés de notre pays, la Négritude s'opposait à la vision doudouiste régnante. Elle voulait surprendre, dessous l'apparence, les mapians de la domination coloniale. Très vite, cette dénégation se fondit à cette mésestime globale de nous-mêmes que la fascination pour les valeurs du Centre nous infligeait.) Bien après la fin des attentats coloniaux, ces autodépréciations, chargées de sens révolutionnaire auparavant, perdurèrent et perdurent encore, actionnées mécaniques par le seul dégoût ambigu de nous-mêmes que la domination néocoloniale alimente sans fin. Bien entendu, cette autodéprécia- tion demeure jusqu'à aujourd'hui auréolée de son originelle « lucidité révolutionnaire ».)

> De Borgès : La rigueur apparente pour mieux déchaîner les miroitements inconcevables :

61

> labyrinthe des forces contraires, clos-ouvert,
> défini-infini, mesure-démesure, ordre-chaos,
> vie-mort, cercle-en-cercle... — l'Écrire du Tout-
> possible qui fait secret. — *Sentimenthèque*.

Mais, au moins, dans un premier temps, les choses furent claires avec la Négritude : j'étais partie prenante d'un « Monde noir » en lutte contre un « Monde blanc ». J'étais du côté des damnés de la terre, contre les exploiteurs impérialo-capitalistes. Je devais prophétiser l'avènement d'une aube de prolétaires réconciliés, le renversement de la Bête, le rayonnement de l'Afrique-source, l'affirmation d'une essence nègre à reconstruire d'un chant méchant. Le colonisateur disposait des armes de sa victoire : une Nation-Territoire, une langue, une peau, une identité, un drapeau, une expansion dominatrice. En Afrique, en Asie, dans la Caraïbe, en Amérique latine, au mitan des États-Unis, nous lui opposions les mêmes ingrédients avec ses propres manières. Décolonisation à l'image des vainqueurs. Libération selon les lois de l'agression.

> De Nazim Hikmet : Le verbe-geste, la phrase-
> action, l'image-combat... l'Écrire qui emplit la
> cellule. — *Sentimenthèque*.

Il fallait rechercher l'Afrique autour de soi. Trouver les miettes de l'identité initiale perdue, de la « pureté » primale. Dans les gestes, les peaux, les pratiques, les goûts, les instruments de musique, les mots créoles étranges, les chants, les contes... Tout était malaxé dans le but d'en extraire le minerai essentiel. Tout se lisait avec ces lunettes-là. L'anthropologie culturelle américaine des années 50 s'érigeait en décrets. On glanait, dans les Amériques, les gravats épars de la statue identitaire fracassée par la Traite négrière. Et ces miettes mythifiaient en nous l'Afrique-mère inconnue. Les poèmes les taillaient en diamant. Les sculptures les élevaient en symboles. Les tambours les ranimaient à grands battements de cœur. Chaque trace s'agrandissait en démesure pour forcer le tabernacle indéchiffrable où sommeillerait l'ADN disparu.

> De T.S. Eliot : La force du rêve et du symbole, réenclenchée dans les inquiétudes charnelles du monde. — *Sentimenthèque.*

> De Rilke : Vivre avec ses questions, sans tenter d'être repus de réponses, la précieuse énergie... Et puis : Aimer en toute vie, la forme étrangère. — *Sentimenthèque.*

La poésie se prêtait bien à cette baptismale révolte. Nourris par mes fièvres d'adolescence, mes poèmes étaient de petites émeutes qui aspiraient à transformer le monde par leur seule fulminance incantatoire. Même lorsque par la suite (aidé de Brecht, de Césaire, de Kateb Yacine, des scénographies de

Jean-Marie Serreau) je passerai au théâtre, ce sera pour y transporter ma thématique négriste-anticoloniale et mes accents lyrico-épiques de violence salvatrice qu'une étroite lecture de Frantz Fanon n'allait pas arranger. J'écrivis une quinzaine de pièces militantes de ce genre.

Le vieux guerrier me laisse entendre : ... ah, Frantz Fanon, je me souviens de lui. La colère juste. L'honneur intact. Le beau courage offert. Je t'ai parlé tout à l'heure de la mise-*sous*-relations... *(un temps, un sanglot écumé, puis sa voix revient, rêche comme zeste-citron-vert)*... J'ignore s'il s'agissait d'une tension interne du monde lui-même, ou d'une déflagration hasardeuse de ces hordes d'État. En tout cas, je vis les griffes sanglantes précipiter en touchers ce qui était dénoué isolé oublié inconnu préservé... ceux qui rêvaient en secret, et ceux qui planaient haut... les temps du minéral aux vitesses du vent... *(il soupire)*... J'avais aussi conscience d'un paradoxe : ces hordes d'État répandirent sur le monde, mêlées à leurs massacres, les bienfaisantes lumières qui provenaient des Pays d'Occident. J'avais conscience qu'entre leur mal et leur bien, le tri serait désormais difficile à tenter... *(un temps, il pleure)*... Fanon et moi, nous en avions parlé... — *Inventaire d'une mélancolie.*

J'écrivais aussi des poèmes dans une langue française que je n'interrogeais pas. Elle ne me posait pas de problèmes. Elle était dominante, et de l'arpenter m'emplissait d'une certitude active qui semblait créatrice. Obéissant à la négritude césairienne, j'avais juste clarifié en moi le désir de la révolutionner, d'y charroyer le tam-tam nègre et le vieil amadou africain. Mais, à mon insu, la bousculant pourtant, je sacrifiais comme n'importe quel poète français à son espace symbolique. J'étais ainsi livré à son emprise, à l'adoption de ses valeurs. Mon appel à l'existence se coulait dans une langue qui sans douleur me digérait. Les généralités de la Négritude autorisaient cet avalement. Le « Monde noir » n'était ancré nulle part, ou plutôt il flottait dans les limbes d'une Afrique irréelle, dont l'inconsistance pouvait s'accommoder d'un rapport aliénant à la langue du colonisateur. L'orgueil dominateur de cette langue digérait sans problèmes notre contre-accent dominateur et notre contre-orgueil. Cette écriture ne marronnait pas, elle aspirait au monde du Maître — à quelque humanité analogique — par l'onction de sa langue.

> De Césaire : Contre silence colonial et néantisation, crie mais apprends à te sortir du cri, le ton haut toujours et le verbe chevauché dans ses étrangetés... — *Sentimenthèque.*

La langue du Maître happée par la Négritude césairienne : brouilles des patines coutumières, griseries lyriques, gaoulés d'images insolites qui impulsent des rythmes, prendre les mots comme points d'irradiations et non pour ce qu'ils signifient, les placer inattendus, en ruptures obsolètes, en effarement précieux, récapituler scandaleux son lexique. Baigner tout cela d'une « essence nègre » refondatrice. J'ai conservé un peu de ces pratiques voulues révolutionnaires ; en fait, elles auraient pu être (et ont été) les lignes d'écriture de n'importe quel poète dans sa langue nationale. En déployant son amour-haine dans le *clos élu* d'une langue dominante, la Négritude procédait ainsi à sa célébration. Cette langue devenait le véhicule du renouveau, l'arme maîtresse de la geste libératrice ; mais elle amplifiait d'une auréole la domination qu'elle conservait intacte.

Le vieux guerrier me laisse entendre : ... ah, je te vois !... *(il rit, bouillon muscade, puis sa voix tombe, sable de savane)...* La domination est comme l'hydre à mille têtes. Chaque tête qui tombe fait germer un serpent. Nous nous battions, mais tout n'était pas simple. Ainsi, sous la botte coloniale, beaucoup de pesanteurs propres aux cultures colonisées furent allégées : des femmes trouvèrent à s'émanciper, des carcans religieux furent levés, des blocages sociaux ethniques ou autres furent invalidés, des interdits ancestraux furent dénoués, des Sacrés contraignants furent relativisés... *(il soupire)* ...) Ceux qui bénéficièrent ainsi de ce bel oxygène considérèrent la culture de nos colons comme la Lumière du monde... — *Inventaire d'une mélancolie.*

Ceux qui avaient choisi la langue dominée — la langue créole — y appliquaient un cahier des charges inspiré par la langue dominante. Il fallait l'égaler, occuper ses espaces, remouler ses empreintes, manier ce qu'elle maniait. Ils lui concoctaient un agressif reflet dans la langue écrasée. D'autres, déjouant cette dépendance, entraient en schizophonie littéraire, selon le mot de Frankétienne. Ils produisaient une œuvre en langue dominante, une autre en langue dominée. Cette dernière allait comme à l'en-bas d'une feuille, quelque peu dérisoire, de l'ordre du passe-temps, confortant ainsi l'expropriation qu'elle voulait récuser. Ainsi, j'utilisais la langue dominée pour des bandes dessinées, des histoires racontées en contrebande. Avec la langue dominante, appelée dans mes poèmes, je hélais la liberté avec des souffles graves.

Le vieux guerrier me laisse entendre : ... ah, cette affaire des langues n'est pas simple... *(il soupire, puis sa voix se distille, éther d'anis)*... La logique des États-Territoires, c'est vrai, transforma la conscience-de-soi en armure contre l'Autre. Cela produisit ces identités anciennes, enroulées sur elles-mêmes, qui n'acceptent l'Autre que sous la transparence. Ce sont elles que nous allions endosser à notre tour pour justifier nos résistances. Je me voyais ainsi livré à cette dérive sans pouvoir réagir... — *Inventaire d'une mélancolie.*

Nous revendiquions la langue dominée contre celle dont le soleil nous asséchait. Elle était devenue la trame des authenticités. Mais nous n'étions pas disponibles pour elle. Goûter aux estimes de sa poétique ? S'abandonner aux divinations de son espace ? Rien de tout cela. Nous l'investissions avec la mémoire reptilienne de la langue dominante, ce que cette dernière a de plus agressif. Et nous n'actionnions d'elle que cette nervure-là. Elle devait nous libérer et nous l'emprisonnions dans des programmations mimétiques et guerrières.

> Du Conteur créole : D'abord en rire. Il faut en rire. Vaut mieux en rire. — *Sentimenthèque.*

Cette période — la plus en-chien de mon esprit, et la plus chaotique aussi — privilégiait la poésie. Je disposais d'un os de machine à écrire (celle d'un Corbeau, ami de mon grand frère, qui marquait des romans policiers). À la table de la salle à manger, donnant le dos aux fièvres de la rue, je partais en rafle des mots. Je les amarrais comme des nœuds de bambous, aussi denses, insensés. Je n'écrivais pas de phrases mais des irruptions d'ombres, des billes de feuilles grasses, zinzolages de bêtes-longues à l'en-bas des fougères, des levées d'eau, des odeurs, des lots d'odeurs. Parfois, donnant l'amorce, un mot déclenchait ce chatoiement sensible. J'avais du goût pour les claquées sonores. Chaque verbe naissait d'une boule de sensations qui m'écumaient la chair. Chaque image suintait d'une tremblée mentale. Sous la charge, demeurer vigilant, invoquer le sens mais abandonner aux forces éruptives la combinaison des matières mentales. Dans la quête des signifiances, récurer, ajuster, lustrer les mots, différer cet éclaircissement qui briserait le poème. Ensuite, tenant la

68

page à bout de bras (j'aimais le *squeal* couinement de la machine sous la page achevée que l'on arrache), je contemplais un inconnu dont le sens rôdait, encore indéchiffrable. Cette chose m'appartenait tout à la fois et n'était pas de moi. Je corrigeais peu, respectant cette crachée de mots qui figurait une résolution. Fascinante poésie : ce connu-inconnu, cette sécrétion étrange qui ressemble à ta peau, ces mots tramés de toi mais qui — dans l'ombre blanche de la page — cheminent en créature secrète. L'Écrire : béni-commerce des incertains, lucidité offerte aux déroutes accidentelles.

> De Séféris : Sous la force, le Lieu, noué en soi, et la terrible brisure du silence — Ulysse mélancolique. — *Sentimenthèque.*

Les poèmes s'éclairent l'un l'autre. Tel poème semble frère d'un caillot rêche écrit il y a deux mois, il s'y colle, s'y ajuste, le prolonge d'une évidence qui porte. Une créature, dispersée en votre être, vous arrive par morceaux. L'esquisse d'ensemble est impossible, sinon de manière provisoire. Et toujours incertaine. L'Écrire c'est un peu inventorier en soi, explorer les béances d'une autre géométrie, relier le connu aux inconnues dont on recueille les marques comme autant de légendes avortées.

> De Kawabata : Aller — paysages fluides des sentiments qui soudain dévastent le monde —

en compagnie de ses démons... — *Sentimen-*
thèque.

J'avais l'habitude de lire mes poèmes à haute voix.
Pour moi-même. La famille entendit ces vocalises.
Personne n'y comprenait rien mais elles *allaient*,
pétries de fréquences insolites. On voulait regarder.
On trouvait ça pas mal. On m'encourageait. Man
Ninotte n'offrait pas son avis sur l'affaire. Que
cet enfant végétatif écrive des choses-qu'on-ne-
lui-demandait-pas-et-qui-ne-servaient-à-rien demeurait dans l'ordre de ses bizarreries. Mais, comme à
son habitude, elle m'approvisionna (cahiers, papier,
crayons, rubans d'encre...) du nécessaire pour apai-
ser cette soif nouvelle. Les poèmes demeuraient en
feuilles volantes. Sur les tables. Sur les lits. On les
retrouvait chiffonnées dans un coin. On les découvrait échouées dans un gros livre. Une jonchée pro-
fuse, comme celle qui couvre l'entour des vieux
poiriers. Man Ninotte régentait cette endémie en
silence. Ramasser. Ranger. Déchirer lors d'une rage.
Jourd'hui-jour, elle peut exhiber quelques-uns de ces
chiffons comme ruines d'une illusion de son petit
dernier.

Le vieux guerrier me laisse entendre : ... toute illusion
est bonne, il faut des illusions !... *(il exulte, alcool de
gingembre étoilé)*... Mes rares victoires naissaient
d'une illusion. Mes échecs s'amorçaient d'un chagrin
réalisme. Sans illusion comment débrouiller ce qui
nous arrivait ?.. *(il rit, puis un soupir fait ombre)*...

70

Imagine qu'aux côtés des colons et soldats, surgissaient des bougres généreux, de foi fervente, de compassion vraie pour l'Homme : religieux, enseignants, médecins... Mais, par le canal de leur générosité même, ils instillaient de grandes morts symboliques, et des silences, des silences... La brisure des esprits se mêlant à l'acte charitable... *(sa voix casse, boue assoiffée)*... Nous nous battions, tu vois, mais seules des illusions pouvaient maintenir nos bras... — *Inventaire d'une mélancolie.*

Je lisais les poèmes des épigones de la Négritude. Des tracts lyriques exaltant les grèves agricoles, dénonçant les tueries commises par des gens d'armes, exaltant le Nègre-souffrant. Ils faisaient balles et poings levés. Ils remportaient bien bel-succès dans une époque où de pulsatives révolutions animaient les rues de l'En-ville[1]. Je pratiquai la même rhétorique avec tout de même cette chance : mes désirs militants prenaient-l'envol sous des pulvérulences parfaitement « inutiles » (sauf en prières ensommeillées contre les moustiques). Même s'ils invoquaient l'Afrique, le Nègre, la colonisation, mes poèmes n'étaient là pour personne, ils n'avaient pas de commissions-pour-dehors, ils n'étaient promis à aucun coup-de-mains, ils demeuraient pour moi, à la table d'un vieux domino qui se jouait en moi-

1. Notion découverte dans un texte inédit de l'écrivain Dominique Aurélia. La langue créole ne dit pas la Ville mais l'En-ville, désignant ainsi, moins la géographie qu'une sorte de contenu, de projet.

même. J'écrirai longtemps dans cet état d'esprit. Époque d'écriture libre, tâtonnante, qui n'émerge pas au monde mais qui sourd en elle-même : l'écriture qui se surprend dans l'écriture. Ne pas perdre cela.

La poésie utile des journaux militants semblait précieuse. Elle exaltait notre combat. Elle ornait les meetings où les poètes-militants apparaissaient sombres, sourcils noués, sereinement furieux. Ils apparaissaient « Grands ». Nous les regardions avec une gourmandise pour légendes naissantes. Lors du festival culturel (dédié chaque année à des luttes nègres du monde), des récitals de poésie anticolonialiste nourrissaient notre ferveur ; nous en ramenions l'ineffable sentiment que cette juste cause serait gagnée. Ces poèmes avaient dévoyé de Césaire une violence charnelle, de rythmes hacheurs, de zébrures définitives ; ils en avaient dérouté des sonorités minérales, de grands écarts thermiques ; ils n'avaient pas su éviter des haines entachées de racisme et d'autres pauvretés associées. Césaire, en poète, s'est toujours maintenu au-dessus d'un péril que son génie parvint à fasciner. Ceux qui s'aventurèrent à sa suite, tirant à vue contre les colonialistes, y basculèrent sans remèdes, frappés par les ricochets de leurs balles éperdues. Mais, à l'époque, leurs échouages n'étaient pas perceptibles : ils semblaient au contraire battre du côté de la vie.

De Zola : Soudain, vrai, l'immense dans la vie dérisoire — et l'homme qui se révèle sous le collier des ombres, ses héroïsmes sans statues, son courage sans emblème... — *Sentimenthèque*.

(De cette époque demeurera, attardée jusque dans les années 80, une arrière-saison de poètes qui se proclamaient maudits : ils publiaient des revues noirâtres, d'une périodicité aléatoire, dans lesquelles se rameutaient les restes d'une violence en désarroi. L'Afrique et le Nègre s'y effaçaient sous de douloureuses introspections. Ils vendaient la revue de la main à la main, soutenus par un cercle de fervents qui examinaient leurs effilochages comme autant d'oracles. Ils avaient la vertu d'accabler le « Développement » ambiant d'un précieux scepticisme. Mais comme ils n'avaient rien de vital à nous dire, sinon un désarroi ivre de lui-même, leurs écrits n'étaient ni difficiles ni opaques, mais *inintelligibles*. Césaire, Glissant sont difficiles mais ils demeurent intelligibles car nous les percevons (nous les recevons) dans des flaques psychiques sensibles, à vif et douloureuses : *ils nous parlent vraiment*.)

De Césaire : Contre la Bête, se faire arbre, fleuve, et de chaque mot, senner des continents de vie. — *Sentimenthèque*.

De Glissant : Contre la prison des systèmes et des identités, sois fragile, ambigu, incertain, intuitif : *archipélique* ; germe en toi et verse dans l'Autre ; campe en toi, consens à l'Autre ; porte l'Autre sans renoncer à toi : cela élève

73

l'Écrire aux tensions bienheureuses vers le Tout-monde. Gibier, hèle donc toutes les langues pour deviner cet impossible. — *Sentimenthèque.*

Mes poèmes furent un point de bascule. À cause d'eux, les grandes-personnes me considérèrent comme un être humain. Leur impact ne provenait pas d'une valeur reconnue, mais sans doute d'une écriture célébrant messe avec la magie d'une langue dominante. Donc, à tout hasard, on me criait *le poète.* Quand une tante-la-campagne était de passage, Man Ninotte présentait ses petits-bonshommes dans l'ordre suivant : d'abord, son mathématicien génial ; puis son musicien prometteur ; enfin, son poète, le petit dernier, à propos duquel aucune prophétie n'était envisageable. Cette fascination pour ce français-vaillant me conféra une identité familiale qui excusa mes silences de diable-sourd, mes solitudes, mon peu d'élan vers les autres. Final, je me mis à exister et, sans m'en rendre compte, à réfugier cette neuve incarnation dans les voilages de l'écriture. Si j'avais écrit en créole, je serais demeuré plus invisible que les crabes-mantous lors des grands secs de février.

De Pa Kin : Contre la tradition, le brusque désordre de la famille emportée dans les souffles du monde. — *Sentimenthèque.*

De Delsham : Contre les docteurs du verbe obscur, ameute l'envie, et emporte ton lecteur

dans les roues articulées d'une narration. —
Sentimenthèque.

MALEMORT, DÉZAFI ET LES LIVRES EMPRI-
SONNÉS — Hanter les meetings politiques ; lancer
des pierres contre les CRS lors de manifestations à
Fort-de-France ; pleurer des larmes lacrymogènes : je
prolongeais mes poèmes d'un brin de guérilla. Alors
que le monde s'emballait en décolonisations,
M. Césaire vivait une impasse politique. De l'espoir
libertaire du *Cahier,* il avait fait la départementalisation : en 1946, sept ans avant ma naissance, il avait
obtenu la transformation des vieilles colonies en départements d'outre-mer. L'élévation lucide qui fermait
le *Cahier* n'avait donné que l'assimilation sociale au
Centre lointain. Le poète invoquait la liberté, le politique confortait notre sujétion aux avantages maté-
riels d'une nationalité offerte. D'année en année,
chacun de ses poèmes pouvait servir à flageller sa
politique. Le militantisme anticolonialiste-négriste
se mit à tourner-flot. Le théâtre martial et les poèmes
guerriers suscitèrent de moins en moins d'émoi.
Autour, la loi de 1946 prenant son amplitude, le pays
mutait à grande vitesse : constructions en béton-roi,
vitres, lumières, feux rouges, première télévision,
extase automobile, cités HLM triomphantes, sanitai-
res, Sécurité sociale, allocations, avions, routes et autoroutes, écoles, prêt-à-porter, magasins, hôtels, supermarchés, publicités... Nous entrions dans une

modernisation anesthésiante sans rapport avec les frankensteineries colonialistes que dénonçaient nos poèmes-militants et que les luttes de décolonisation combattaient avec rage en différents points du monde.

> De Ionesco : Contre les rhinocéros, l'intuition hilare et tragique, les dislocations puériles jusqu'à la terrible virginité... — *Sentimenthèque.*

Avec le sentiment d'« avancer », nous avions quitté le tableau des exactions coloniales. Nous n'avions plus faim sous les allocations. Nous n'avions plus de vertiges dans ce cocon de dépendances. Les opulences de surface embaumaient notre âme. Les préfets n'étaient plus chefs d'une horde de CRS. Le Centre lointain accueillait les amateurs du miroir aux merveilles, et régentait leur exil massif. On parlait de « développement » économique, de chômage à vaincre, mais surtout des protections dues à nos pauvres « spécificités ». À l'en-bas de ce vernis, mes questions assaillaient en vain les lignes invisibles d'un désastre-mantou : Pourquoi cette disparition quasi totale des productions réelles ? Pourquoi cette courbe exponentielle d'importations massives ? Pourquoi cet affairement des producteurs sur les seules subventions ? Pourquoi ces aliénations extrêmes de l'école et des médias ? Pourquoi cette usure des valeurs créoles, cette consommation mimétique des normes occidentales, cet assistanat hyperbolique ?

D'où provenait cette stupéfaction animée du seul désir d'obtenir les avantages d'un citoyen du Centre ? Le combat pour la langue et la culture créoles, perdant toute acuité, se folklorisait. Ce que nous opposions aux anciens colonialistes flottait désormais dans un formol de valeurs séduisantes qui nous anesthésiaient. Plus d'ennemis apparents. Seule une autodécomposition. Je ne comprenais pas ce qui nous arrivait.

> Le vieux guerrier me laisse entendre : ... aaah, je te vois, je connais ce désarroi !... *(il rit, chante une vieille gigue, puis sa voix s'alourdit comme une macération)*... Moi, au fil des batailles, je prenais mesure de cette complexité. Né par le colonisateur, on actionne son système juridique pour lui arracher des droits. Avocats et juristes deviennent des hommes-clés qui investissent les espaces de décision politique et installent, sans y prendre garde, les valeurs du vainqueur qui les avait formés... *(il soupire)*... Chaque avancée libérait des germes dominateurs. J'avoue avoir connu de temps à autre un désarroi semblable... *(il rit, éclair)* ... Je te vois, pitite ! Je te vois !... — *Inventaire d'une mélancolie.*

Alors tu peux comprendre cela...

> Le vieux guerrier me laisse entendre : ... rien de ce que tu évoques n'est pour moi étranger... — *Inventaire d'une mélancolie.*

C'est comme si nous nous étions décrochés de notre souffle vital. Théâtre militant et poèmes-combats étaient devenus des mécaniques internationalistes, globalisantes, perdues dans un « Monde noir » et dans un « Nègre » extensible à l'infini. Elles n'exploraient pas nos espaces ni n'arpentaient le terreau de nos douleurs. Les expressions artistiques n'avaient ni chair, ni pertinence. En rendant leurs armes obsolètes, les changements du pays et du monde avaient révélé leurs os creux sous l'anticolonialisme standard. Les poètes, les artistes, les écrivains, les intellectuels, même les politiciens, avaient été pour ainsi dire consumés hors d'eux-mêmes. Et leur créativité s'était vue innervée.

> De Blanchot : Le texte, comme seul visage — l'inépuisable trace ; et ne ramène que le trouble et le mythe : les vibrations de la question... — *Sentimenthèque.*

> De Hemingway : Fixe ton Écrire debout, et ne suspends ta plume que dans l'élan d'une belle énergie... — *Sentimenthèque.*

Vers cette époque, j'écrivis une pièce de théâtre intitulée *Supermarché.* Quart-de-mot sur un jeune couple, casé au bord d'un terrain vague et filant un sirop sobre accordé aux dons de la nature. Mais le terrain vague se transforme en supermarché. À mesure que l'édifice prend forme, que ses rayons exposent des féeries, le couple entre en décomposition : le sentiment de pauvreté, d'incompétence, la jalousie, l'envie, l'adultère, l'enfilade des péchés capitaux. Final de compte, avides consommateurs, ils disparaissent dans le personnel du supermarché. Sous l'influence de Shakespeare *(La tempête)* et de Césaire qui en avait fait une adaptation contre le colonialisme *(Une tempête),* j'écrivis une autre pièce sur un thème identique : un commerçant blanc régentait avec son épicerie la vie d'une commune de pêcheurs. Ce dieu tenait dans sa main (ou plus exact : sur ses carnets de crédit) les chairs, les rêves, le travail et la capacité consommatrice de chacun. Un cyclone allait défaire l'ordre du monde et favoriser une révolte des pêcheurs. L'épicerie se verra saccagée. La pièce se déroulait au rythme de l'annonce du cyclone, de son passage, de son départ ; elle organisait les affrontements entre l'épicier (mon Prospéro), et son nègre-djobeur logé dans la cave de stockage (mon Caliban). La consommation était devenue une zone sensible de mon esprit. Par les supermarchés, nous émergeâmes au monde, ou plus exactement, nous accédâmes aux merveilles du Centre. La modernisation accélérée, l'élévation du niveau de vie, les « capacités » soudain déversées parmi nous, n'avaient qu'une résultante majeure : nous développer-consommateurs. Les supermarchés devinrent le point d'irradiation de nouveaux goûts, de nouvelles envies, de nouvelles couleurs, d'un lot de machines qui nous amarraient aux emprises du Centre. Ma génération s'est vue ainsi grandir dans un maelström de produits made-in-France. Leurs étiquettes, leurs adresses de production semblaient des hiéroglyphes sacrés. Et je me rappelle mes émotions lors de mon séjour en France, quand il m'arrivait de tomber sur telle usine de beurre salé, de biscuits, de saucisson ou de médicament... J'étais bouleversé d'élucider ainsi de nombreuses étiquettes.

> De Guillén : Le trouble-métis qui fait lumière.
> — *Sentimenthèque.*

> De Césaire : Mais la source magistrale défaite à l'embouchure, la racine triomphante étouffée dans le grouillis vaseux, le cri plongeant qui se fait algue, vibrante entière aux errances marines, juste retenue... et molle-amère en l'ultime racine. — *Sentimenthèque.*

L'arrivée de la télévision. Le premier appareil fut exposé dans la vitrine d'un magasin aux abords du marché aux poissons. Et, devant la vitrine, l'amas de pêcheurs, de marchandes, de vieilles madanmes, d'enfants, qui attendent la première émission. Et dans ce peuple de belles paroles et de commentaires, je me rappelle le silence brutal qui s'instaura dès la première image. Les esprits se retrouvèrent *happés* par Thierry la Fronde et le nounours du « Bonne nuit, les petits ». J'ai l'impression aujourd'hui que ce silence ne s'est plus arrêté.

> De Steinbeck : L'homme partout, en toutes misères peurs colères et toutes révoltes, toutes

80

innocences, l'indignation vibrante comme un rouge en lumière. — *Sentimenthèque.*

Les modernisations du pays invalidaient les accusations contre le colonialisme. Cette croissance sans développement laissait quand même à la majorité d'entre nous le sentiment d'une progression, et même d'une « participation » au monde. Certes, nous, rebelles, oubliés par la vague décolonisatrice, résistions encore avec les armes éprouvées dans d'autres pays. Mais leur efficacité diminuante allait nous confronter à l'écorchée question : qu'est-ce que nous voulions libérer ? Qu'est-ce que nous voulions exhausser en nous-mêmes et au monde ? En fait, qui étions-nous ? La Négritude offrait encore réponse à cette dernière question, mais pour les âmes les plus sensibles, médiums de notre tragédie, elle n'y apportait plus qu'un réconfort partiel. Captés à notre source africaine, de bienfaisants reflets avaient figuré ce que nous étions. Mais dans les mailles du réel, ils avaient opéré comme opèrent les reflets : en conservant intacte l'énigme de notre « nous ».

Le vieux guerrier me laisse entendre : ... je connais cela !... L'*Avant* c'était la pureté, la grâce d'avant Colomb, c'était le réceptacle de l'essence primordiale seule capable d'être opposée à celle des vainqueurs. Ton peuple fit un grand saut dans son *Avant* d'Afrique, cette Négritude. D'autres sanctifièrent les *Avants* d'Amérique, d'Asie, d'Europe. Chacun cherchait une essence-fossile apte à donner du sens aux accélérations tourbillonnantes dans lesquelles Christophe Colomb avait poussé le monde. J'ai vu des lots de peuples s'immobiliser dans leurs *Avants,* leur *Ancien,* leur *Pureté.* Ils conjuraient ainsi d'imprévisibles émergences !... Et cette immobilisation folklorisante renforçait leurs vainqueurs... Je connais cela, rêveur, je sais ce que tu dis !... — *Inventaire d'une mélancolie.*

Laisse-moi mes rêves et je te laisse tes illusions...

Le vieux guerrier me laisse entendre : ... moi aussi je rêve mais sans n'être qu'un rêveur, et je vois ta distance d'avec la Négritude. N'oublie pas que la conscience humaine n'a pas enregistré le pillage dont l'Afrique fut victime. Nulle indemnisation n'a pansé cette mémoire. Les navires négriers déploient dans l'Atlantique des fantômes qui attendent encore un déni symbolique. Des millions de crânes couvrent les fonds de la mer caraïbe dans l'attente un signe qui ne viendra jamais... *(il soupire)...* Ce qui est nègre est volontiers laissé aux portes des commémorations humanistes. Tout cela crée dans la conscience humaine une ombre dont les frontières mouvantes ont des envies de bonds. C'est pourquoi la Négritude est de ce point de vue encore opérationnelle... — *Inventaire d'une mélancolie.*

Il nous appartient qu'elle devienne un des tuteurs de la conscience des hommes...

Le vieux guerrier me laisse entendre : ... d'accord... Mais sa rémanente nécessité nous égare beaucoup : nous actionnons encore sa mémoire martiale, son « essence nègre », son discours identitaire clos, contre un monde

82

blanc colonialiste dont la forme brutale a déjà disparu, même si ses résidus palpitent raidement encore... hum... *(il soupire, vieux sirop-batterie)...* Où en étais-tu, à quel étage de tes petites misères ?... — *Inventaire d'une mélancolie.*

Je perdis un peu la fièvre de l'écriture. J'habitais de torpides incertitudes. Se gourmer contre quoi ? La liberté n'était-elle pas cette croissance apparente ? Que désirer de plus ? Certains « petits » peuples ne pourraient-ils s'épanouir dans des économies de transferts et d'abondances consommatrices ? Ne valait-il pas mieux s'offrir au « Développement » et avancer par là vers la souveraineté ? N'étions-nous pas mieux lotis que ces indépendances haillonneuses de par la Caraïbe ? L'essentiel n'était-il pas d'échapper à l'indignité du ventre vide ?
Entre deux contestations, le doute taraudait. D'augustes militants gagnèrent le jeu politicien, se battant pour des postes électifs, s'illusionnant du vertige des « pouvoirs locaux ». Ils s'abandonnèrent à un système qui imposait ses lois à leurs pauvres chefferies. Ils devinrent comptables d'un assistanat qui amplifiait sans fin. D'autres se transformèrent en « anciens combattants », vivant de telle gloire passée, telle désertion légendaire en pleine guerre d'Algérie, et simulant une « préparation révolutionnaire » que les années passant dévoilèrent chimériques.
Alors, ce fut le désengagement.
Les intellectuels désertèrent les mandats politiques et la « préparation révolutionnaire » ; ils se rapetis-

sèrent sur voitures, villas, carrières, prêtant à peine l'oreille aux belles paroles belligérantes. Ils créditaient leurs silences d'un recul critique, ou d'un extrême de la pensée, qui les soustrayait aux égarements primaires des ultimes résistants. En mots sibyllins, en refus de paroles, en dissertations absconses sur des « sujets du monde », ils disaient « travailler profond » pour le pays.

C'est sûr : la poésie s'endort.

À quel moment naît la prose chez qui se croit poète ? Sans doute quand il se sait poète mineur, ou pas poète du tout. Quand s'usent les rêves intimes, l'on perd l'onde poétique. Ainsi, la cohorte de poètes qui flanquait nos luttes s'était grillée sur les feux de la départementalisation. Les plaquettes et recueils accumulés dans la poussière des librairies s'étaient dissous sans agonie. Les revues torturées ne troublaient plus nos lénifiantes lectures. Nul ne proposait plus, autour du punch offert, la lecture d'un poème. Les décolonisations africaines sur lesquelles nous louchions se soldaient une à une par d'odieuses dictatures.

Nous ne savions plus ce qui nous arrivait.

Il est sûr alors que poésie s'endort.

> De Césaire : Pense aux chutes à brider ; garde-toi de séparer l'homme de celui qui écrit et accorde tes cris à tes interventions sur les blessures du Lieu ; prends dans ton échec la gerbe des amertumes pour, en sincérité, lever laminaire de langage. — *Sentimenthèque.*

Que deviennent ces soirs de trouble quand le ciel met en scène les faux suicides des chauves-souris ? Où est ta fécondante langueur quand le vent des miquelons de la mer incline les vapeurs de l'asphalte ? Que deviennent en toi ces pluies, démiurges d'un monde plus fluide dans le courir des gouttes, frais comme de naissance ? Quand la poésie défaille, l'on va comme cette branche abandonnée par l'arbre, qui avant même l'assèchement de sa sève, voit s'opacifier les connivences d'oiseaux. J'avais perdu de secrets accords avec mes alentours. Je ne déchiffrais plus les mystères de la vieille maison de Man Ninotte, ni ne trouvais grâce aux silences immobiles à l'abri desquels j'avais sarclé des révoltes et des cris.

> De Defoe : Faire mythe dans la légende même, le personnage prenant ta chair... ô enchanteur...
> — *Sentimenthèque.*

Seule urgence en moi : comprendre ce qui nous était arrivé, mieux appréhender ce que nous étions, mieux explorer notre existence. L'exploration plus humble de l'existence allait se faire de tac en tac. À cette époque, je me trouvais en France, partagé entre la faculté de droit et une école de formation au travail social dans le cadre pénal. Je continuais à écrire en désertant de plus en plus les éclairs poétiques. Des poèmes qui s'allongent sans trouver de sortie. Qui sont reliés entre eux par des bouts de phrases

85

puis par des paragraphes. Le désir de happer le pays en épaisseur. L'envie d'aller aux entassements. Pour l'évocation tragique d'une grève agricole, j'abordai ma première prose de longue haleine en langue française. Me voilà charroyé. La langue française battant les mornes, les champs de cannes, les ravines, les usines. Ne pouvant rien déserter par des voies poétiques, elle s'encaye sur des altérités indescriptibles et sur des hoquets de créole réprimé. Me voilà en dérade. La langue qui ne sait pas quoi mettre dans la bouche des nègres-de-terre, et qui assiège mal les événements de leur esprit. La langue, alors, qui impose sa ronde secrète, remodèle le pays, transforme le peuple des cannes à sucre en paysans d'Europe. La langue qui inscrit l'Ailleurs dans le plus intime des battements de paupières. La langue dont l'orgueil flatte d'augustes militances où se dévoie toute vérité. La langue qui ne fait pas langue mais s'érige en Führer de l'imagination et du cœur. La langue qui ne s'interroge pas et qui n'interroge pas l'Écrire même, dédaigneux Shôgun sur une terre qui s'incline. La langue qui clarifie sans pièce divination. J'allai au bout de ce roman, contournant ces difficultés avec des ruses de mangouste, et me retrouvant devant un texte hagard. Un éditeur le refusa en des termes qui me laissèrent sans écriture durant une charge de temps.

Le pays natal en vision dans ma tête. Cette vision hélait mille mots, et cætera de paroles, des lots de sentiments, de tournoyants embarras. Alors, la langue intervenait en régente avec sa cour, ses pompes et ses convois. J'avais le sentiment que la prose ne savait pas monter les escaliers en sautant des marches, qu'elle ignorait les raccourcis, les chemins-chiens et les pistes de corsaire. Elle obligeait à traverser des rocailles où l'on s'ennuie et à dresser sans vertige de cartographiques réalités. Je pouvais me surprendre besognant sans émerveille dans ces nœuds de mon existence que la langue herculéenne ambitionnait de nettoyer.

C'est Édouard Glissant qui allait m'ouvrir la barrière de corail.

J'avais lu *Malemort* une première fois. Édouard Glissant avait publié ce roman aux Éditions du Seuil, en 1975. J'avais aussi lu ses précédents romans, *La Lézarde* et *Le quatrième siècle*. *La Lézarde* était un minerai compact, un poème-terre-paysage qui m'avait opposé les mystères de sa beauté. J'avais été ému par *Le quatrième siècle* ; c'est encore pour moi le livre préféré ; une fresque de notre apparition au monde durant la nuit esclavagiste ; mais je n'en avais perçu que les mythologies du Nègre marron qu'exaltait la Négritude régnante. *Malemort,* par contre, m'avait dérouté, et même débouté. Avec mes lunettes-négritude, je n'y comprenais rien. Je n'y voyais rien. Ce roman semblait étranger à la lutte contre le Monde blanc colonialiste. Il n'exposait pas des fastes de langue française pour étonner le

Dominant et s'étonner soi-même. Il se dérobait aux liturgies de héros triomphants à la Toussaint Louverture, à la Delgrès. Il n'arpentait aucune de nos résistances habituelles. Rien. Rien que l'alchimie d'un travail de la langue et d'une pénétration de notre réel qui ne flattait pas les exigences martiales de mon esprit. Quelque chose s'était pourtant produit entre ce texte et moi, car après cette lecture, je dessinai un jeune homme titubant dans les rues de Fort-de-France, sous le regard compatissant de deux gobeurs-de-mouches, dont l'un murmure à l'autre : « Il vient de lire *Malemort* d'Édouard Glissant. »

> De Lautréamont : Contre les « écrivassiers funestes », l'inchoatique fureur, virginale et prophétique démesure. Flambée sans destin et toute en avenir. — *Sentimenthèque*.

Après l'écriture du roman sur la grève agricole, j'affrontai une amère stérilisation. La langue-négritude m'avait laissé en panne. Je n'y avais que peu de vérité sur moi-même ou sur notre pays. L'emprise militante me fixait dans ses thèmes de révolte. Même en les inclinant vers mon espace, dans mes troubles et mes doutes, je demeurais tétanisé par un « Monde noir », par le mot « Nègre », par l'anticolonialisme universel, par une pratique de la langue française qui devenait avorteuse des libérations espérées. J'étais stoppé.

Du Coran : Narrations, codes et déclenchements de visions, la longue haleine de la répé-
tition. — *Sentimenthèque.*

De Carlo Emilio Gadda : Contre l'« immortelle monolangue » trébuchante toujours, le
chatoiement inmesurable de toutes langues et
dialectes, en langage qui s'envole aux éveils de
chaque mot et — se méfiant des achèvements
— la vie. — *Sentimenthèque.*

Lire plus que jamais des livres qui demeurent endormis. Hanter les bibliothèques, quêter dans plusieurs
livres en même temps l'accostage d'une dérade à
peine consciente d'elle-même. L'étrangeté française
(ses saisons, ses neiges, ses rythmes de banlieues, ses
transports souterrains de cent mille solitudes) me
renvoyait presque nu à moi-même. Loin du confort
natal, on est forcé de se nommer en soi-même, de se
nommer aux autres. Je réactivais de petites traditions
autour du rhum et du manger, du goût-antilles dans
le poisson, du débat des épices. Je faisais fête d'une
igname ou d'une eau de coco, d'une amplification
musicale. Je vivais dans l'anticipation d'un retour
régénérant... Une marée de pays-natal submergeait
ma mémoire. On procède à l'appel des détails
oubliés. On redessine, on réexplore en minutie. Ce
qui n'avait pas été vu est restitué par un arcane mental. Ce qui était caché surgit d'un songer fluorescent.
Des êtres insignifiants habillent leur silhouette d'un
intérêt inattendu. On prend des nouvelles. On donne

des nouvelles. On fait famille, quartier. On connaît les retards du facteur. On sait les boîtes à lettres vides. Moi qui n'avais écrit que sur le monde rural des plantations, je voyais revenir à moi l'espace urbain de mon enfance. Les bruits et les rythmes de l'En-ville. Ses sensibles états. Ses lumières. Le bois, les fleurs, le fer forgé de ses façades, la vie de ses balcons. Ses immobilisations sous le rituel interminable des enterrements. Le mystère des processions et des raras de semaine sainte. Les rassemblements de Syriens quand une guerre lointaine agitait le désert. Les échappées de bœufs. Le peuple des Indiens-kouli qui balayaient les caniveaux ou qui, avec des gestes anciens, vous découpaient une viande. Voilà qui crie son nom à pleine gorge et qui pleure. Voilà qui, tombée folle, ne vend que de gros grains de poivre. Ce taxi trop pressé qui brise la cuisse d'une femme dont tu n'oublieras jamais le visage ni la blancheur de l'os. Voilà qui vide le trottoir par son allure magique et ses ongles très longs. Voilà qui dort dans les couloirs en compagnie de quatre chiens. Voilà qui sourit sa fortune dans de grandes dents en or. Voilà qui tient un gigantesque harpon au-dessus du canal. Voilà qui aime une servante qu'il ne voit que le soir, debout, et par intermittence. Voilà qui fait matador dans une popeline rouge. Voilà qui neutra-lise les quimbois de la nuit sous des croix de Crésyl. Le peuple des marchandes et de leurs rois-djobeurs. Les caniveaux ouverts où l'eau noirâtre porte présa-ges. Les lianes liquides que crachent les toits de tôle pour amarrer la pluie. L'éloignement me marquait l'esprit du feu précis des inventaires.

> D'Antonio Machado : Contre l'intimisme, se dresser plusieurs au bord des absolus. — *Sentimenthèque.*

> De Miguel Angel Asturias : Contre les forces hautes, nommer légendes anciennes devenues fondatrices, entre réel-rêvé et irréel-scruté, jusqu'à dresser cathédrale des mémoires et de valeurs sans âge ; mais garde aux taches aveugles du mythe et des magies... — *Sentimenthèque.*

(L'Écrire appelle l'arrière-mémoire — mémoire-igname, mémoire-mantou — laquelle émerge dans l'abandon des rêves ou dans la saccade d'un cauchemar, ou encore dans l'effiloche d'une songerie feignante. C'est une non-mémoire, inutile à la vie, un bric-à-brac dont l'esprit n'a que faire, une ruine qui fermente et alluvionne. L'imagination y glane des libertés précieuses, comme dans ces hardes de l'enbas des matelas qui ne disent leurs possibles qu'à la faveur du carnaval.)

> De Montaigne : Se découvrir soudain « ondoyant et divers » — l'Être tremblant au cœur même de son chant... Et : N'enseigne pas. Raconte. — *Sentimenthèque.*

C'est échoué comme cela que je repris la lecture de *Malemort*. En exil en France. Et là, le texte s'anima d'une clarté mouvante, sans plate transparence. J'avais les bonnes questions et je m'accommodais des questions. Je me méfiais des chants universalisants du Monde noir, du Nègre marron, de la Résistance héroïque, des langues non problématisées. Je vivais la question du « nous » à découvrir. J'étais avide des profondeurs de mon pays. Je revins donc avec de bonnes soifs pour lesquelles Glissant diffusait l'eau dérangeante d'une source écartée. Je traînais le livre un peu partout, le lisant et relisant sans cesse, pris dans cette fascination qu'éprouvent les papillons pour l'immuable lampe-la-vierge. Un livre-hiéroglyphe endormi, proche et indéchiffrable, rayonnant d'étrange manière jusqu'au fondoc de moi dans les imminences de son éveil.

Un autre roman le rejoindra dans ces frissonnements : *Dézafi* de Frankétienne, écrit en créole haïtien. Une couverture rouge. Une impression sans luxe sur gros papier. Un contact amical, presque chargé de terre. Le mot *Dézafi* évoque une fête populaire où les combats de coqs tiennent une place centrale. Dans ce texte, Frankétienne évoque la lutte du peuple haïtien zombifié par la dictature, mais aussi sa propre lutte pour survivre en écrivain dans une langue dominée. Des mots créoles jaillis des profondeurs rurales (et d'un imaginaire rebelle) sont soudain mis au service, non de la langue postée dans d'offensives guérites, mais d'une fête langagière inouïe, d'une structuration tourbillonnante, défla-

92

gration monumentale que je pensais inconcevable dans une langue écrasée. La langue créole fissurant soudain sa gangue, et se dressant en œuvre d'art.

À cette époque où je relisais *Malemort* et *Dézafi,* j'ai vu des livres en prison. Au centre pénitentiaire de Fleury-Mérogis. Bâtiment D2. Je n'avais encore publié aucun ouvrage ; quelques-unes de mes pièces avaient été jouées au théâtre et mes illusions sur la valeur de mes poèmes s'étaient quelque peu estompées ; le roman ouvrait donc pour moi ses possibles inépuisables. Intervenant comme éducateur, mon approche du travail social auprès des jeunes incarcérés écartait toute présence du livre ou de la littérature. Là, j'entrais, me semblait-il, dans l'univers de la non-lecture par excellence : territoire des urgences, des détresses sans horizon, des angoisses et des handicaps additionnés. Là, j'éprouvais, à chaque heure de chaque jour, l'asphyxie des impuissances. La littérature, le livre, la lecture, l'écriture demeuraient dans mon espace domestique, au centre d'une lutte menée à mes cahiers et mes romans rebelles à naître. C'était mon oasis hors du monde pénitentiaire, hors du monde tout court, où je réfugiais un dialogue avec *Malemort* et *Dézafi* : le professionnel et l'écrivain n'étaient pas du même bord de cette ligne d'apartheid.

Ma trajectoire m'avait conduit à écarter la littérature de la réalité ; je l'avais vue y devenir « utile », perdre son sens hagard au-dessus duquel le créateur lui-

93

même reste en vertige. La lecture, elle, demeurait pour moi reliée à l'écriture, dans le continu d'un plaisir atmosphérique de l'imaginaire. Ainsi, à mon arrivée dans cette prison, j'avais jeté sur la bibliothèque un œil indifférent. C'était une petite pièce dont les vitres renforcées donnaient sur une savane miteuse parfois utilisée pour des manœuvres sportives. Elle opérait la jonction des ailes du premier étage. Deux détenus y travaillaient, parmi des livres couverts d'une toile bleu foncé. Ces livres provenaient de l'administration centrale selon des règles qui n'intéressaient personne. Quant à la bibliothèque, son fonctionnement relevait des ténèbres. Ces livres emprisonnés, bleutés, choisis par un fonctionnaire des sous-sols du ministère de la Justice, ne me semblaient plus être des livres. Leur bleu les projetait hors des littératures. Ils rejoignaient ces hommes emprisonnés : en décalage avec leur être — et semblaient participer des utilités coercitives du barreau, de la grille et de la serrure. J'étais soucieux d'un travail social en rupture avec ces livres emprisonnés, ces livres domptés.

Un jour, le surveillant-chef me fit appeler.

J'étais surpris car la chose était inhabituelle : entre le personnel de surveillance et le personnel éducatif, se cultivaient d'infranchissables distances. Chacun se drapait d'une légitimité exclusive, et accablait l'autre d'indifférence narquoise. Les éducateurs voguaient entre les surveillants comme des vaisseaux fantômes. Leur apparition déclenchait des silences, on ne leur parlait pas, ou très peu. Ils devaient fluer entre les rigidités sécuritaires de la détention, sans onde dérangeante. Mais, ce jour-là, le surveillant-chef était embarrassé. Il venait de recevoir au courrier, dans un colis de victuailles, un petit ouvrage destiné à un détenu. La provenance étant martiniquaise, il s'inquiéta de mon avis quant à son introduction dans la détention. À la vue de l'ouvrage, j'éprouvai un choc : le *Cahier d'un retour au pays natal,* d'Aimé Césaire !... Ce livre avait été commandé par un jeune Martiniquais, emprisonné depuis déjà six mois, quelque peu taciturne, et consacrant ses heures à lire. Je révélai au surveillant-chef qu'il s'agissait d'un grand poème lyrique, acte fondateur de la Négritude littéraire, et planche d'appel de la littérature des Antilles créolo-francophones. Je lui expliquai en quoi Césaire était un des grands poètes de ce siècle (il m'arrive parfois de songer à cette scène surréaliste : un éducateur et un surveillant-chef parlant de poésie dans le cagibi d'un vaguemestre de prison). Je lui proposai d'acheminer moi-même l'ouvrage à l'intéressé. Après l'avoir feuilleté, cherché quelque inscription suspecte mêlée au texte d'imprimerie, sollicité la tranche à la recherche d'une lame, d'une pincée de drogue, ou de je ne sais quelle contrebande vicieuse, le surveillant-chef me confia le livre avec un semblant de sourire (l'administration pénitentiaire devrait mobiliser la poésie pour rapprocher ses personnels).

Dans la cellule, je découvris un jeune Martiniquais, au visage dur, volontaire. On lui reprochait une série de braquages (bureaux de poste et banques) à la tête de ce que la presse avait nommé le « gang des Antillais ». J'oublie les termes de notre première conversation. Il était méfiant. Un peu hostile. Il ne connaissait pas la littérature, n'avait pas vraiment lu. Le refuge des livres lui permettait d'éviter les promenades où les loubards se chamaillaient. Chose naturelle loin d'un pays natal, il rechercha des ouvrages consacrés aux Antilles. La bibliothèque en étant dépourvue, il en commanda auprès de sa famille.

C'est ainsi qu'il reçut le *Cahier.*

Je lui en parlai sur mode de confidence honteuse : l'éducateur répugnait à introduire une présence littéraire dans un tel endroit. Le *Cahier,* lui dis-je, est un ton, une force, un vouloir flamboyant qui peuple le silence des êtres dominés. Je lui promis qu'il y serait sensible. Cela se produisit. Je prolongeais mes tournées cellulaires en sa compagnie. Je lui signalais des livres, et lui en apportais secrètement : Naipaul, Carpentier, Lezama Lima, Roumain, Stephen Alexis, Guillén... Sa cellule se remplit de la Caraïbe, puis (avec Faulkner, Amado, Márquez, Roa Bastos, Asturias...) de l'Amérique des plantations. Ce fut un beau renversement : nous ne parlions pas de procédure pénale ou de contrats sociaux, mais de littérature. Je n'étais plus Éducateur : j'étais devenu ce que j'étais, désormais riche du paradoxe qui veut qu'on ne devienne éducateur que lorsqu'on cesse de l'être. Chose étrange, je ne lui parlai pas tout de suite de Glissant ou de Frankétienne.

> Le vieux guerrier me laisse entendre : ... j'ai connu des prisons de pierres, de bambous, d'acier. J'ai connu des cellules où l'on oubliait toute idée de lumière. J'ai connu la chicote, la gégène et le fouet. Là, j'ai souvent eu le temps de penser à ce qu'ils nous faisaient... *(il soupire, laurier brûlé)*... Pour rendre le monde transparent, ils durent *christianiser éduquer civiliser unifier universaliser rationaliser* l'Autre. Ramener les diversités obombrées aux clarifications asservissantes de leur regard... *(il rit)*... Sois prudent devant les idées de « civilisation », de « rationalité » ou bien d'« Universel » : elles peuvent tirer pour dominer. — *Inventaire d'une mélancolie.*

À mon nouvel ami, j'évoquais les effets de l'écriture sur moi. L'idée me prit de lui suggérer d'écrire son histoire. Sa situation, sa cellule, le poids irrémédiable de la détention, sa rancœur d'exilé, ses tumultueux périples contre les policiers semblaient propices aux narrations. Il eut du mal à me croire. Je lui offris un cahier. Les merveilleuses pages blanches produisirent leur effet. Il écrivit sans doute une phrase, puis une autre. Moi, l'encourageant à se moquer de grammaire syntaxe et orthographe, à *faire roussir* la feuille de ses brûlures intimes : le soir qui tombe sur la cellule ; barreaux strieurs de ciel ;

le tourment cellulaire au baromètre du givre nocturne ; les bouffées du chagrin ; les saignées suicidaires ; les cavalcades de gardiens en alerte ; le rythme des grilles et des divers chariots ; le temps brisé, gisant ; l'espoir qui fait soleil dans une simple carte postale ; l'éther d'amour dans une lettre censurée ; les fenêtres disposées comme une croix crucifiante ; l'œil-conscience de l'œilleton ; l'immanence métallique de l'interphone ; le flot de ses souvenirs aventureux...

Mon ami emprisonné se prit au jeu. Les pages du cahier se couvrirent. Il lisait. Il écrivait. Lisait. Écrivait. Mes récentes amitiés avec le surveillant-chef lui décrochèrent une machine à écrire. Il y passait ses journées, ses nuits. Cette sérénité lui permit d'obtenir un poste enviable aux magasins. Il allait ainsi écrire un roman (*Le gang des Antillais*) que je parvins, quelques années plus tard, à faire éditer aux Antilles. En le voyant écrire, j'eus conscience du potentiel de la lecture-écriture dans une situation extrême. Mon nouvel ami s'était reconstitué une densité qui annihilait la frappe carcérale. Il n'était plus en rancœurs, mais en *vouloirs*. Il se projetait en confiance. Il irradiait d'un charroi d'énergie. Je pris donc la gestion de la bibliothèque. J'obtins de l'administration centrale des ouvrages dans les langues présentes en détention. J'instituai des tournées de livres dans chaque cellule. Les détenus lisant peu, je les appâtai avec des romans policiers, des bandes dessinées, des

ouvrages illustrés que je mêlais aux autres. L'objet-
livre intégra ainsi leur quotidien. La bibliothèque
connut une vie particulière qui parfois troublait le
mortuaire carcéral. Elle s'était transformée en nœud
vivant de relations bien peu réglementaires. Les
livres emprisonnés diffusèrent une dramatique secrète
qui auréolait d'une grâce insolite mes pauvres inter-
ventions éducatives auprès des détenus. J'ai vu —
ho ce souvenir !... — des livres en prison.

> Le vieux guerrier me laisse entendre : ... moi aussi,
> quelquefois. Mes geôliers s'en servaient pour me briser
> les côtes. La gifle d'un livre est toujours redoutable.
> Mais, à travers quelques ouvrages rencontrés en cellule,
> je mesurai l'étonnante diversité des hommes. Le colo-
> nialisme brutal des États-Territoires allait vaincre les
> nomades qui suivaient l'herbe et l'eau, vaincre ceux qui
> se disaient simples gardiens de leurs terres, ceux qui
> célébraient connivence avec la terre offerte, ceux qui se
> pensaient au centre du monde sans qu'une poussière
> leur appartienne, ceux qui pouvaient accueillir des
> êtres étranges venus de l'horizon, ceux qui ne voulaient
> régner que sur leur seul esprit, ceux qui, partenaires
> des dieux, ignorèrent les avancées conquistadores... *(il
> soupire, sel chaud)*... j'ai pleuré dans de nombreuses
> cellules sur des livres-témoins.. — *Inventaire d'une
> mélancolie.*

Il m'arrivait de le trouver en train d'écrire. Tout le
poids de sa vie, la mort pénitentiaire rôdaient dans
ces feuilles noircies par sa machine. Les livres s'ac-
cumulaient sur sa tablette. Au-delà de sa tombe

cellulaire, il accédait à d'infinis espaces. La détention déclenchait de nombreux livres en lui de manière sans pareille. Il me parlait de ses auteurs aimés, de chapitres qui le fascinaient. Des auteurs pour moi insignifiants prenaient en lui d'inattendues ampleurs. Je ne m'étonnais de rien. Je contemplais juste une vie qui s'ébrouait. Sans doute à cause de cela, je lui parlais de *Malemort* et *Dézafi*. Articuler pour lui le transport de ces livres. Clarifier enfin, et pour lui et pour moi, leurs bouleversants réveils.

Malemort, c'est l'irruption d'une conscience autre dans la langue. C'est la langue française précipitée dans l'archipélique Caraïbe, drivée par un imaginaire qui la descelle de ses mémoires dominatrices. *Dézafi,* c'est la langue créole, non convoquée mais invoquée, élue dans une poétique moins accessible à ses blessures et à ses soumissions. Dans ces livres, la voix est décidée, elle se nomme, et choisit de se nommer dans un *appétit démiurgique.* J'y avais découvert cette circulation intense entre la langue créole et la langue française, et la liberté créatrice dans une langue dominée. Toutes deux livrées à une libre autorité.

Mais il y avait mieux.

De lectures en lectures, d'insatisfaction en insatisfaction, d'irritation en désarroi, j'avais pressenti que l'écriture de *Malemort* signifiait une *disponibilité* salutaire qu'il m'était encore impossible de nommer. Cette circulation chaotique, hors recette, sans système, étrangère à toute mécanique, ouvrait à une gourmandise qui dépassait le seul espace des langues dans laquelle elle se jouait. Quelle était cette nouvelle exigence ? Pourquoi la recevais-je avec tant d'enchantement ?

Et la déflagration se poursuivait. *Malemort* explosait la coquille du « Monde noir », pour solliciter ces êtres qui s'étaient emmêlés dans ces bateaux, dans ces cales, dans ces plantations, dans ces îles, sous ces siècles d'attentats et de survies. Dans ce roman, on piétait avec eux à travers le pays, on soupesait dans leurs gouffres, leurs déports, leurs fantasmes, on explorait leurs petitesses, on devinait d'inattendues grandeurs, on ne se dérobait à aucun tranchant, à aucune audace, on ne négligeait aucune apparente pauvreté, et sous le dérisoire l'on envisageait de fécondantes portées. C'était une autre manière de voir le sol, les arbres, le ciel, la vie, les forces magiques. Une autre manière d'accepter nos gestes, de lire nos échecs, d'envisager notre émergence, une rage et un grand rire pour présager notre tragique et l'explorer à ciel ouvert. Et, à aucun moment, le désir d'expliciter : l'écriture semblait vivre une réalité torturée, et, sans démonstration, instiller dans ma tête d'inconnues voracités sur d'indicibles famines. Cet ouvrage se réveillait en vouloirs et questions.

De Rimbaud : Laisse l'envol aux guenilles et va léger aux claires voyances, dans les franges d'un désordre raisonné autour d'une vision

> — ô l'éphémère zébrure qui subodore
> l'autre paysage du monde... — *Sentimenthè-*
> *que.*

À travers *Malemort,* de nombreux livres se bous-
culèrent en moi, comme dans une allogamie. Rabelais. Simonin. Lautréamont. San-Antonio. Joyce.
Faulkner. Céline. Les passeurs d'écritures autres.
Contrebandiers des langues hautaines. Sans que
je comprenne comment, chacune de leur voix bri-
sait un territoire, effaçait une frontière, renversait
une limite, et devenait un organe ouvert, butinant
aux saveurs. Les langues y perdaient de leur vanité.
Elles ne se dressaient plus en verticalité, mais s'ouvraient en complicité proliférante. L'Écrire comme
le grouillement d'un vivre intense dont j'éprouvais
soudain l'impétueux besoin.

> De Gilbert Gratiant : La parole qui sillonne,
> jubilatoire ; mais crains d'être dissocié sur le
> tranchant de tes deux langues... — *Sentimen-*
> *thèque.*

Les grands livres endormis ont des latences étales :
ils se réveillent à travers d'autres, sans même besoin
qu'on les relise. Un livre qui se réveille en réveille
mille autres. Ils s'appellent en secret. Se désignent.
Se ramènent l'un à l'autre. Une répercussion lente,
patiente, sans fin, que chaque relecture active (et
confirme, et révèle) à partir d'un autre point d'im-

pact. On perd alors, c'est vrai, le sens concret, on déserte les heures et les utilités, on se surprend à manier les livres comme des reliques, et à les entasser. C'est vrai que l'on craint d'en rater un. On les soupçonne tous de grandeur et l'on renonce à l'abandon d'un seul — tels ces vieux chercheurs d'or dont l'espoir ne vieillit pas devant leurs mines désaffectées. C'est vrai aussi qu'on se met à relire. On ne circule plus, on creuse en virant-revenant, comme en soi-même, une spirale toujours plus véyative, toujours moins impatiente. Mais toujours plus avide.

Le *Dézafi* de Frankétienne, plongé au vif des blessures haïtiennes, s'amplifie magistral, et amplifie le sens même de cette lutte en alertant toutes les libertés dans la langue dominée. *Malemort,* ameutant langue dominée et langue dominante, renvoie le monde à de complexes épaisseurs. Ces livres me conviaient à un point fondateur. Tout relire. Tout réexplorer. Tout réinterroger. Ma lutte contre la domination avait porté des fruits rebelles. Mais ces fruits militants m'avaient laissé stérile. Il fallait tenter l'urgence intérieure du regard neuf; celui qui associe les contraires, domestique les paradoxes et fréquente l'impossible sans aucun dogme. J'avais vingt-trois ans. Et je parlais ainsi dans une cellule ; devant un être que l'écriture élevait ; auprès de livres emprisonnés.

Le vieux guerrier me laisse entendre : ... je ne sais plus quand, sans doute dans une cellule, je compris ceci : [la domination brutale suscite l'envie de « s'humaniser »,] un peu sur la base de valeurs endogènes mais aussi, et de manière décisive, à travers le modèle qu'offre le vainqueur... J'étais devenu depuis longtemps un redoutable maître d'armes, mais cette science brutale ne me suffisait plus. Les dominants avaient muté. Je devais apprendre à lutter contre la domination silencieuse dont je vais te parler maintenant... — *Inventaire d'une mélancolie.*

II

ANABASE
EN DIGENÈSES SELON GLISSANT

> *Où l'ethnographe va devenir
> un Marqueur de paroles...*

Préparons-nous à tout.

Edgar Morin

RÊVER-PAYS — Comprendre cette terre dans laquelle j'étais né devint mon exigence. J'étais en elle
et elle était en moi. Aller en elle, c'était aller en moi en
une boucle sans rivage. Je voulus oublier ce que je
savais d'elle, retrouver comme dessous une ruine sa
chair véritable dont mes propres chairs avaient fait
leur tissu. Je revins au magma de ses émergences. Les
livres, la parole, les vieilles mémoires, les traces, les
intuitions, les souvenirs bégayés... tout s'érigeait outil
de cette quête du profond. Autour de moi, la colonisation avait mené discours. Elle avait nommé. Elle
avait désigné. Elle avait expliqué. Elle avait installé
une Histoire qui niait nos trajectoires. Elle s'était
écrite sur nos silences démantelés. M'immerger dans
ces silences gisant sous la proclamation. En minutie,
vivre les paroles tombées sans voix sous l'écriture.

En grand souci, me relier à chaque miette de cette terre, et chaque miette l'une à l'autre, et les surprendre dans leur ensemble émotionné. Tenter l'écart vrai d'un chemin de corsaire. Aller comme ces papillons qui hantent d'inextricables raziés et que rien ne refrène : ni les piquants, ni les nœuds, ni les sèves collantes. Légers, obsédants, ils font eau, ils font vent, ils déjouent les raideurs à force d'errance fluide. Il y a dans ce vol-papillon un mode léger de connaissance. Descendre en moi-même — dans l'âme de ce pays — en vigilance pleine et en bel abandon. J'étais en vouloir.

> D'Eluard : Contre leurs armes, écrire sans cesse (« sur chaque bouffée d'aurore ») le mot précieux, le mot-pouvoir, sur la simplicité du quotidien armée par les chocs impossibles, enclenchée par l'amour... — *Sentimenthèque.*

Mon éloignement en France favorisait mes songes. Mon esprit s'évadait vers le pays natal. Je me perdais dans mes lectures et, durant mes envies d'écriture, ma main s'abîmait en suspens. Je décidai l'abandon à ces déports irrépressibles. Aller au rêve. Haler le rêve. C'était là, je le compris soudain, le mode meilleur de connaissance : *rêver, rêver-pays.* Le rêve m'offrait la légèreté omnipotente du papillon. Le rêve pouvait dénouer les ferrements coloniaux posés à nos réalités. Rêveur, j'irai aux frissons d'ombres, aux insignifiances annoncées, aux béances apparentes.

Pour lancer ces forces oniriques, je lisais et relisais beaucoup, et, surtout, pratiquais l'œuvre-totem de Glissant. Elle conservait ses ailes inaccessibles, mais, de rêve en rêve, j'en ramenai, sans toujours le savoir, d'aériennes pénétrances.

> De Yeats : Être dans la résistance du Lieu, par les libertés extrêmes de la vision, et dans sa prophétie — le masque étant révélateur d'accords secrets au sensible existant — *Sentimenthèque*.

Me voilà, rêveur-mangrove, épousant cette volcaille de pays, ses cassées, ses disparitions, ses ensouchements forcés, son déroulé hagard. Me voilà rêveur-feignant, clapotant de la tête sur des boues oubliées, agrippant des présences vaporeuses, laissant aller, laissant aller, dans des incertains inutiles, des rafales de possibles, des accidents, des trajectoires tourbillonnantes. Laissant aller, laisser rouler. Me voilà, rêveur-rivière, peu apte à comprendre mais butinant à ce pollen mental en de languides plaisirs. Quand je fus de retour au pays, après dix ans en terre de France, je poursuivis ces rêves en réinstallant mon corps dans une réalité devenue disponible. Le retour accorde aux yeux de clairvoyantes avidités, on peut d'un coup de tête, d'un toucher de la main, s'impressionner d'une tremblade d'existence. On voit. On écoute. On frôle. On s'entête. On sollicite. Et parfois, l'on éprouve le sentiment d'admiration : le rêve passe par la chair et permet cette expédition vers l'intérieur (pour moi : ce *voyage intérieur*) que Perse avait élue dans le mot *Anabase*.

> De Saint-John Perse : La mesure apparente, déjouée par les forces visionnaires du langage, là où s'aurore l'élan... dans l'estime... toujours. — *Sentimenthèque.*

Dans mon anabase rêveuse au pays, j'ai admiré les vieux conteurs. J'ai admiré des contes, des titimes, des proverbes, des filages de merveilles. Secrètement, lors des joutes, et surtout dans l'émoi des injures, en belle jubilation, j'ai admiré la langue créole. J'ai admiré des paysages, des quartiers invisibles, des arbres-temps, des endroits à moitié effacés, des gestes sans mémoire. J'ai admiré des yoles éberluées et des gommiers hors souvenirs. Par ce sentiment, l'Écrire acquiert ses charges fécondes. Une connaissance intuitive en émane, qui enveloppe l'esprit. Une happée globale, non raisonnée, se diffuse là-même dans l'ensemble de l'Être. Pièce approche volontaire, carnet de notes ou appareil, ne saurait remplacer le sentiment d'admiration. Comment s'est-il déclenché malgré la dépréciation inconsciente qui pèse sur notre entour ? Je me suis découvert admirant en *me laissant-aller* à m'accepter. Une sorte de brusque trappe qui s'ouvre, et débonde mon esprit. Le surgissement (comme renaissance) d'une vision intérieure des étants dénigrés. L'innocence réapprise, intime et souveraine, du rêveur me submergeant soudain. Cette ivresse admirante, sous domination, m'est chose rare et précieuse¹.

Le vieux guerrier me laisse entendre : ... moi aussi, colonisé en bien des coins du monde, j'ai coiffé les chevelures du rêve. Mais pas à ta manière. Dans mes boues et mes ombres, dans des clapotis d'algues mortes, j'ai rêvé de disposer des mêmes droits qu'un citoyen du Centre. Et nous étions ainsi, millions de par le monde, tisonnant nos désirs sous leurs murailles de pierre. Les Centres, percevant la chaleur de cette lave, comprirent que subjuguer valait mieux que contraindre. Les vents de cette manière nouvelle déferlèrent sur le monde. Sans décolonisation comme pour les quatre vieilles colonies françaises² mais le plus souvent *par* et *avec* la décolonisation. Ainsi, beaux seins de fiel, nos victoires décolonisatrices favorisèrent d'étranges tentacules qui submergèrent la place laissée vacante par les bêtes coloniales. Se forma ainsi une rétrosujétion complexe inconnue de nos tables ... *(il soupire, fontaine bouillie)* ... la domination silencieuse ... *(un temps, puis sa voix lève, bois de santal)*... Je vis sa face de chienne : des

1. L'admiration des poètes-doudous pour leur entour n'était pas autonome. Elle obtempérait aux hiérarchies de valeurs du dominant qui valorisaient là une part superficielle (inoffensive et le plus souvent reconstruite) de l'espace colonisé. Le sentiment d'admiration libérateur résulte, lui, des perceptions d'un ensemble auquel on se lie de manière intime, et dans le fonctionnement duquel on décèle alors des codes souverains de vie et de survie. L'admiration dont je parle est une profonde secousse : elle déconstruit gaiement l'entour dominé par un ban de vérité intérieure.
2. Martinique, Guyane, Guadeloupe, Réunion... sacrées départements d'outre-mer.

influences qui pétrissent les êtres et les peuples, qui leur courbent la nuque sous le couperet du mimétisme. Cela pouvait se faire dans l'hostilité régressive des peuples dominés ou dans leur abandonnée béatitude, ou encore dans les poussées en désordre de ces forces contraires. Mais d'une manière ou d'une autre cela se produisait. Dressé, ange fou aux horizons des mondes, dans l'allégresse de nos indépendances, je vis la chienne silencieuse nous stopper sans violences face aux Centres « partenaires »... — *Inventaire d'une mélancolie.*

Mon rêve-pays me plongeait dans le magma anthropologique des peuples qui s'étaient rejoints là. Les souches amérindiennes. Les projections européennes. Les douloureux enroulements africains. Les entassements de l'Inde, de l'Asie, du Levant. Le hachoir des plantations. La parole architecte. La matrice de l'En-ville... Ces forces étaient là, nouées dans le nœud silencieux du pays, et dénombrant leurs relations en moi. Confronté dans mon errance-rêve à leurs effets contradictoires, je retrouvai un élan d'écriture. L'Écrire s'accommode bien des lois mouvantes d'un tel magma. Je trouvai grâce d'explorer ce gisement incertain sans me construire des embellies trompeuses, de faux ciels et un sol illusoire.

De Brecht : Le rêve, possible encore, dans le poing qui se lève (sans s'abattre) et hèle conscience lucide... — *Sentimenthèque.*

De Mallarmé : La beauté comme un jeu d'ombres connaissantes, chaque mot dérouté, dilaté, pour s'offrir en événement — le vertige, nu, visé exact... Et : Tente le Livre-absolu, mais n'en laisse aucune trace. — *Sentimenthèque*.

MOI-COLONS — Un jour, dans un terrible rêve, je devins ce tout premier colon français, Pierre Belain d'Esnambuc, qui s'empara du pays-Martinique en juillet 1635. Observant sa statue sous les tamariniers de Fort-de-France, j'eus la perception de ce qui l'animait. J'avais longtemps erré dans ma ville retrouvée : les lieux d'enfance plaquant des faces de souvenirs aux choses, les sentis d'asphalte et de bois mort, et les tamariniers oubliés en vieillesse buvant aux urines chaudes. Les rues qui miroitaient familières-étrangères, et les visages connus vieillis, et les fenêtres closes sur des morts en bout d'âge. La mort, la mort et le temps dans leurs commerces de vies. Je m'étais arrêté sous la statue, verdâtre, dressée raide à hauteur d'horizon, le bras replié pour déprendre ses paupières du soleil, et l'autre main agrippée à l'épée comme pour intimider. Ce fut comme si je ne l'avais jamais vue et que, de sa grande ombre, elle déchirait la lumière de midi. Happée de conscience. Effondrement. D'Esnambuc ho !... Je te comprends soudain dans le vaseux d'une intimité délicieuse et horrible. Tu viens au nom du roi de France et sous l'autorité de la Compagnie des isles de Saint-

Christophe. En toi, nulle perspective de relations vraies avec une autre terre, une autre réalité, un autre peuple, une autre culture. Nul tremblement curieux envers les Caraïbes côtoyés dans la mer des Antilles depuis une charge de temps. L'homme, *toi devenu moi,* ce loup des mers, avec sa centaine de matelots, arrive en conquérant. Je ne transporte rien des lumières de l'Europe, mais des lettres de créances, des appétits de marchands, des obstinations de soudards en rupture de ban, une décision de *prendre,* vive comme un projectile.

Que rencontre mon regard ?

Rêver encore. Le moutonnement des verts que soulèvent les pitons au bas-flanc des nuages. De-ci de-là (brisant les taches d'un vert nocturne), les rousseurs d'une sécheresse de carême cheminent sur le dos rond des mornes. Des falaises dégoulinent de larmes végétales ou s'élancent en bonheur de frégates. La mer sarcle la terre de plusieurs impatiences. Parfois, les vagues s'alanguissent dans des culs-de-sac, des baies rêveuses, des anses secrètes offertes à de noires vomissures volcaniques qui menacent d'on ne sait quoi. Le vent transporte des rumeurs de terre, des remugles de mangroves.

Je perçois une vie d'île avec cette acuité que les marins ramènent du vide des horizons. En moi, cela se transforme en richesse possible. Je décompte mes plants de pétun, mes arbustes de café, je prépare la fichée d'une bannière à l'ombre de la croix. Je débarque, sûr de moi-même, aveugle au grouillement

112

du monde neuf. Dans mon bateau, une diversité règne sur le pont, aux cordages, à l'arrière des bombardes, au roulis de la barre, on parle gascon, normand, angevin, breton, poitevin... ou encore le francien, ce dialecte de Paris que l'on imposera comme langue nationale. En cette même année, Richelieu institue l'Académie française, mais, loin de notre terre natale, mon équipage y échappe, y échappera toujours, même durant l'uniformisation linguistique de 1789. Ces langues, venues dans mon sillage, dériveront avec d'autres vers la langue créole. Rêvons ce moi-d'Esnambuc qui vient et qui débarque.

Le vieux guerrier me laisse entendre : ... moi, en ces années 60, je débarquai des rêves en voyant nos indépendances s'installer dans les marques coloniales : mêmes frontières, mêmes ruptures ethniques, mêmes institutions, mêmes lois, mêmes produits d'exportation, mêmes exploitations minières... Les bourgeoisies-pays saisirent à leur profit ces pompes suceuses abandonnées... *(il soupire, bois brûlé)*... Je découvris, hagard parmi les chants nationalistes et les cocardes joyeuses, que nos pays « libérés » reprenaient à leur compte les griffes des Territoires occidentaux. Liberté voulait dire : Indépendance, État-Nation, Drapeau, Hymne national, l'apparat clouté des Centres dominateurs... *(un temps, il soupire encore)*... Pour réclamer son droit face aux forces coloniales, M. Césaire avait rugi dans son *Cahier d'un retour au pays natal : « Il est place pour tous au rendez-vous de la conquête ! »* Eh bien, nos peuples libérés s'envisagèrent ainsi { dans l'esprit de « conquête »

113

qui avait présidé à leur domination. Nous forgions, non une alternative mais un contre-modèle soumis à son modèle. Ô rêves déjoués ! Nos libertés neuves s'enfermaient dans des armures anciennes, et les anciens Centres, enrichis, allégés, se diffusaient dans nos esprits. Et je voyais, longeant mes flancs glacés, l'invisible armée impérialiste contre laquelle mon attirail guerrier ne pouvait plus grand-chose... — *Inventaire d'une mélancolie.*

J'entends ce premier impact de ma botte sur le sable ; il prolonge l'écho sépulcral de celui de Colomb. Quelle vague prétentieuse et quelle écume ont tenté l'effacement, ont cru le réussir, et reflué confiantes ? J'ai erré dans ses gestes. Fouler la plage de Saint-Pierre, empiler des pierres pour la muraille d'un fort, défricher des terres au pied de la montagne. Mes hommes-relais organisent l'installation et exterminent les Caraïbes. Sur mon itinéraire, s'égrène ce chapelet de monuments coloniaux que les charters de touristes visitent en cars climatisés. C'est la piste d'Esnambuc (églises, fortins, batteries, maisons de maître...) qui nous fonde patrimoine architectural et façade culturelle. Elle est montrée, honorée, visitée, protégée (le reste, indéfini, se voit laisser à l'abandon). Cette piste officielle fait l'« Histoire » du pays. Je l'avais reçue comme telle depuis le plus jeune âge, abandonnant ainsi l'ensemble des autres présences. Ces monuments m'avaient cerclé d'une « Histoire » où je n'avais rien fait, et offraient aux békés, descendants des premiers colons, confirmation d'une précellence à chaque pas, chaque croisée, à chaque fort, chaque Grand-case coloniale, chaque marbre de statue... [Le rêve-pays me restituait maintenant cette « Histoire », neutralisée étale dans un concert d'histoires.]

Le vieux guerrier me laisse entendre : ... la chienne silencieuse mordait l'âme des rebelles les plus raides. Ils avaient libéré leur terre avec des conceptions qui provenaient des Centres. Nommés dirigeants de leur pays, ils dressèrent des défenses contre les atteintes connues de la domination brutale. Donc, ils se montraient soucieux de frontières, d'intégrité territoriale, d'armée hypertrophiée, d'unicité nationale capable de résister aux plus sanglants des vents... Mais, au cœur de ces blockhaus, ils demeuraient sans armes face aux tentacules du modèle inconscient... *(il soupire, alcool de roses salées)*... [Je vis de jour en jour leurs choix de « Développement » organiser à leur insu d'indolores sujétions.] Je sonnai des tocsins, agitai des alarmes. Pour de nombreux pays je devins « le Funeste » et l'on me pourchassa. Ces nouveaux chefs avaient été de terribles combattants, et nul ne pouvait soupçonner leurs décisions — ni les autres, ni eux-mêmes. L'ancien combat les auréolait d'une sanctification haute sur laquelle, aux haltes solitaires, je ne pouvais que déposer une larme de cendres et deux larmes d'amertume...
— *Inventaire d'une mélancolie.*

Dans mon sillage, surgit une bibliothèque d'abbés savants, voyageurs et marins-chroniqueurs : Coppier, Pelleprat, Du Tertre, Rochefort, Breton, Labat,

Saint-Méry... La première écriture a devancé ma prise de possession, puis l'a accompagnée, puis l'a observée, puis l'a célébrée, puis l'a justifiée. Les « Histoire naturelle », « Histoire nouvelle », « Histoire véritable », « Histoire générale », « Histoire morale », « Description », « Relations », « Chroniques », « Voyages », « Lettre », « Discours », « Registre », « Journal », « Mémoires »... vont remodeler terre, peuples, faune et flore, profilant ainsi ce regard exotique que les poètes-doudous reprendront à leur compte. Rien ne s'écrira pendant longtemps en face. J'engouffrais mes journées dans ces livres poussiéreux que mon moi-colons déchiffrait aisément. Les grands-bois tropicaux et les ruées volcaniques y apparaissent horribles face au paysage européen de la douce colline et du pré ondulant. Les rochers sont pelés. Les précipices, effroyables. La faune inspire d'affreuses chimères. Le Caraïbe devient l'incarnation d'une diablerie cannibale. Puis, à mesure de l'implantation, du désir, d'émerveiller ce « cher lecteur » européen et d'inciter au peuplement des îles, s'élèvera l'hymne paradisiaque qui jamais plus n'aura de fin. La colonie sera décrite, habillée, transformée, décomptée, domptée selon mes yeux de nouveau maître. Le pays sera *expliqué,* c'est-à-dire mis à plat, en évidences, sans pli aucun, et sans obscurité. Le principe colonial de mise en transparence où s'assure mon règne.

De Joyce : Le courage — la clairvoyance au-dessus de l'ordre, et la divination-démiurge

au-dedans du désordre, *révélations* — et le
courage encore... — *Sentimenthèque.*

De L.-G. Damas : Rythmes. — *Sentimenthèque.*

Moi-colons, je trace les champs et les villes au cor-
deau. Je veux des alignements géométriques qui
civilisent les rives au-dessous du chaos naturel.
Carrelage de l'ordre et de la mesure face aux profu-
sions hasardeuses de ce monde que je ne comprends
pas. Je découvre, comme une vague qui dissipe son
écume, cette opposition initiale en moi. Le désordre
illisible du pays et l'ordre clarificateur de l'emprise
coloniale. Rêver cette circulation entre ces modes de
relations au monde. Féconder mon Écrire de mesures et de perturbations. Je suis ainsi écartelé.

De Genet : Contre la Bête, être de toutes luttes,
et manier, en assomption rituelle, inversée, le
boomerang du Mal depuis la marge définitive...
— *Sentimenthèque.*

Cette bibliothèque s'imposera à ce pays qui naît.
Elle sera là qui hante, colore, ordonne la mesure.
L'Écrire nous viendra dans un fil ressenti naturel.
Celui qui tiendra plume ne se méfiera point des
charges anciennes nées de l'âme coloniale. De textes
en textes, ces charges se feront insidieuses. Figurant
la source-modèle de toute littérature, elles nourriront
les mimétismes, elles ouvriront la pente aux bova-

rysmes du Parnasse, romantisme, symbolisme...[Elles donneront la lecture dominante du pays, la description des Caraïbes, des esclaves, des peuples, des mœurs, des femmes, de l'amour, l'aventure.]Charges-étalons, précieuses et fatales à la fois, elles épaissiront le moindre délié des mots. Malheur, ho écrivains, quand l'unique bibliothèque déporte net... Je sus pourquoi les écrivains-doudous, et ceux qui aujourd'hui en perpétuent l'esprit, diront toujours « l'île » pour évoquer leur terre. Ils ne voyaient leur pays qu'à travers le tramé des chroniques coloniales, de haut, de loin, sans épaisseur et profondeur. Les mornes et les ruées végétales seront coulées dans l'icône des collines, des clairières, des sources. Leur paysage n'aura mot pour leurs yeux aveuglés. Ils s'installeront sur le carrelage d'un ordre et d'une mesure. L'inclassable chaotique, vu de loin, vu en vrac, sera versé au sac d'un « tropical » distant et d'un « haut en couleur ».[S'envisageant avec l'œil des dominants, ils seront exotiques à eux-mêmes.]Ce déport de l'imaginaire atteint aujourd'hui des extrêmes grotesques. Pour désigner les pluies-cyclones amorcés au mois de juin, animateurs-radio, publicitaires, promotionneurs en tout genre, météorologistes de passage, parleront de « l'Été », simplement parce que cette saison coïncide avec la phase estivale de l'Europe. Nos bars-à-rhum seront appelés « cafés ». Telle parution sera disponible dans des « kiosques », inexistants à Fort-de-France. Nos réalités sont ainsi, sur

langue-culture

un mode extatique, très naturellement niées. Le moi-colons.

> De José Martí : Le verbe en action pleine, et l'action comme beau verbe. — *Sentimenthèque.*

> De Mahmoud Darwich : Contre la haine, la beauté comme public du langage sous des voûtes de terre sainte ; et, sitôt la terre libre soulevée des blessures, le retour au Lieu-rêvé sur de grandes ailes sans illusions... — *Sentimenthèque.*

MOI-AMÉRINDIENS — Mes rêves inversèrent la « Découverte », et je vis d'Esnambuc débarquer à travers l'œil dubitatif des Caraïbes. Moi-Amérindiens, je connaissais déjà l'homme blanc. D'îles en îles, de côtes en côtes, j'avais rencontré Portugais, Espagnols, Anglais, Hollandais, Français, lors des échauffourées d'une guérilla sans fin. Mes frères eux-mêmes, depuis des temps anciens, avaient massacré les Arawaks (ou Aruaca) qui habitaient Matinino[1], ne conservant que leurs femmes et certaines de leurs techniques informées de cette terre.

> De Glissant : Contre l'Universel généralisant, nomme ton Lieu incontournable : il fonde alliance au monde... — *Sentimenthèque.*

1. Nom ancien du pays-Martinique.

Je vois donc arriver ces prédateurs à travers nos certitudes de premiers prédateurs. Je compte sur notre souplesse pour vaincre. Je ne suis pas attaché à une île. Mes racines couvrent les côtes américaines et maillent l'archipel de la mer des Antilles. Je sais rompre l'affrontement et rebondir d'une île à l'autre, en infernal tournis. Cela déroute les Occidentaux qui très vite s'enracinent, posent des pierres l'une sur l'autre, et confondent leur Genèse à chacune des rives pour justifier leur prédation. Moi, Caraïbe, face aux bateaux de l'horizon je n'envisage donc pas une relation réelle. Je butine aux navires deux-trois raretés, colifichets ou bien alcools. Pour ce faire, j'utilise un pidgin qui niche dans mes langues et dans les parlers d'Europe en dérade par les îles. Et cela me permet non d'entrer en *contact* mais de *toucher aux Autres,* juste toucher — seulement ça.

> D'Octavio Paz : Contre la rupture entre Ordre et Chaos, une conscience-miroir, fluide tantrique, acte-fontaine, mandala des signes, constellation des blancs et des quatre espaces et du présent des temps perpétuels... Tous les signes, tous les lieux, tous les temps... en confluences instantanées... — *Sentimenthèque.*

La première touche : mon embarcation caraïbe au débouché d'une falaise bute soudain sur un monstre à voiles. Des êtres étranges. L'interdit de part et d'autre avant l'éloignement rapide de ma fine embarcation. Qu'ont-ils vu ? Pensé ? De quoi ont été faites leurs paroles du soir ? Et de quelle épaisseur leurs rêves ? J'ai erré en pensée dans les touches ultérieures : interlopes, fugaces, lointaines, de plus en plus curieuses, jusqu'aux déchaînements des violences. Ces touches terminales de la mise-sous-relations de la Terre entière restent chargées d'un possible infini auquel je pense mélancolique : elles pourraient accueillir l'ampleur divinatoire d'une littérature.

Le vieux guerrier me laisse entendre : ... je savais tout de l'affaissement du colonisé face au colonisateur : Ces brisures du mental, ces masques d'humanité à l'image du vainqueur, cette obnubilation de l'esprit dominé violemment... *(il gronde, puis sa voix s'étale comme une lumière de cardamone)*... J'avais cru comme Fanon que la violence d'une révolution pouvait nous purifier des glus. Mais, sortis des frappes brutales, je voyais mes frères chanter leur peau, leur identité, leur pays, leur liberté, leur fierté d'être... et, de jour en jour, s'abandonner à des valeurs qui inclinaient tout cela. Tous s'aliénaient au mitan même des chants de liberté. Il n'y avait plus les chocs des temps conquistadores. Mais des circuits commerciaux, des crédits bancaires, des dettes, des téléphones, des avions, des câbles, des magasins, des pièces détachées, des politiques d'aide, de coopération technique et d'assistance, des spectacles humanitaires... un vertige des touchers qui précipitait des transparences au plus intime des peuples... *(il soupire, sève de calebasse amère)*... Depuis les ombres de mes déserts, je voyais des peuples s'infliger une apuration

121

indolore qui invalidait leurs cadres traditionnels. J'as-
tiquais encore mes armes, mais je savais avoir affaire à
une frappe symbolique. L'idéologie dans le vent
même qui souffle. La propagande subtile dans l'eau qui
te baigne la pupille. L'influence en oxygène. L'endoc-
trinement en bouquet de saveurs. Emprises indiscernables... *(il soupire encore, mancenillier mouillé)*...
Quand le mode-d'être, le mode-de-penser, le mode-
de-se-penser, le mode-de-penser-sa-pensée, le mode-de-
consommer, le mode-de-se-distraire, le mode-de-se-
soigner, le mode-de-s'émouvoir... — se voyaient comme
cela importés, il n'y avait d'envisageable nul éclat
créateur... *(un temps, sa voix s'en va comme une terre de
décembre)*... je me perdis dans des errances de fourmis
folles sans trouver le moindre champ de bataille
conforme aux armes anciennes... — *Inventaire d'une
mélancolie.*

Je le voyais mieux maintenant, depuis mon moi-
Amérindiens : l'archipel caribéen vivait à l'arrivée
des colons une mise-sous-relations obscurcie à elle-
même[1]. Les Taïnos résultaient de peuplades diverses venues du continent ; les Caraïbes s'étaient sédi-
mentés par vagues. Les familles, les alliances, les
haines et les amours enserraient d'un lacis l'ensemble
des terres. Les armadas amérindiennes actionnaient

1. Ici, la mise-sous-relations n'était pas à sens unique. Mais ses interactions ne visaient qu'à renforcer ses extrémités. Chacun se renforçait dans ce qu'il était, et l'appareillage de mythes et légendes qui
enrobaient ces contacts n'organisait que l'influence qui ne change
pas, le contact sans trouble, qui durcit l'Être.

des hommes de presque toutes les rives, ils se rejoignaient, échangeaient des milans, menaient cérémonies guerrières, rituelles ou familiales. Aujourd'hui, derrière les murs posés par les colonialistes, il nous est impossible de concevoir ces circuits frémissants dont Caraïbes et Taïnos nourrissaient l'archipel, et avec lui le continent américain. Chacun était présent dans le mental de l'Autre ; chacun affectait l'Autre sans le changer vraiment ; les pulsions guerrières n'étaient pas projetantes ; les stabilités paisibles et riches, nullement dominatrices. Chacun éprouvait l'Autre selon les lois brutales qui n'avaient pas conscience de l'ensemble constitué. Une aubaine pour les colons européens. Non identifiés par l'ensemble amérindien, ils s'appuieront sur nos haines ancestrales, mèneront danse sur nos réflexes rituels, sur nos aveuglements ethniques, et s'imposeront à tout jamais sur l'émiettement des résistances.

> De Villon : Depuis l'abîme, l'élévation habitée familière, de tourments et de rires, détresse railleuse, regrets paillards, tout bonheur en blessure, toute force en son contraire, la révolte étonnée en pleine âme sous lumière du langage — ... et cette instable réalité où rien n'apparaît sûr « que la chose incertaine »... — *Sentimenthèque.*

J'éprouve autour de moi les vies amérindiennes. Elles habitent les sables blancs, les sables noirs, les plages, les anses intouchées : Guapoïdes, Arawaks,

Caliviny, Cayo, Suazey, Galibis... Je les mêle à ces bleus d'air et d'eau, aux moutonnements d'écumes et de nuages. Leur présence-absence m'éloigne d'une vision paradisiaque des plages et cocotiers. Être avec eux, en eux, comme eux, dans les équilibres de ce biotope. Vivre leur peur et leur quiétude. Poser le pied sur ce sable avec leur légèreté. Me nourrir de ce sol dans leur sobriété. Vivre leur férocité qui n'envisageait pas de dominer le monde, mais allait sous la férule d'une tradition interne : harceler les Taïnos, les seuls ennemis connus. Là aussi, lire, lire, écrire et rêver, jusqu'à tendre des axes d'intelligences obliques, un peu comme l'on tend une nasse dans le secret de trois points d'horizon. C'est pourquoi, en Amérindien, je peux voir apparaître l'étrave colonialiste, percevoir son tonnerre qui défait l'horizon, les bouleversements à venir déformer le rivage dans le blanc de ses voiles. Je peux aussi, du bateau, éprouver en même temps l'allégresse de ces marins d'Europe face à la terre surgie : promesse de vie sauve, annonce de richesses, fin des haines de pleine mer, adieu aux eaux pourries et aux biscuits de pierre, échappée au scorbut. Je vois ce paradis où je me pose d'emblée en possédant légitimé. Mon Écrire se trouble de ces visions mêlées.

D'Héraclite : Contre Polémos, la parole éclatée en équilibres entre des boucles-contraires, aller obscur, c'est-à-dire très offert... l'Être en allé devenant... toutes choses dans l'Un, et de l'Un

dans toutes choses... — l'énigme connais-
sante. — Sentimenthèque.

Ceux des grandes îles, les Taïnos, résisteront à peine
à la frappe coloniale. Notre férocité rebondissante,
à nous-Caraïbes des petites îles, leur tiendra tête
durant passé un siècle. Elle nous permettra même
d'avoir des survivants. Assaillants des grandes îles,
nous-Caraïbes semblons plus frustes, notre art est
d'un utilitaire sobre auprès des fastes Taïnos ; nous
sommes élevés dans la tradition guerrière, la virilité
guerrière, l'utilité guerrière. Notre être est pétri
d'une haine sans paupières contre ceux des grandes
îles. Nous les pillons, leur prenons femmes, vivons
pour les combattre et en les combattant. Mais cette
guerre ritualisée participe des alchimies de la région.
Nous sommes liés aux Taïnos dans les équilibres d'un
écosystème sans État et sans écriture, que les colonialistes allaient détruire. Avec l'effondrement des
grandes îles, les petites n'avaient plus de ressort. Une
grande part de ce collectif étant ruinée, nous fûmes
vaincus d'emblée malgré les illusions bouillonnantes
de nos résistances. Nous-Caraïbes, aveuglés de tradition haineuse, chantions l'effondrement des Taïnos,
et ratifiions sans le savoir notre mort à venir. Aujour-
d'hui, dessous l'émiettement des langues et des
dominations, il existe un nouvel « organisme » caribéen que nous ne soupçonnons pas — mais que je
sais rêver.

De Louis Armstrong : La puissance lyrique solitaire, et la voix qui éraille l'harmonie convenue, marqueuse d'émotion à force de nudité. — *Sentimenthèque*.

Des *Mille et une nuits* : Ta vie suspendue aux enchantements du verbe, cette énergie vigile. — *Sentimenthèque*.

Les colons mirent en place une société de survie. S'accommoder de nos savoirs pour comprendre l'alentour et pouvoir s'en nourrir. Les esclaves africains qui par la suite viendront nous côtoyer adopteront nos pratiques maritimes, agricoles, médicinales. C'est pourquoi des techniques et des mots caraïbes ont traversé les siècles. Les mots désignent surtout des outils de pêche, des poissons et des produits de la mer. J'ai rêvé-mots, *coui, yole, mabouya, waliwa, caye, ouicou...*, étendre leurs résonances, proroger leurs vibrations, les détacher de ce qu'ils désignent aujourd'hui et des réalités dont ils proviennent, pour les surprendre neufs. J'assemble ces mots dans de secrètes conjurations, illusoires peut-être, mais pourvoyeuses d'émoi. Charger l'Écrire des ondes de l'émotion.

De Calvino : L'Écrire, comme oxygène à toute flamme chancelante — l'éclat moral du mensonge jamais clos dans ses ambiguïtés. Et : Lier le Divers au Divers, dans un instantané riche de ruminations. — *Sentimenthèque*.

126

D'Esnambuc et ses enfants firent table rase sous la mitraille de leurs bombardes. Quelques-uns d'entre nous survivent en Dominique, dans la *Carib Reserve* de Salybia. En pays-Martinique, une pommette, un visage, une silhouette de marché, le rougeoiement d'un collier en graines-job, instillent notre souvenir. Les gommiers que les pêcheurs sculptent dans l'arbre du même nom maintiennent notre tracée dans le tourment des flots. Mille mots créoles *(boutou, colibri, caye...)* prennent notre mémoire en sons. Dans les actuels cimetières, se tracent les cercles de coquillages qui protégeaient nos morts. Dans la cuisine créole, s'est conservé notre goût des œufs d'oursins, du manioc et des viandes boucanées, du piment, du crabe traité en *matoutou*, des manières du lambi, des burgaux, des cuissons du requin ou de poissons très rares. Se boit encore notre *mabi,* ferment d'écorce et d'un secret des herbes. Nous tremblons dans l'ossature légère des cases créoles où s'apprivoise la tremblée des ravines. Notre science des plantes soigne encore. Nous subsistons, en noir et blanc, dans les vanneries qui mêlent l'*aroman* et le *cachibou* en des signes hors-mémoires. Nous sommes en courbes et ciselures dans l'argile des poteries... Nous sommes là... en présence non disparue mais bien « désapparue » selon un terme d'Édouard Glissant.

Le vieux guerrier me laisse entendre : ... dans les terres où j'errais, le « Développement » était le nouveau

Maître. C'était un petit conte de fées dans lequel une flammèche agricole avait déclenché des réactions s'achevant par les fastes du monde occidental. La fable s'était muée en une potion magique applicable à tout le monde. Je vis proliférer des fonctionnaires, des banques, des experts, des traducteurs, des colloques, des congrès... qui acheminaient vers les peuples attardés le salut de l'« Aide au Développement »... *(il rit, cendres et charbon d'acajou)*... Je vis des hommes se retrouver en « Voie de Développement », sur le fil du fameux conte de fées où ils étaient classés en avance, en retard, ou en progrès encourageants. Avec l'« Aide », ils se vaccinaient contre leurs pestes familières. Je ne rencontrais plus de glaive, mais des graphiques de technocrates venus de l'Ordre des Centres... *(un temps, sa voix roule, conteuse comme pluie verte)*... Sur moi planaient les ombres des « Théories du Développement », vols d'oiseaux migrateurs qui allaient et viraient selon des lois insoupçonnées. Ils s'abattaient sur nous en sauterelles ravageuses, puis reprenaient leur vol dans le rouge du ciel... *(il rit, girofle mousseux)*... Je vis souvent surgir l'« Économiste du Développement » comme Tarzan des longues lianes : celui-là connaissait le sésame du bonheur. Son analyse te servait d'ordonnance, et t'ouvrait la manne joyeuse de l'« Aide »... *(il rit encore, marmaille)*... Les anciens Maîtres se voyaient transformés en dieux du « Développement ». Les vieux dominateurs retrouvaient une jeunesse en fourriers bienveillants des hautes félicités... *(il rit, rouillé)*... Terribles « libérateurs »... — *Inventaire d'une mélancolie.*

Ce moi-Amérindiens me fit *quêter l'absence* : c'est se mettre en état de *rêver l'alentour.* J'ai remonté ainsi les anses tranquilles de la côte caraïbe, où le sable momifie des mémoires. Remonter la plage sombre qui souligne la ville morte, et aller comme pour joindre la Montagne, jusqu'à cette falaise qu'une légende institue Tombeau-des-Caraïbes. La présence-absence amérindienne est là, peuplant le sol en statuettes brisées, en haches, en herminettes, en disques de céramique, en restes de jaspe ou d'andésite, en pierres à trois pointes que les archéologues étiquettent comme énigmes. À la suite des cyclones, quand des cocotiers tombent et que des plages anciennes basculent, j'ai reconnu mes squelettes millénaires. J'ai mené rêves sur la Roche-à-bon-dieu au lieu dit Macabou, ou en face des divinités gravées que nul ne peut nommer.

De James Baldwin : Prophétiser le feu à force d'être sincère. — *Sentimenthèque.*

J'ai ramené d'une fouille des poteries caraïbes. Morceaux épars. Formes brisées. Soupçons de modelages ou de sculpture. Je les ai disposés dans une vannerie posée sur ma table de travail, près de l'ordinateur. J'écris en leur présence. De temps à autre, quand mon regard s'abîme et les rencontre, je suis ému de les savoir provenus de si loin avec tant d'indicibles. Ils m'emportent, me ramènent, dans des ruptures de temps, des permanences sans calendriers. De temps à autre des travaux publics exhument des miettes humaines devenues minérales. Au fond d'une anse, une pelle mécanique soulève tantôt ce que les archéologues appellent « matériel anthropique » : tessons de céramique, coquillages, ossements d'hommes et de femmes. Parfois, émergeant des grandsbois, quelque cultivateur signale une « roche caraïbe » ; je me précipite et trouve le plus souvent des blocs de ryolite drainés par un cours d'eau, dont les fissures avaient été soumises aux inventions d'une usure naturelle — comme si la nature concrétisait à sa manière une présence-absence.

> De Toni Morrison : La mémoire nouée-langage dans l'oblique indicible — et l'impossible racine. — *Sentimenthèque*.

Dans mes errances-rêves, j'ai fréquenté ces objets, ces présences ; d'abord illisibles, ils signifièrent de manière progressive. Témoins de trajectoires perdues, ils devinrent pour moi des *Traces* et des *mémoires*. La *Trace* est marque concrète : tambour, arbre, bateau, panier, un quartier, une chanson, un sentier qui s'en va... Les *mémoires* irradient dans la Trace, elles *l'habitent* d'une présence-sans-matière offerte à l'émotion. Leurs associations, *Traces-mémoires,* ne font pas monuments, ni ne cristallisent une mémoire unique : elles sont jeu des mémoires qui se sont emmêlées. Elles ne relèvent pas de la geste coloniale mais des déflagrations qui en ont résulté. Leurs significations demeurent évolutives, non figées-univoques comme celles du monument. Elles me font entendre-voir-toucher-imaginer l'emmêlée des histoires qui ont tissé ma terre. Ce moi-Amérindiens m'avait ouvert cela.

> De Kafka : Contre la mer gelée, l'Écrire comme hache et comme éveil. — *Sentimenthèque*.

> Du Conteur créole : D'abord le rythme et lance, et soutiens la cadence, emporte l'Écoutant et le roue, le déporte, le moque, l'embrasse, le déshabille, opacifie ta voix de dévoilantes obscurités... — *Sentimenthèque*.

Archéologue de notre imaginaire, m'offrant aux Traces-mémoires. Les prendre en main, renouer leurs éclats, trouver leurs utilisations en laissant œuvrer leurs formes et leurs usures. J'appris à faire vivre les endroits en y demeurant en longues heures disponibles, bordant cette clameur de silences, me liant émotionné à ces charges subtiles, et recevant à l'âme des bouffées frémissantes de l'esprit des « sauvages »...

> De João Ubaldo Ribeiro : Le Lieu en épaisseurs d'histoires, de forces de mythes et de langages — ô frère, de sacrée démesure. — *Sentimenthèque*.

J'eus des victoires terribles : nous-Caraïbes halions vers le rivage des vaisseaux capturés ; les passagers étaient offerts esclaves ou massacrés. Les navires, brisés planche à planche, et brûlés. Je récupérais alors le moindre clou, ferraille, toiles, cuir, épées, armes diverses, mille choses utiles au quotidien de guerre. Ces objets changeaient mes habitudes, y déployaient leurs fascinations, créaient des désirs, suscitaient des manques, provoquaient des désuétudes. Plus tard les colifichets, la langue, les vêtements, l'alcool, les aliments, les dieux... agiraient de manière identique. Dans les marques de nos anciennes victoires s'annonçait silencieuse notre complète défaite. Je compris, au fil des rêves, comment les effets aliénants des mises-sous-relations passent par les défaites mais sertissent les victoires ; et combien ceux que transporte l'allégresse victorieuse sont les plus imparables.

Le vieux guerrier me laisse entendre : ... dissipant une allégresse identique, je vis l'écart se creuser entre pays libérés et anciens Centres colonialistes. Les uns voyaient grimper les fastes de leur vie, les autres affrontaient l'effondrement des cours, l'extension de mille dettes... Derrière ces embarras se profilaient quelques trusts invisibles, posés sur plusieurs Centres, et régulant la danse... Se développer à l'occidentale devint une lutte contre des goules innommées qui profitaient pourtant de nos « Développements »... *(il soupire, pluie de poussières)*.. Je traversais des peuples qui croyaient résister, en faisant nation-bloc dans la spécialité asservissante où ils étaient coincés. Ceux qui versaient l'eau chaude sur les plants de cacao s'étaient mis à les planter eux-mêmes, et à les défendre comme leur raison de vivre ; ceux qui déterraient les morts s'étaient mis à rêver de cercueils... Régnait autour de moi une adoption massive des valeurs de nos Centres, critique ou non critique, éclairée ou obscure, béate ou difficile. L'assujetti plutôt que l'épanoui. Le « déni de soi » plus que « mise en valeur ». L'infinie diversité des peuples, leurs chants, leurs gestes, les couleurs de leurs âmes, se trouva prise dans la substance « Tiers-Monde », cette grosse pâte à modeler à laquelle on devait donner forme... *(il gronde)*... L'Unicité !... — *Inventaire d'une mélancolie.*

MOI-AFRICAINS — Le rêve le plus terrible me fit débarquer du bateau négrier. Il est sans harmonie, brutal, éclaté. Plusieurs millions de nègres jetés à fond de cale vers les nécessités de production du sucre (dès 1660). Je reçus les commotions des plus extrêmes terreurs. L'holocauste des holocaustes, une sorte de nazisme d'avant l'heure, dont la conscience occidentale ne se souvient même pas[1]. Passons vite sur l'horreur de la cale. Mais gardons-en l'idée, juste pour comprendre que j'y ai connu un sans-fond de mort et d'inouïe renaissance. Du pays où accoste le

---

1. Dans *Le discours sur le colonialisme,* Aimé Césaire tempête : « ... Oui, il vaudrait la peine d'étudier, cliniquement, dans le détail, les démarches de Hitler et de l'hitlérisme et de révéler au très distingué, très humaniste, très chrétien bourgeois du XXᵉ siècle qu'il porte en lui un Hitler qui s'ignore, que Hitler *l'habite,* que Hitler est son *démon,* que s'il le vitupère, c'est par manque de logique, et qu'au fond ce qu'il ne pardonne pas à Hitler, ce n'est pas le *crime* en soi, *le crime contre l'homme,* ce n'est pas *l'humiliation de l'homme en soi,* c'est le crime contre l'homme blanc, c'est l'humiliation de l'homme blanc, et d'avoir appliqué à l'Europe des procédés colonialistes dont ne relevaient jusqu'ici que les Arabes d'Algérie, les coolies de l'Inde et les nègres d'Afrique. »

bateau, je ne vois rien, ne sens rien sinon les fumigations de chlorure et d'une eau vinaigrée qui prétendent dissoudre les puanteurs de la cale. On me débarque. On me met en vente au bout de quelques jours d'une remise en forme ou d'un maquillage d'huile. Mes frères sont répartis dans les habitations du pays au gré de leurs acheteurs. On veille à mélanger les ethnies, à disperser les langues en sorte de prévenir toute entente de révolte. Ce rêve me déraille, et se répète comme un malheur bloqué.

> De Jacques Roumain : Contre le desséchant de leurs forces, quête la source de vie, rosée des sèves... — *Sentimenthèque*.

> De Glissant : Fais personnage des arbres, pierres, rivières et paysage et de ton écriture même ; décide d'un langage travaillé en horloge qui sonne tes propres heures ; ne mollis pas pour les faciles... — *Sentimenthèque*.

Il m'était facile de rêver-la-cale. Cette horreur m'avait été hurlée par les chantres de la Négritude. Mais il me fallut de la patience pour incliner ce rêve dans le lent dispersement, là où la mort et la vie recombinent d'autres nuits et d'autres soleils. Là où je me voyais déconstruit au plus profond comme pour renaître, souple, à de plurales genèses. L'Écrire doit connaître le point exact de ce vertige-là.

134

De Keats : Poète, comme une vaste sensation du monde, éternelle-intense aussi, au maillage des parfums. — *Sentimenthèque.*

De Neruda : Contre la haute Vérité, se comprendre « plusieurs » en extension horizontale des lots de vies en une... et le Chant général qui retisse la trame profonde du Lieu. — *Sentimenthèque.*

Ceux-là, les plus nombreux, venus des diversités de l'Afrique n'ont pas de monuments et leur présence n'est pas absente. Ils n'ont rien écrit de leurs souffrances ou de leurs héroïsmes. Mais leur itinéraire est là. D'abord, à travers la mer des Antilles : les négriers y jetaient leur cargaison lestée de gros boulets quand quelque navire anglais surprenait leur trafic[1]. Les poètes caribéens, Césaire, Édouard Glissant, Derek Walcott, Edward Kamau Brathwaite, ont perçu ce roulis de corps et d'âmes qui relient ces terres d'un tapis de douleurs et de connivences qu'aucune carte coloniale n'établira jamais.

De Glissant : Contre les fabriques de livres, fais de l'œuvre le principe orgueilleux de ta vie ; écris en devenir, et en écart, et fonde l'Écrire sur l'unique loi autonome de toi-même... — *Sentimenthèque.*

1. Officiellement stoppée en 1817, la Traite des nègres se poursuivra clandestinement jusqu'en 1830.

Ceux-là se sont répandus dans le pays. Ils ont mêlé leurs langues[1] au concert des autres langues, mêlé leur chair à la terre des champs, mêlé leur cœur à la richesse du sucre, leur sang à la splendeur des grandes Habitations... Je me suis avancé dans ces endroits selon d'étranges modalités : *je revenais.* Je réinstallais mon corps aux accroches invisibles. Je touchais aux mousses les plus anciennes, je foulais les marches les plus usées, je retrouvais les arbres anciens qui imprimaient aux mouvements d'air des permanences d'éternité. Il y avait là des charges émotives, des murmures, des tremblades, de petits rires amers. Et je ne savais plus si je les recevais, si je les émettais. Il y avait une familiarité de ces roues de moulin, de ces canaux d'irrigation, de ces cuves à manioc qui m'habitait sans peine. Une proximité avec ces cachots, ces chaînes et ces boucles de gros fer, qui m'accablait.

D'épouvantables événements malmenaient ma sensibilité. Des archéologues retrouvèrent un cimetière d'esclaves sur l'habitation de Fond-Saint-Jacques. Des os, échoués à même le sol dans les positions d'un rituel sommaire. Un autre visiblement enterré à la va-vite. La plupart avaient bénéficié d'un cercueil

1. Le fon, l'évé, le twi, le baoulé..., ou encore le congolais lors de la seconde vague d'immigration africaine sous contrat, après l'abolition de l'esclavage.

car les exploitants esclavagistes de l'Habitation étaient des religieux. Les clous réguliers autour des os en témoignent. On y trouva aussi des épingles à vêtements, des chapelets d'espoir, des colliers d'orgueil. Dents cariées ou dents lisses, signe d'aliments très durs. Les sépultures se chevauchaient, on refoulait des restes pour en caser d'autres. L'on retrouva aussi les os d'un homme dont je me sentis proche : il avait trouvé la mort dans un tonneau hérissé de clous, auquel on avait fait dévaler une pente.

De John Donne : L'Éveil, belle âme de l'Écrire.
— *Sentimenthèque*.

Après l'abolition de l'esclavage[1] (1848), comme beaucoup d'entre les nègres libérés, je m'égaillai sur les mornes, les déclives, les hauteurs, endroits peu propices à une culture rentable et délaissés par les békés. Pour vivre en ces terres vierges, j'ai sillonné le pays de *tracées* : petites sentes qui tortillent, loin des bourgs et des villes, chevaucheuses des crêtes, dévaleuses des pentes, qui longent d'irrévélées ravines et semblent se dissoudre en touffeurs végétales. Pour les suivre, il faut décliner l'offre des routes

1. Il faut, sur la route du Prêcheur, à côté de la ville de Saint-Pierre, retrouver le petit panneau de bois qui indique l'emplacement de l'habitation d'où partit l'insurrection qui allait forcer le gouverneur à décréter l'abolition de l'esclavage, le 22 mai 1848, bien avant que le décret officiel ne parvienne au pays.

coloniales dont la projection s'affaire à quelque utilité. La tracée se prend n'importe où, ça n'a pas d'importance. Repérer le petit chemin bétonné qui s'égare sous une touffe de feuilles. Suivre cet écart soudain où les oiseaux se posent. Monter dans cette trouée qui semble crever le morne. Descendre cet écroulement que la fougère protège. *Aller hors l'évidence*. Mes tracées initient aux patiences végétales. Leurs tortillements protègent des vies immobiles, penchées irrémédiables sur la terre des jardins. Dans les sécheresses du Sud (où l'herbe tinte comme du verre de bouteille, et étincelle parfois), ou dans les délires d'eaux vertes du Nord qui dégoulinent, se profilent les mêmes permanences. Du Sud au Nord, j'éprouvais le cœur même du pays-Martinique, dans ces minuscules quartiers enveloppés de raziés, ces pitts bariolés où se livrent en saison des combats impossibles, ces indescriptibles jardins créoles qui nouent des désordres vitaux. Des coulées. Des dos de terre. Des silences pleins fraîchis par l'herbe grasse. Des verts et des lumières. En ces parages, je percevais comme l'immanence d'une source.

> De Chester Himes : Dans les nuits de ton Lieu, aller sans maître, en gaieté horreur vérité et beauté... — *Sentimenthèque*.

> De Rabelais : Le rire à tes côtés, comme un mystère te dépassant immense dans une quête assoiffée. — *Sentimenthèque*.

De Tagore : Dans le désastre, chercher l'amorce nouvelle — c'est croire en l'homme cheminant vers l'humain. — *Sentimenthèque.*

Les présences africaines ont ainsi éclaboussé le pays tout entier. Pour Glissant, l'ensemble de notre paysage est une de leurs Traces-mémoires. J'appris donc à lire les mornes, les quartiers, les arbres, les cases, les hauts-et-bas : ils me révélaient ces trajectoires nègres dans la construction souterraine du pays. Leurs Traces-mémoires sont aussi dans les chants, les danses, les tambours, la cuisine, les cases, les légendes de la terre, de l'air et des eaux. Elles sont dans nos gestes, dans ce rire que les Grandes-Personnes cachent en détournant la face, dans nos acquiescements instinctifs aux paroles, nos déhanchements, nos visages, nos silences, nos convois, nos coumbites du travail de la terre. Elles sont dans cet espace poteau-mitan occupé par la femme, dans ces enfants offerts à une parente, dans ce respect quasi rituel pour les Grandes-Personnes, dans notre magie, nos rapports à la mort, notre goût de la vie. La Négritude en avait fait des bouts d'Afrique pure. Des concentrés d'identité. Dans mon rêver-pays, je traînais autour d'elles une soif pleine. J'aspirais tout. Je recevais des cyclones de présences. Alors, il m'apparut que ces Traces-mémoires d'Afrique furent de tout temps en résonances avec les autres, et affectées par elles. Elles ne reconstruisirent nulle Afrique au pays, mais tissèrent le pays d'un scintillement d'afriques mouvantes, en dérive dans leurs diversités propres, et en dérive dans toutes les autres.

Le vieux guerrier me laisse entendre : ... de temps à autre, je rencontrai des tribus de rebelles, épaves de hautes villes, ombres grouillantes des églises, des temples et des mosquées, derniers habitants de rêves anciens et de dieux oubliés. Vieux hougans des libertés. Ils m'accueillaient en frère, soignaient mes plaies, pansaient mes solitudes... *(il soupire, salive surette)*... Quand mes larmes s'arrêtaient pour que je puisse les voir, je découvrais leurs paupières mortes et leur peau étouffée. En s'opposant à la nouvelle domination, ils se voyaient discrédités, car ils noyaient avec elle les forces libératrices qu'apportait l'Occident : autonomie de la conscience individuée, démocratie, laïcité, rationalité élue, équité homme-femme, vulgarisation scientifique... Soucieux de se différencier, ils n'opposaient souvent que des ombres régressives à la lumière occidentale. Ici, la Négritude disait « folie hurlante » contre « rationalité », glorifiait l'« émotion » contre la « raison » ; des artistes d'Amérique latine exaltaient de symboliques cannibalismes ; là, des traditionalismes éteignaient l'esprit sur des ethno-vertus mortes ; là, des ethnicismes épuraient pour distiller l'ivoire des Nations-Unes ; là, des intégrismes contraignaient les femmes sous des fourches anciennes, assassinaient les esprits autonomes... ô drames sans horizon !... *(sa voix s'encaille, huile raidie)*... Je voyais ces horreurs parer les Centres dominants de mille et une vertus... À chacune de mes haltes, je trouvais ainsi nos vainqueurs renforcés... La chienne silencieuse forçait nos

140

résistances à des fanatismes sombres, des traditionalis-
mes-cadenas, des folklorismes inanes, qui à terme ren-
forçaient la séduction dominatrice... *(il soupire, graine
de rocaille)*... Je reprenais ma route, à chaque fois plus
détruit, et me surpris parfois à suivre une crevasse pour
éviter une terre où des frères se battaient... — *Inventaire d'une mélancolie.*

Moi-Indiens, moi-Chinois, moi-Syro-
Libanais — Ces rêves se précipitaient, s'emmêlaient, se dénouaient. Les autres trajectoires déroulèrent leurs silences. Celles des immigrants d'après
notre esclavage. Les planteurs les firent venir pour
remplacer aux champs les nègres qui désertaient.

> Le vieux guerrier me laisse entendre : ... tu vois,
> tous ces déplacements d'hommes, c'est de la
> mise-sous-relations... *(il soupire)*... Et la domi-
> nation silencieuse dont je parle naît justement
> des tendances à l'Unicité en œuvre dans la mise-
> sous-relations... — *Inventaire d'une mélancolie.*

L'immigration indienne (de 1853 à 1884) provenait des comptoirs français de Karikal ou de Pondi-
chéry... Trompés le plus souvent par des recruteurs,
poussés par les famines, nous étions parqués jusqu'à
l'heure du voyage. Musulmans, chrétiens, en majorité hindous, parlant le tamoul et l'indi, nous débar-
quions au pays avec nos divinités populaires, bien
souvent villageoises : Mariamman, Madouraiviren,

Kalimaï, Nagourmira... Et pour résister aux conditions épouvantables (exploitation des békés, mépris des nègres et des mulâtres), nous connûmes l'isolement. Mais notre présence concentrée rayonna sur l'ensemble du pays, par la langue, la cuisine (colombo, moltani...), les pratiques d'un culte votif, et par des voies encore indécodables. Leurs Traces-mémoires font spirale dans le nord du pays, en marge des grandes Habitations, puis, dans l'En-ville, au gré des exodes collectifs. J'ai quêté leurs temples, qui nous sont en partage : Vert-rouge-jaune, Bleu-blanc-rouge, leurs couleurs emportent l'Inde, l'Europe, l'Afrique dans le grouillement d'histoires.

L'immigration chinoise (1859) alimenta aussi le pays-Martinique d'après l'abolition. Fuyant des troubles, des faims, portant d'irrépressibles appels, nous venions de Canton, du Jiangsu, du Zhejiang... Des agents recruteurs, menteurs, trompeurs, enleveurs, nous promettaient des lots d'Eldorados contre une simple signature. Et nous voilà charriés. Le transport est terrible. Promiscuités. Arbitraires. Profitations variées. Les femmes sont peu nombreuses, si bien qu'une fois installés, nous en ferons venir, pour nous-mêmes ou nos fils. Prévus pour les champs, nous-Chinois désertâmes sans arrêt. Les békés en seront dégoûtés. J'échouai dans des postes de services en bordures des habitations, puis des bourgs et des villes (gabarrier, allumeur de réverbères, garçon, gardien de bêtes, journalier). Ingénieux, rapides, énergiques en commerces, mes frères développeront de florissantes boutiques. J'ai fréquenté leurs Traces-mémoires dans Fort-de-France, dans d'impensables épiceries où tout peut s'acheter par tout petits morceaux, toutes espèces de mesures. Un festival d'odeurs : tonneaux, viande salée, pétrole, huiles, margarine, morues séchées. Des entassements de sacs, des montées de conserves, du pain rassis, de l'ail. Ô ces bouteilles obscures et cette fine poussière...

Même périple pour les Syro-Libanais qui aujourd'hui peuplent les bourgs et les villes de magasins divers. Chassés de leurs terres par l'envie de l'Ailleurs, les guerres ou quelque trouble. Je débarquai sous quelques ballots de toiles vendues au fil des routes, au hasard des quartiers, de cases en cases, avec une virtuosité qui rapidement sut m'enrichir. Les pauvres immigrants à brouettes devinrent une communauté aisée, qui fit venir ses femmes, et qui — de ses fils *précipités* aussi — paracheva la mosaïque de ce pays. J'ai entendu leur langue et mordu à cet oignon bouilli dont ils font friandise.

> De Miguel Torga : Ton particulier, sans les murs... Solitaire-autonome, rebelle transfiguration. — *Sentimenthèque.*

> De Swift : Ho, bienfaiteur !... et ce rêve (face à l'Autre) qui fait miroir en soi... — *Sentimenthèque.*

Nouveaux Africains venus sous contrat. Madériens. Chinois. Indiens. Syro-Libanais. En vivant ces mémoires, je leur découvris un commun partage d'une plongée dans les cales. Rêver ces cales devint le point d'alliance... Elles semblent celles des bateaux négriers. Mêmes fumigations. Mêmes odeurs. Mêmes malaises. Mêmes microbes. Dysenterie. Scorbut. Cautère. Teinture d'iode. Poudre de quinquina. Les lard et choux salés qui rythment l'estomac. Les poissons séchés qui se corrompent dans les paniers. L'eau puante des barils vinaigrés. Le pont où l'on danse pour se dénouer les muscles. L'eau de mer à laquelle on livre sa peau flétrie. Le bois des ponts à récurer. La touffeur des coins d'aisance à dissiper. Et l'horizon immuable, sans avant ni arrière, qui renvoie chacun à de denses solitudes. La cale cette fois est ventilée. Chaque semaine on y passe une mixture de chaux. Mais quand le vent se lève et que la mer bascule, que les vagues et le ciel se joignent dans les barreaux des pluies, on ferme les écoutilles. La pénombre commence. L'opaque roulis qui enterre chacun en lui-même. Longtemps. Profond. Nous savons où nous allons. Nous étions plus ou moins demandeurs dessous le feu d'une nécessité, la tromperie d'une promesse, la peur d'une menace ; nous avons signé contrats ; sur les nattes, nous imaginons un futur de possibles et des espoirs de vie meilleure. Mais en nous, la terre natale s'immobilise, elle s'encaye dans les vieilles anses des souvenirs, puis dans le tabernacle de ces rêves dont on

144

admet très mal qu'ils sont à tout jamais perdus. Une insidieuse mais décisive rupture vers le creuset américain. Nous tombons.

> Le vieux guerrier me laisse entendre : ... je ne pouvais que suivre leurs agissements jusqu'à en perdre le goût du rêve... *(sa voix bruit comme une pluie de désert, boules vapeurs)*... Le monde se transforma pour Eux en vivier d'industrie : ils inventèrent l'ouvrier immigré substitué à leurs propres travailleurs trop organisés et hostiles aux vieilles tâches... Ainsi, au rythme des avions et des rêves en valises, de nouvelles colonies se créèrent au-dedans de leurs hautes citadelles. Je m'installais avec des milliers d'autres dans des champs de futur, au fond des villes grasses, dans les veinules des minerais asphyxiants, aux arrières de hauts fourneaux tremblants et de monstres mécaniques dont la peau miroitait. Nous recomposions là, dans leurs ombres et leur soufre, des haillons de peuples, de langues flottantes, des émiettements de dieux, de rythmes, de musiques nostalgiques, et de sueurs ammoniaques. Quand ces endo-colonies devinrent encombrantes, ils modifièrent leurs lois pour mieux nous éjecter, puis installèrent leurs usines sur les rives lointaines (nos terres périphériques) au cœur des mains-d'œuvre exploitables rendues dociles par les joies du développement-délocalisation...
> — *Inventaire d'une mélancolie.*

Les Occidentaux arrivaient sans leurs femmes. Les marins négriers cueillaient plaisirs au corps de leurs belles Africaines. Les premiers colons firent ménage en carbet auprès d'Amérindiennes. Les Maîtres-

145

planteurs abusaient du ventre de leurs esclaves et furent sensibles aux formes nouvelles de leurs Indiennes. L'Église combattra ces mélanges et l'on acheminera d'Europe des femmes bonnes à marier ramassées sur les ports ou dans d'obscures maisons. Mais le métissage biologique ira comme un soleil. On s'épuiserait aux listes des combinaisons surgies dans ce charroi de peuples. Apparut très vite le peuple de ces peuples : les mulâtres. Dénigrés, honnis, chargés des mauvaisetés de leurs composantes, ils deviendront une classe particulière soudée par l'ambition et naviguant dans cet ensemble social avec belle efficience. Ils furent la grande surprise du tracé colonial. L'imprévue prolifération accablant la valeur élue de la pureté des sources. Un désordre éclaboussant le beau carrelage dominateur.

Le vieux guerrier me laisse entendre : ... le Merveilleux des pays que je traversais s'était délité en un migan de croyances hasardeuses, pulsant hors références, partielles, racornies, instables, dénuées de légitimité et de force intérieure. Ces peuples n'acceptaient de Merveille et de Rêves qu'à travers ceux des Dominants, à travers leurs contes, leurs livres et leurs histoires... *(il soupire)*... Les valeurs qui en silence les régentaient touchaient à leurs envies, à leurs besoins, leurs idéaux, leurs ambitions, leurs appétits, leurs tentations, leur volonté, leur beau, leur juste, leur vrai, à l'imagination, au cœur, au sexe, à l'esprit, au sacré, à leur sève créatrice... *(un temps, sa voix s'embrouille dans des verbes inconnus, puis revient, éther de mangue émue)*... Couvert de mes peaux poussiéreuses et de mes armes rouillées, j'avais l'impression d'arpenter d'étranges cimetières... *(souffle de crépuscule)*... Je quittais ces endroits comme l'on quitte le berceau d'un malheur... — *Inventaire d'une mélancolie.*

J'écris parfois sur la terrasse où des colibris boivent à mon eau sucrée. Ils sont six ou sept. Et c'est ma tâche première que de leur préparer un festin de chaque jour. En écrivant, je rêve à ces présences que je découvre en moi, mon esprit est instable, fuyant, liquide, vagabond-sans-maître, je sursaute au débouché de mes absences, j'ai du mal à demeurer long-temps dans les méandres d'un paragraphe, rêveur terrible, chimérique affamé, contemplatif fatal au bord des phrases en suspens, les idées et les mots me déportent facile dans le brasillement de ces pluies que j'adore, dans les couleurs mourantes des bou-gainvillées, dans l'entrelacs de ces plantes-amies que j'arrose chaque jour, ou dans le vol géométrique des colibris. Petites merveilles. Vies minuscules extrêmes. Césaire s'étonnait que des corps aussi frê-les puissent supporter sans exploser le pas de charge d'un cœur qui bat. Et c'est dans l'étonnant vrai. Le vol d'un colibri est un chahut d'immobilisations-éclairs. Ils dessinent dans leurs jeux (ou leurs luttes : comment savoir ?) des géométries fulgurantes. Peu de courbes : des déplacements roides et des immobi-lisations en points d'exclamation qui ouvrent là-même à d'autres voltes rectilignes. Ils sont à moitié

colibris/esprit

invisibles, en alerte définitive, vigilants et abandonnés à la maîtrise explosive de leurs ailes, d'une audace préoccupée et altière, l'intensité de leur vivre ressemble à la flambée d'un absolu. J'écris en leur présence, aussi près d'eux que cela m'est possible. Et mon esprit, qui ne peut les rejoindre, tente de les enrober dans ses brumes.

> Le vieux guerrier me laisse entendre : ... parfois, je rencontrais des peuples plongés dans une nappe de silence. Sans un cri. Sans une larme. Sans une nuque qui proteste. Ils n'avaient autour d'eux ni barbelés, ni muraille interdite. La domination silencieuse ne contrariait aucun de leurs soucis linguistique, ethnique, identitaire, folklorique, culturel... Rien ne semblait l'offusquer... *(il soupire, eau hagarde)...* On n'effeuille plus l'arbre que l'on veut dominer, ne lui taille plus les branches majeures, on le travaille à sa racine, dans les sédiments mêmes de sa sève — pour nous l'imaginaire. Je vis ainsi, sous la botte de l'Empire soviétique, les enfants apprendre en estonien, letton ou lituanien à être de bons sujets de l'Union et à louanger ce qui provenait du Centre. J'étais effaré de voir ces libertés offertes dans la célébration des vieilles identités et des anciennes armures. Il y avait là une belle pente d'illusions pour ceux qui dans une telle enveloppe se croyaient libres !... Ils se désertaient eux-mêmes, leur expression n'atteignait pièce de leur vérité propre, ils « s'universalisaient » ou « s'enracinaient » jusqu'à l'insignifiance... — *Inventaire d'une mélancolie.*

Ces rêves qui m'emportaient hagard me tendaient vers l'ensemble de ces hommes. Amérindiens. Euro-

148

péens. Africains. Indiens. Syro-Libanais. Chinois...
Lier et relier. Joindre et rejoindre. Être tout cela à
la fois dans le mouvement même de leurs déports et
de leurs accords. Tendre vers ces présences éveillées,
révélées, en moi sans rien perdre du concert de leurs
chatoiements, et du clignement distinct de chacune
de leurs traces. J'avais débarqué avec eux, il me fallait revivre ce qui s'était produit sur cette terre nouvelle, deviner comment ceux qui seront mes ancêtres
avaient résisté à ces enfers... Et les colibris accompagnent ce vouloir de leurs rapides éternités.

> De Glissant : Goûter solitude-solidaire et la
> pleurer autant ; méfie-toi de ta plume quand
> elle frétille en grâce ; demeure en écrivant dis-
> ponible pour l'enfant et pour celle qui t'en-
> chante et pour les amis. — *Sentimenthèque.*

> De Frankétienne : La force vitale, généreuse, le
> chant en belle audace des mémoires oubliées.
> — *Sentimenthèque.*

RÉSISTANCES ET MUTATIONS — Je voulais de
suite réenfourcher mes rêves. Mais ici-là, le temps
est lumière qui va vite. On la sent ruisseler très tôt
d'un bleu nuit qui débrouille le nœud des bougainvillées, verdit les plantes de la terrasse, puis soulève la
gorge des merles sur leur famine irrémédiable. Les
colibris s'échouent sur les feuilles du manguier et
soulèvent la rosée de leurs ailes. Ensuite, celui qui a

149

lancé l'Écrire dans une perpétuité d'ombre perçoit une tressaille du temps à travers les persiennes ; les livres (veilleurs des solitudes) animent de reflets l'obscurité tombale du bureau ; la maison émerge de l'opaque confusion ; autour des chattes somnolentes la terrasse ressuscite. Je contemple le festin des colibris et accueille leurs louanges : froissements d'ailes et couronne vrombissante. [Puis je reviens à la table des rêves et de l'Écrire.] Alors, la lumière n'avance plus ; ou elle glisse sur un rythme minéral, du tendre velouté qui emmoelle les choses à une clarté fixe qui appuie sur chaque être et fascine la vie. Celui voué à l'Écrire (ou au rêve) l'oublie jusqu'aux pointes de midi où elle tombe du soleil en pieu raide et vitrifie (ce tracas de chaleurs) le cœur des existences.

Midi ho !...

Toute ombre tranchée. Les merles ont remisé famine sous les branches ombrées des pieds-fruyapin. Les chats ont fourré vigilance sous les nappes des hautes tables. Les chiens se transforment en statues dans un havre moussu de la lisière, et rendent un reliquat d'âme par la langue. Seuls des papillons jaunes et des colibris fous osent encore un envol dans ce mur de lumière qui maçonne l'éclatante ankylose. Les bougainvillées expriment alors leur goût pour cette chaleur par ces ovations multicolores qui saluent chaque midi du carême. S'il le peut, celui qui marque ses rêves se réfugie à l'abri des persiennes, près d'un ventilateur lui-même asphyxié, et il imagine (sans oser plus) le pays sous midi.

Midi, roye !...

Midi, c'est du feu, feu de lumière, feu de ciel, feu des premières fatigues. Les vieux-nègres s'agglutinent autour du feu d'un punch dans une pénombre de bar. Ils retrouvent ce geste tournoyant du poignet qui sucre et citronne la dose majeure à quatre doigts. Sous la protection des persiennes, auprès des meubles d'acajou qui luisent comme de vieux vins, d'autres anciens (mulâtres en retraite, bijoutiers hors d'âge, couturiers décatis...) exécutent aussi la tradition du punch, du verre d'eau de source fraîche, du bout de citron sucé que l'on jette sans un regard par-dessus son épaule pour éviter qu'il n'aille offrir un petit bout de soi. À cette heure, la tradition permettait de parler, non pour battre de la gueule, mais, dans un plus de gravité, pour dresser le bilan déjà possible de la journée, ou le décompte envisageable d'une vie, ou celui d'un destin dont l'échouage s'anticipe. Comme si midi (cette criée fixe de haute lumière qui annule blanc l'autour) autorisait une suspension de l'existence. Ce qui n'a pas été réalisé à midi ne s'effectuera plus au cours de cette journée. La lumière durcit le bois, creuse l'asphalte, condense l'élan vital en une nouée sourde, aride. Seules d'insignifiantes poussières, nuées d'un vent impalpable, confient un rien de remuement au monde. Et l'après-midi demeure une sidérée lumière sous laquelle, à mesure-à mesure de leur apparition, rampent les

151

primes ombres : leur allongée soumise est en route vers demain.

> De Junichiro Tanizaki : Entre diable et beauté, la confession qui fait miroir à force d'audace — surprendre à tout moment. — *Sentimenthèque*.

> De Nietzsche : Contre l'Être glacé, en devenir toujours, le fluide-chaotique-connaissant, boucle spiraline. Et : Contre l'Ordre immobile, la divine valse des hasards : grandes orgues créatrices. — *Sentimenthèque*.

Mais la tradition s'est quelque peu dépenaillée. Celui qui, depuis déjà quelques années, écrit des livres au rêve ne s'assied pas devant les punchs de midi à l'instar de son père. Aucune soif n'inaugure pour lui ce moment. Aucune envie non plus. Aucune visite n'annonce une gorge desséchée comme dans le temps d'antan. On y tombe seul, en piège ouvert, déconstruit par ce foudre de lumière répercuté au plein des rêves humides. Une stupeur se souvient de cette accorte lumière qui dissipait la nuit avec tant de promesses et qui, traîtresse, accorée-là dans ce ban de violence, divulgue au rêveur démuni que le temps passe aussi par les éternités. *Qui, mais qui peut écrire à midi, ho ?*

> De Stendhal : L'Écrire comme un miroir qui erre — ô ces rêves !... Et : Cherche l'émotion, le mot viendra avec. — *Sentimenthèque*.

152

De Segalen : Plonger dans l'innombrable pour rêver l'Un. — *Sentimenthèque.*

À cette heure, souvent réduit à rien, j'accorde mes rêves aux résistances anciennes de ces hommes qui m'habitent. Nous-Caraïbes luttâmes durant passé un siècle. Cela n'y fera rien. La petite vérole initie le massacre, les bombardes parachèvent. Nos guerriers fracassent leurs vagues contre d'impassibles mitrailles. Ils refluent, ils reviennent, puis ils refluent encore. Entre 1635 et 1658, nous disparaîtrons du pays-Martinique. Quelques individus erreront de-ci de-là — femmes et marmailles approchées par la mort, guerriers stupéfiés par cette déraille de l'univers... — mais l'organisme social se sera effondré, en lambeaux, au fond d'étroits sanctuaires à Saint-Vincent ou à la Dominique. Le père Labat raconte (une halte forcée dans le sud du pays, en 1694) sa découverte d'un ultime groupe caraïbes, guidé par un certain Larose. C'était moi. Je m'étais affublé d'un nom occidental. J'avais embrassé la religion nouvelle. Je pratiquais le signe de croix avant le bénédicité au-dessus du manger. J'étais « civilisé ». Le père Labat jubilait bonnement. Mais soudain, horreur, dans le carbet de réception, l'abbé s'assit sur une natte placée au mitan de la case : *sacrilège !* ... un guerrier y gisait, enterré accroupi avec ses armes selon nos traditions. Le père Labat fut consterné par tant d'obscurantisme. Ces survivants sont un insolite ensemble que mon allure de chef reflète bien. Je mélange les Zemis caraïbes au Dieu chrétien, j'associe caleçon lamisa et brodequins, je me couvre de roucou dessous ma belle chemise, mes bras cliquettent de caracolis ; ma femme se noue un pagne sur la courbe des reins mais ne mange pas en ma présence ; auprès de mes arcs boutous flèches, se rangent sabre fusil pistolet. Je survis de troc avec l'irrésistible vague coloniale qui poursuit sa percée. L'échange, qui présidait à mes premiers contacts avec les gens d'Europe, sert maintenant de viatique à ma lente extinction. Un précipité de valeurs neuves s'emmêle à ma vision défaite. Moi, Larose, je suis entre deux époques mais je ne suis plus nulle part. Ma mémoire méconnaît l'écriture et la parole des transmetteurs s'est étouffée. Dans les pluies, je crois encore surprendre la Genèse des Hommes, le vent sculpte dans les nuages des têtes de chauves-souris repliées au repos, des courbes de grenouille, des femmes germées de nos pruniers mombins, de garçons enceints accouchés d'un coup de hache, de pierres mortes et d'arbre semi-vivant... Cela s'anime encore à la faveur du vent, mais autour de moi, vaincu, le reste s'est offusqué : les pierres à trois pointes ont perdu leurs chanters, les amulettes agrègent mal des miettes de l'univers, les adornos dégénèrent en grimaces, les pierres vertes accoucheuses des femmes n'ont plus goût aux naissances-sans-destin, et les sculptures de la conque du lambi sont désormais moins belles que le coquillage nu. Moi-

Larose, guerriers, femmes, enfants, croyons résister encore, ou pire : caressons des chimères de conquête pour donner signifiance au soleil qui se lève. L'essentiel étant de vivre, je vis, je survis, je projette mes enfants dans un avenir que je ne peux imaginer, sauf en quelque heure magique où, de la mer, montent des rumeurs que l'accouplement primordial (Grenouille et Chauve-souris) n'avait pas annoncées. Moi-Larose, je suis à moi tout seul une mosaïque-désordre de mondes écroulés et de mondes en élan.

(Les Larose furent innombrables de par les Territoires amérindiens. Leurs visions traditionnelles avaient eu prophéties de désastre, d'arrivées d'hommes en fer porteurs de fin-des-mondes, mais aucune de leurs catégories n'englobera ce qu'ils allaient subir. Je les ai vus immobiles en eux-mêmes, le regard par en dedans, dissociés de leurs fils qui s'élancent en blousons vers les villes clignotantes et les musiques technotroniques. Je les ai vus folklorisés dans un spectacle d'eux-mêmes où le mensonge illusionnait l'espoir. Je me souviens d'une remontée de fleuve en Guyane et de nos passages dans des villages amérindiens. L'immobilité. Le silence. La décrépitude diffuse. Le monde sécrète des boucles de temps immobile où des peuplades sont zombifiées. Ce n'est pas une mort, mais ce n'est plus la vie d'avant ; c'est une existence huée par des forces qu'aucune de nos traditions ne peut envisager, et qui doit osciller sur une trame obscure.)

> Le vieux guerrier me laisse entendre : ... je sais, j'ai vu ces peuples et ces cimetières où l'on reste vivant. Je leur tournais le dos en croyant partir à la recherche des vies. Or la vie est partout et rumine ses surprises... — *Inventaire d'une mélancolie.*

Les esclaves en s'enfuyant trouvèrent souvent refuge auprès des derniers Caraïbes. Ils participèrent même aux assauts contre d'invincibles bombardes. J'ai rêvé leurs rencontres. Ces hommes rachés d'Afrique qui se présentent en nudité hagarde à ces hommes d'Amérique. Ils sont proches de la terre, de l'eau, du ciel ; leurs traductions des invisibles s'accordent mieux entre elles qu'à celles des conquérants. Le sentiment d'une perdition commune les rapproche, et souvent les unit. Les Caraïbes-noirs seront nombreux de par les îles : sédimentations d'identités anciennes s'assemblant pour faire bloc contre cette bascule du monde. Ils lèvent des armées. Des flèches et des forces. Ils dressent leurs croyances ancestrales contre les tonneaux de poudre. Ils adaptent des dieux, des langues, des mœurs, à leur vision du monde. Mais cette dernière n'est pas extensible à l'infini ; elle parvient vite aux termes de ses audaces : au-delà, c'est la déconstruction. J'ai souvent rêvé ce vertige : l'imaginaire des Territoires qui s'exténue dans sa saisie du monde, qui intègre un essaim d'éléments exogènes, en moult combinaisons, chacune plus impuissante que l'autre à restituer l'ancienne assise identitaire, et qui soudain ne peut plus avancer sans déchoukée de ses fondements. Et qui reste en suspens, dans l'angoisse désirante, par-dessus cette brouillée. Les créoles américains ont recueilli le distillat de cet impossible. C'est Faulkner dans son œuvre. C'est Perse dans sa fuite universaliste. C'est Césaire dans son cri démiurge d'une Afrique impossible. C'est Glissant dans ses solitudes-solidaires d'où lève sa Relation au monde. C'est García Márquez, soûl d'un temps circulaire dans l'ensemble des possibles. Une tremblée profonde dans nos chairs, répercutée par les houles de l'Écrire qui tente de domestiquer à son tour (loin des muses et des soufflées divines) une mutation inconcevable.

> De Cervantès : Le réel amplifié de fantaisie, de démesure, sous la loi du vrai-autre, incertain miroir de l'Écrire qui fait vision et connaissance, et réinvente le monde entre le réel et irréel — en connivence et émotion. — *Sentimenthèque.*

> De Tchekhov : L'ellipse en fleuve de résonances, et musicale. — *Sentimenthèque.*

La résistance africaine à l'esclavage connut toutes les formes, du suicide dans la cale du bateau, au marronnage en compagnie d'une famille caraïbe. La Négritude a exalté les héroïsmes du Nègre marron qui arc-boute son refus par une fuite dans les bois.

Ces rebelles ont toujours existé mais, dans les petites îles, leur trajectoire a souvent été courte : les chroniques d'écartèlement sur place publique d'un Nègre marron sont innombrables ; ces victimes (décapitées, fouettées, mutilées...) n'ont pas de nom mais un prénom puéril dont nul n'entretiendra le souvenir. Comme si la mémoire orale s'allégeait des échecs individuels pour retenir l'énergie d'une masse indistincte en lutte de survie. Elle a ainsi conservé le bond rebelle hors de l'habitation esclavagiste, mais sans lui donner de visage ou de nom. Glissant décrit cette fuite à travers bois, affolée par les dogues pourchasseurs, et qui se heurte contre la mer. Ici, pour l'Africain continental, accroché aux traces du Territoire perdu, la mer devient geôlière. Il s'est enfui dès l'accostage du bateau négrier, il a couru sur cette terre inconnue, cherché une piste de retour, une orientation vers le pays perdu, et là, face à cette quête, la mer dresse comme un mur : elle condamne au nouvel alentour, elle nomme cet autre destin, l'impose en cruauté. Même quand l'esclave né sur place marronnera à son tour, il portera en lui la trace désirante de ce pays perdu, il s'élancera vers ce pays perdu, cherchera la piste hagarde du Retour vers le Territoire : et là encore, en face d'un tel désir, la mer sera geôlière, et l'île close.

Le vieux guerrier me laisse entendre : ... dans les démocraties populaires l'intellectuel, l'artiste, devenait « utile » à l'instruction des masses. Au contraire, sous la chienne silencieuse dont j'arpentais les pistes, il devient « inutile »... *(il rit)*... Les ruades de l'esprit se voyaient congédiées au profit de la « science » du Bonheur annoncé. D'où l'économisme ambiant qui embrumait nos terres, la technocratie régnante, les experts engraissés à grands frais, les coopérants déifiés, le Sociologue surgissant en Oracle, le culte du « Développement »... Une sorte de « réalisme » dominé qui me faisait passer pour un fou délirant... *(il rit, huile piment chaud)*... Il y eut des enfants pour me jeter des pierres aux portes de ces villes... — *Inventaire d'une mélancolie.*

Bien sûr, quelques Nègres marrons s'élançaient sur une yole à la fortune des vagues mais, en l'absence de comparses caraïbes, ils ignoraient vers où se diriger et nul ne sait à quelle gueule marine imputer leur disparition. J'ai rêvé de ces Nègres marrons en dérade sur des troncs d'arbre creusés, pris dans l'infini d'une mer qui fait ciel. Le soleil m'accable. Le sel fait éclater ma peau. Je cherche le Territoire perdu. Je crois le deviner dans ces oiseaux qui migrent, dans ces nuages qui traînent la blessure d'une montagne. Sous ma frêle embarcation, les abysses d'encre et les formes affamées des requins cisaillent la moindre attache au sol. En moi, les codes se brouillent. Je ne suis plus ce que j'étais, je n'ai plus d'essence, ni d'être, je suis un élément du monde parmi les vagues et la houle lisse du ciel, juste comme une algue, une écume, un pollen emporté. Je deviens un simple *étant* du monde. Si je survis, si j'accoste à une rive, j'aurais, au voile

159

des yeux, la lueur (un peu glaciale) d'une aube première sur un monde vierge.

> De Kafka : Contre les barbelés du Vrai, dérouter les fixités du monde et prendre le réel au tremblement de ses justesses réinventées. — *Sentimenthèque.*

Mes rêves accompagnaient aussi les fuyards dans les bois. Halètements. Courir en haut des mornes, trouver une piste de retour vers l'Afrique. Le regard qui s'aiguise, qui dépèce l'horizon. Le cou tendu au plus loin, au plus haut. La main qui soulage la pupille d'une vrille du soleil. Le malheur découvert à la ronde : *l'encerclement d'une mer indéchiffrable.* Alors, j'imaginais le lent reflux, la déception pesant sur les chevilles. Revenir. Redescendre vers cette terre où inscrire sa vie, planter sa résistance. Mais l'endroit est petit. Des battues de planteurs découragent les campements. On est contraint aux épuisantes mobilités. Aux fuites soudaines vers rien. Aux sommeils d'oiseaux-fous. Où trouver temps d'apprivoiser ce sol, domestiquer ces arbres ? Alors, le rebelle s'enracine dans l'unique espace sûr : le pays perdu qui lancine au fond de lui. Même quand les villages furent possibles (forêt de Guyane, dans les grandes îles, sur le continent...) les imaginaires africains vont se figer de manière identique, s'américaniser à leur corps défendant, et, croyant ainsi se préserver, survivre sur eux-mêmes. J'ai déjà évoqué le silence du

160

Nègre marron coincé dans son élan[1]. Il ne crie plus. Il ne danse pas. Il ne chante pas. Il ne grave rien sur l'écorce des arbres. Son regard s'est inversé. Il fait silence comme dans une cale de négrier, un dortoir de goulag, une oubliette chilienne. Et ce silence borde l'abîme d'un imaginaire qui s'étire aux extrêmes mais qui refuse le saut. Ce silence du Nègre marron n'est pas un désespoir, il glane le refus certes, il effeuille une absence oui, mais se nourrit surtout de la mise en suspens des anciennes certitudes. Comme un muscle ramassé qui implore longuement : Mais où bondir ?

Le vieux guerrier me laisse entendre : ... moi aussi, j'aurais pu me poser cette question quand je vis les Centres aspirer les compétences et les cerveaux des pays dominés... *(il soupire)*... Au service de l'expansion d'un Centre, l'on trouve carrière, gratifications, louanges internationales... Rares étaient nos savants qui s'offraient à leur pays natal... Les peuples sous influences étaient ainsi lobotomisés... C'est pourquoi, chez ceux qui m'accueillaient, qui acceptaient de me parler, je rencontrai ce sentiment : ... *le pays est petit... le pays ne vaut rien... que pouvons-nous y faire de bon ?... nous sommes incapables de ci ou de ça... pas d'autres chemins, pas d'autres moyens, rien d'autre à faire que de se diluer dans le Centre dominant... Quelle joie de disposer d'un Centre où fondre son malheur...* Je considérais ce

1. *Lettres créoles. Tracées antillaises et continentales de la littérature*, Patrick Chamoiseau et Raphaël Confiant, Éditions Hatier, Paris, 1991.

sentiment-là comme beau symptôme pour se savoir atteint... *(il soupire encore, absinthe à sept chenilles)*... Parlant du colonisé, Fanon me disait : il est dominé mais non domestiqué. Il est infériorisé mais non convaincu de son infériorité. Je pouvais dire maintenant du dominé : il est domestiqué par autodépréciation, infériorisé par auto-infériorisation. Baigné dans des valeurs dont la force suggestive est quasi indolore, il entre en mésestime de soi, ne se pense plus, ne se cherche plus d'atouts ou d'outils intérieurs. Et les ministres du Centre, embarrassés par ces peuples dont nul n'avait prévu l'anesthésie, leur demandaient : *Que voulez-vous donc ? Quels sont vos projets ?...* Aidez-nous à être comme vous, exigeaient-ils, assistez-nous dans notre marche vers vous !... Ô Fanon, frère ho, je suis content que tu n'aies pas vu cela... — *Inventaire d'une mélancolie.*

Dans les registres de plantations, les dossiers de justice, j'ai découvert cette tristesse mortelle qui poussait à la fuite dans les bois. À la solitude des bois. L'obscurité des bois. Là où on accède aux sûretés de soi-même, densifié dans son Être, replié sur ses chairs et ses os, quêtant là une vérité stable. Alors que, sur la plantation, on éprouvait le naufrage de soi dans un bouillon avec mille Autres, l'échouage vasard des certitudes, l'usure des absolus. Une drive-dérive en étendue déprime. Je vois ces Nègres marrons abîmés en eux-mêmes au drame d'un fixe exil, transformés en momie de leur Être ou d'un Être reconstruit, n'osant peser des yeux le souffle cyclonique qui n'offre aucune boucle au vieux crochet des résistances. Ni même de piste connue aux libertés.

> Le vieux guerrier me laisse entendre : ... ô Seigneur ! J'ai connu cela ! J'ai connu cela au débouché des belles Indépendances !... — *Inventaire d'une mélancolie.*

Les autres résistances à l'esclavage furent passives : mélancolie sans nom, chagrin assassin, paresse, railleries, vols systématiques, mensonges, disparition des notions de mal et de bien, suicides, sabotages, révoltes démentes où l'on saccage et l'on tue et l'on brûle sans projet. Une guérilla obscuréforme que le Maître affronte sans répit. Là, sur l'habitation d'où on n'ose s'enfuir, mourir devient un acte de vie, mourir est résistance extrême, bond paradoxal du plus précieux espoir. Des femmes avorteront pour dérober du nombre au cheptel du Maître : leur propre déchéance se voyant tolérée, celle de leurs enfants leur reste insupportable. Il faut imaginer ce trou sans fond : une esclave enceinte, solitaire dans le noir de sa case, poussée à supprimer la vie qu'elle porte en elle. Décision. Elle exécute ce geste. Abîme, et (dans le même allant) ascension vers un terrible soleil, vers une autre échappée, on est campé en soi et on résiste à mort, et mieux que résister : *on nomme la vie dans cette mort offerte.* Autour d'elle, l'habitation dort sans un seul rêve. Nul vrai sommeil dans cette vie d'esclave qui est une mort : l'humanité défaite, l'absence qui branle à peine les mécaniques

163

du corps ; les commandeurs qui ne fouettent que des ombres ; chacun, effondré en lui-même, cherchant un dire à ce qui lui arrive. De l'élan soudain figé du Nègre marron, à la déroute de l'Être qui transforme en zombies au cœur des plantations : deux ultimes bouts des résistances. Ils alimenteront mon âme de leur vigueur particulière. Prendre mon bain-démarré dans l'eau de ces énergies. Cueillir ce qu'elles ont engrangé comme amour de la vie. Charger leurs forces mutantes et leur pouvoir d'adaptation. En faire trembler l'Écrire si cette grâce t'est donnée.

Le vieux guerrier me laisse entendre : ... chez les peuples que je vis, l'élite d'abord devenait la cible des valeurs du Centre. Sensible aux splendeurs de sa consommation, elle en importait les produits, le label du bien-être, de l'aisance, du bonheur et de la réussite. D'année en année, de classe d'âge en classe d'âge, ils en importaient un mode-d'être global, et, comme ils s'accordaient bien à ces nouvelles valeurs, ils en ramenaient une prééminence... *(il soupire, terre craquelée)*... Ces élites de diffusion ou d'irradiation devenaient les new-look, amateurs modernistes, hérauts du « Développement », antitraditionalistes, économistes, juristes et libéraux branchés. La masse, elle, vivotait à l'écart, immobile dans ses vieilles manières ; bientôt, elle tombait apathique en face des chocs urbains qui dénouaient le pays, puis se rétractait agressive ou s'y perdait hagarde... Les jeunes eux, fous de cette modernité, empruntaient à l'extrême la belle voie de l'élite... Les intellectuels (toujours méfiants des ombres de leur

culture traditionnelle) se voyaient exposés aux lumières extérieures et, lorsqu'ils défendaient leur assise
culturelle, c'était toujours avec des codes tombés des
valeurs dominantes. En résistant mal, ils s'aliénaient
autant qu'en ne résistant pas. Ô cette boucle !... —
Inventaire d'une mélancolie.

Esclavage sur les Habitations. Y demeurer fut destinée commune au plus grand nombre. Ô cette
rumeur en moi. Mon état sensible déclenche une
fourmilière de fiel. Hoquet d'esclave. J'en amorce
le rêve. L'exode de soi commence ; c'est prix du survivre sous la morsure des fers. Se nourrir autrement,
avaler la pitance accordée par le Maître mais aussi
décoder le nouvel univers, épier les caraïbes et manger ce qu'ils mangent, pêcher comme ils pêchent,
construire comme ils construisent avec les matériaux
qu'ils utilisent. Se couvrir le corps n'est plus de
vanité : le Maître baille une livrée, un haillon de
travail. Il faudra l'épier pour se refaire l'idée d'une
beauté, épier ses toiles, ses couleurs, ses bijoux ; épier
aussi les parures caraïbes ; trouver en soi les traces
d'anciens atours. Puis, après la prostration, tenter un
rien d'orgueil par un collier de coquillages, quelques graines-job enfilées sur une fibre végétale ; plus
tard, s'acheter des bouts de toile aux couleurs d'Afrique et redresser l'échine sous cette peau qui flotte.
On ne se fait beau que dans les heures à soi. Dans
les champs du Maître ou dans l'enceinte plantationnaire, on va inexistant sous la livrée informe. Lors

165

des descentes au bourg, dans les convois des diman-
ches religieux, on se pare du vêtement d'orgueil, on
réapparaît dans ce semblant d'humanité que mettent
en scène ces hardes multicolores : on les gardera
une vie entière et elles humaniseront notre cadavre.

> De Claudel : Le désordre comme délice d'une
> secrète mesure, le souffle du désir dans le don
> de la Foi — total, entre réel et symbole, la parole
> vive et la longue houle... — *Sentimenthèque*.

Le Maître nous rassemble dans de petites cases. Il
donne quelques calebasses, une paillasse à quatre
pieds de bois qui nous garde des vermines (vampires terreux de notre force de travail). Dans cette case,
on réfugie sa lassitude mais on n'habite pas. Bien
sûr, sous la violence d'une pluie, le réflexe du vivre,
on complétera d'un ancestral tressage la couverture
du toit, on y apportera quelque astuce apprise des
Caraïbes, mais sans aller plus loin, on n'y investit
rien, on n'y réfugie que son corps décalé, le reste du
temps on piète au vent de l'extérieur. La femme
aussi ignore la case, sauf pour la nettoyer. Sa survie, c'est l'enfant. Si elle ne l'a pas étouffé dans son
ventre, elle se bat pour le soustraire à cette condition. L'imaginaire des femmes se projette dans l'enfant à sauver : elles se réhumanisent ainsi.

Une songerie a restitué quelques objets dans l'argile
du pays, mais on se contente souvent d'une calebasse

fendue par le milieu. Les poteries caraïbes sont reproduites sans signifiances sacrées. Si l'on modèle une statuette, si l'on gratte un dessin, si l'on essaie une sculpture, le Maître ou l'Abbé y verront maléfice. Alors, on ne grave plus. On ne décore pas. On ne crée pas. On mange sans apprêts. On creuse fouille et assemble selon d'étroites utilités. On se côtoie sans rituel et sans ordonnancement. On est là, ensemble désassemblé, sans rien qui nous raccorde sinon la déchéance commune et l'inexplication que pas un ne peut vaincre. On se souvient du respect auquel ont droit les vieux : leur cheveu blanc témoigne d'une initiation aux crocs de l'existence, d'une fréquentation des incompréhensibles. Les gestes africains s'éveillent autour de leurs anciennetés : on les aborde paupières baissées. Ils s'éveillent de même autour de la marmaille : on les protège, on les projette. Ces gestes surgissent aux deux extrémités d'une vie dévidée qui frissonne encore — en dérive plénière.

Le vieux guerrier me laisse entendre : ... je vis sous cette domination les artistes tomber en détachement, en abstractions inertes, en transparence désincarnée. Ils intervenaient pour les « Appels à la Paix dans le monde », contre telle maladie dont les Centres s'émouvaient, mais ignoraient la blessure dans laquelle ils œuvraient. Plasticiens, écrivains, musiciens n'étaient pas « concernés » par leur intime douleur. Les intellectuels semblaient disparaître, ne produisaient pas, n'écrivaient pas, ne dissertaient qu'à propos des « sujets » dont la presse des Centres louangeait

l'actualité. L'élan artistique, défait à sa racine. Je
m'aperçus que l'on vivait en soi sous tutelle des valeurs
dominantes ; que l'on pouvait détester cet Autre, mais
adopter son imaginaire sans discerner qu'on désertait
le sien. L'élan créateur devenait mimétique, ou nébu-
leux, ou évidé, ou impliqué ailleurs dans un « Universel »... *(un temps, il soupire)...* Je vis aussi l'effet inverse :
certains se clôturaient (tel un Nègre marron dans les
bois) en culture dominée. Une densification régressive
leur servait de muraille mais, à force d'asphyxie, elle
dépréciait ce qui devait se protéger en eux. Ils pratiquaient ce repli sur la raideur de soi que savent les
exilés. J'appris ainsi que, sous la Bête silencieuse, on
dévalait au plus profond de soi en exil immobile.
Et que c'était la plus mortelle des pétrifications. —
Inventaire d'une mélancolie.

Le travail tient la conscience du soleil-levé au soleil-
déposé. Après les harassements du champ, on s'active sous la lune aux gragées du manioc ou aux travaux interminables. Fatigues engourdissent l'Être.
On cèle en soi juste une graine de mental demeurée
à l'aguet. Tapie dans ce limon, elle attend son
moment, observe, scrute, évalue, crée des catégories,
imite, recombine, s'accorde à renaissance au fil de
la dérive. Elle est la flamme de vie qui ne démis-
sionne pas. Parfois, elle défaille ou se rompt (suicide
nocturne ou désespoir brisé contre la pétarde du
Maître) mais le plus souvent elle demeure soudée aux
assises du corps. C'est le corps l'arc majeur. Chaque
miette de ses chairs reçoit des appétences de vie.
La voix reste muette mais le corps danse. Danser.

168

Danser. Ce corps ultime dans lequel on s'échoue tout entier. De vieux rites charnels resurgissent. Si la danse est permise, on la soutiendra avec tambours ou des rythmiques de bouche, de pieds, de mains. Si elle est interdite, on la réfugiera dans un loin qui n'en laissera filtrer qu'une tremblade du vent. Et on dansera, dansera. On dansera durant le labourage des champs. On dansera au retour. On dansera aux veillées de travail. L'Être revient dans la danse par l'entremise de gestes anciens, de postures sacrées ; des cosmogonies effacées y génèrent des contredanses inexplicables. On s'abandonne aux mémoires du corps, Bambara, Bamiléké, Mossis, Mandingue, Fon, Yoruba, les mémoires déboulent dans leur seul essentiel : ce sont des pistes ouvertes — mais ces pistes ne mènent pas au Territoire perdu ; c'est lui qui au contraire les charge pour remonter de loin.

> De Giono : Le Lieu, construit comme un secret
> de joie, puis comme la trame d'une lucidité.
> — *Sentimenthèque.*

Les rituels de l'amour, de la mort, de la fécondité, les liens communautaires, les caresses de l'espoir... tout s'élabore par le geste dans le geste. Dans ce formidable silo qu'est le corps qui se rappelle sous la secousse du vivre. Danser. Danser. On y débraille des indécences, des ruptures de morale, des lascivités qui rompent les modelages de l'Abbé, on y mélange des dieux et des coutumes. Le corps s'ouvre dans

169

ses lumières comme dans ses nuits très roides, très violentes aussi. Les danses de guerre seront nombreuses, fourrières des joutes nocturnes qui laissaient, à l'aube, sur les routes, dans les champs, des cadavres défoncés d'un coup de pied millénaire.

> D'Augusto Roa Bastos : Le réel en péril dans ses armatures mêmes étirées en miroirs — et la note de bas de page qui déporte. — *Sentimenthèque.*

Le tambour abrite sa grandeur dans ses liaisons à la mémoire du corps. En Afrique, il régnait en langages dans les modulations des langues tonales. Ici, pris dans les mutations des mondes américains, il s'incline devant le règne soliste du corps. Il lui restitue des séquences rythmiques qui le mettent en mouvement, et ces mouvements semi-improvisés réamorcent le besoin du tambour. À mesure des amplitudes de la mémoire charnelle, les tambours retrouveront formes et fonctions variées. Je les ai rêvé-tous, observé, intégré, repéré leurs mystères qui bredouillent folkloriques dans quelques tentatives de les apprivoiser. Le geste polyrythmique charrie la voix dépouillée de parole. J'aime cette survie accorée à des rythmes. C'est comme participer aux états de la mer, l'incohérence des vagues, des flux et des reflux, à ces recommencements à jamais différents. Écris-rythmes.

170

De Jacques Stephen Alexis : Contre leur frappe religieuse et la lèpre macoute, les nœuds-baptême du langage, l'oraliture dans le vent caraïbe et le réel dévoilé en Merveille — et mise ta vie contre leurs armes si l'œuvre n'y suffit... — *Sentimenthèque*.

Les Maîtres-békés interdirent les premiers tambours. Ils étaient fabriqués à la mode africaine dans des troncs d'arbre fouillés. Quand ces esclavagistes les découvrirent utiles aux cadences du travail (les esclaves déjouaient l'interdiction par des rythmiques de bouche), ils autorisèrent des tambours construits dans des barriques de salaison. Le tambour en bois-fouillé portait donc à leurs yeux une présence africaine symbolique, incantée de sacré, finalement menaçante. Le tambour-barrique, nu, fonctionnel, subsistant aujourd'hui dans nos mornes, neutralisait en apparence de telles signifiances. Lui aussi se vit forcé à renaissance dissimulée. Il ne dut sa survie qu'aux tâches esclavagistes : ses rythmes y servaient — dans une ambiguïté indémêlable — les intérêts du Maître et la reconstruction des corps esclaves brisés. La mémoire de ces corps remonte par bribes. Elle n'est pas continue. Elle est brisée aussi. Séquentielle. Hétérogène. Polyrythmique. Pour l'exprimer, la retrouver, et s'y livrer, il faut dénouer le corps en improvisations. L'improvisation hèle la mémoire et la prolonge. Elle fait imagination et elle fait prophétie. Elle sera présente dans la danse, dans

171

les chants, dans les rythmes, dans les instruments, elle mettra les émiettements en cohérence sensorielle avec l'alentour neuf. Laisse l'Écrire ouvert aux accidents, aux déraillées, aux périls improvisés qui défont l'Immobile.

> De Whitman : Le mystère et la merveille du moindre — accès total aux indicibles du Tout dans un rut d'étalon — et le livre fait un homme. — *Sentimenthèque.*

> De Richard Jorif : Langue toute récapitulée. — *Sentimenthèque.*

Grâce aux rythmes, la personne étouffée dans l'esclave émerge. On est fier d'être nègre-à-talent, porteur d'une connaissance technique. On porte sur soi, à tout moment, règle, équerre, compas, tablier, toutes marques de sa spécialité. On est content de tirer sur un fil de vie dans cette mort. On se reconstruit un peu d'estime de soi dans cet ajout qu'offre un savoir de travail. Les fonctions esclavagistes recréent une hiérarchie humaine à laquelle on ne déroge pas, moins par soumission active que pour une étincelle d'estime. Les Maîtres et les Abbés, la milice et les géreurs, voient naître des fiertés imprévues, des arrogances démesurées, des orgueils exceptionnels, des susceptibilités. Une humanité, revenue du néant, surgit avec les rutilances. Ce qu'elle aspire à retrouver s'exerce au plus extrême. Nous sommes

172

encore ainsi, en belles manières. L'Écrire sous domination devrait fonder sur cette chair morte qui hurle soucieuse en chaque être dominé : *Je suis vivant ! Je suis vivant !...*

> De Confiant : Contre les langues qui t'avalent, cultive ta langue première, et sois injuste pour elle. — *Sentimenthèque.*

> De Segalen : S'éjouir de sa Diversité. — *Sentimenthèque.*

Plus qu'une attaque de Nègres marrons, un soulèvement d'esclaves, une happée de violence, les Maîtres craignent le poison. Cette résistance circule dessous les dos courbés, les yeux éteints et les pauvres sourires. Cette haine brûle soudain dans l'eau bonne de la jarre, dans le bœuf du moulin qui expire, dans le cheval ami qui râle, dans le fidèle esclave découvert boursouflé. Une sueur lunaire, une fièvre soufrée, puis une défonce au ventre, et ce cri : *Poison !... Yo pouézonnen mwen... ils m'ont empoisonné !...* Bons et méchants Maîtres découvrent la présence du refus sous les loques dansantes. La surprise chevauche l'agonie du dominant. Il régnait sur l'inhumain, en inhumain, et l'inhumain le frappe. En proie à cette brûlure, il cherche l'accroche à son humanité, il la quête au fond de lui, et ne s'enfonce que dans l'absence béante. Ce qui le constituait — morale, principe, conscience, valeur

173

de soi et de l'Autre — s'est dissipé dans sa pratique
esclavagiste. Il était en débâcle intérieure sans même
le soupçonner. Chacun se méfie du poison : les Maîtres mais aussi les nègres enchaînés. Dans la Grand-
case, on teste les aliments sur un esclave ou sur un
animal. Dans les cases-à-nègres, on élève ses chenilles-
trèfles, ses signes et décoctions contre ce qui va aux
lèvres. La résistance-poison flotte, terrible, inhumaine,
affectant dominants et dominés : Gorgone épouvantable, en rupture d'amarres, qui dresse un regard-
basilic. J'aime à imaginer cette résistance flottante,
horrible dans l'horrible, dont l'aveugle force à vivre
(ni en Maître ni en esclave) en hommes soucieux
de vie dans l'emportée des mutations.

> De Bianciotti : Contre les identités closes,
> prends la phrase offerte au bout de ton errance,
> et déroule-la en volutes superbes qui gardent
> musique de ton Ailleurs. — *Sentimenthèque*.

Celui qui manie le poison et qui sait l'antidote
détient mystère sacré. Reconstruit par les gestes, il
lève auprès des souffrances du corps. Il est d'abord
là pour guérir quand les maladies rôdent, quand les
nègres tombent aux champs sous le venin de la Bête-
longue. De celui-ci, les Maîtres et Commandeurs
ne voient qu'un dos courbé, mais les esclaves — ses
frères — décèlent l'aura qui l'enveloppe : c'est le
Quimboiseur. Ce sorcier se forge comme une
concrétion. Minerai de strates psychiques précieuses,

il détient des mots, des chants, des bouts d'invocation, des modules d'un savoir qu'il va recombiner. Avec un songe d'Afrique, un vieux-geste sur trois feuilles, l'imitation d'une pratique caraïbe. Des dieux, flués de la mémoire du corps, lui réhabitent les mains, les hanches, l'éclat de la pupille. Il noue des analogies entre végétaux d'ici et ceux du Territoire perdu, entre les dieux d'ici et les dieux de là-bas. Il superpose les paysages. Il comble ses silences de mémoire avec le chant de l'alentour, il densifie ses anciens bruits avec des bruits d'ici. Il puise aux liturgies de l'Abbé christianiseur ou du Chaman amérindien. Il bluffe. S'invente des souvenirs. Cueille, avec des gestes, les forces flottantes dont il stoppe la dérade et se forge un sacré qui tente de singer le Sacré primordial. À l'ouverture du roman d'Édouard Glissant, *La case du Commandeur,* un cultivateur se fige et hurle : *Odono !...* Ce vieux-mot sans clarté, geyser des nuits d'Afrique, lui rassasie la gorge. L'apparition du Quimboiseur rappelle ce savoir-là. La chair poussant mémoire. Le geste obscur qui se souvient. La voix rythmée en mots indécodables. Des images fondues sur les marques d'alentour. À travers le Quimboiseur, l'Afrique se dresse dans les esprits brisés par l'écrasement esclavagiste. Il assure permanence à cette source. Se fait tabernacle de l'Être dans le chaos des mutations en cours. Figure un Territoire qui veut se préserver du trouble. Il résiste. Et, dans une contraction de son imaginaire,

devient le Nègre marron le plus extraordinaire : celui
qui ne quitte pas l'Habitation.

> D'Ernest Pépin : La poésie, généreuse, offerte
> dans le cercle d'amitié. — *Sentimenthèque*.

> De Marco Koskas : La force infinie de l'histoire
> infinie — le maître-langage multiplie les échos
> et miroirs. — *Sentimenthèque*.

Le père Labat raconte d'étonnantes histoires sur ces
esclaves-sorciers. Il les faisait fouetter. Piétinait à
grand spectacle leur bâton de pouvoir ou leurs objets
magiques. On vendait le nègre-sorcier dans une île
voisine, sans signaler sa tare. Les récits du père Labat
accréditent l'idée d'un pouvoir stupéfiant aux mains
des Quimboiseurs. Cela servait ses intérêts. Il pouvait alors mieux les diaboliser et légitimer le Dieu
qu'il imposait. Dans les récits du gros abbé, les
nègres-sorciers furent constants aux offices et men-
dièrent le baptême. Ils voulaient associer à leurs
sacrés d'Afrique — ligne de résistance — la force
divine des Maîtres. Les nègres-sorciers se répandirent
parmi les esclaves encore privés de parole. Leur résistance redessinera l'Afrique dans ces consciences
éteintes et mieux, elle ouvrira une voie d'accès vers
elle : la mort. La mort qui charrie l'exilé vers le pays
perdu. Alors, des lots d'esclaves se suicideront comme
pour prendre un navire de retour vers chez soi.
Contre ces suicides massifs, le père Labat, les Maîtres

176

déployèrent d'épouvantables ripostes. Un béké dont les esclaves se tuaient régulièrement en comprit la raison. Il fit trancher mains et tête des cadavres, les fit boucler dans une cage grillagée, et suspendit cette cage à l'arbre aux pendaisons. Au début, les esclaves se moquèrent : les morts reviendraient fout'cher qui tête qui mains, car pièce homme n'aborderait ainsi au pays des ancêtres. Hélas, les mains et les têtes pourrirent sur place, imprimant l'indélébile effroi, ou pour le moins un doute, diminuant l'impact du Retour enchanté. Le Territoire s'éloigna encore une fois dans le lointain. Il fallut rester là, sur cette terre étrange.

> De Thor Vilhàlmsson : Dans l'interdit, troubler les hautes murailles d'un langage que les elfes accompagnent en sortant des rochers... la nuit. — *Sentimenthèque.*

> De Char : Le Lieu, inébranlable mouvement... — *Sentimenthèque.*

Le Quimboiseur restaure les corps. Soigner bien sûr, mais aussi protéger. Les gardes-corps furent nombreux. Des pierres. Des signes incisés sur la peau. Des objets incrustés à hauteur du cœur, des poignets, d'une cheville. J'avais vu dans mon enfance — sans y comprendre hak — des gens porter de ces gardes-corps, des poings et pieds « montés » dont la frappe se disait meurtrière. C'étaient le plus souvent des

177

lutteurs de Damier ou de Laghia, des Majors de
quartier, maîtres marginaux mal inscrits dans l'ordre
colonial, qui appliquaient à leur insu des modes de
résistance tombés de l'esclavage. Dessous la dent des
chaînes, il fallait conférer de la puissance au corps.
Augmenter sa prescience du malheur. Il devait
résister aux foudres de l'esclavage, et surtout rassurer l'esprit brisé dans ce roulis déstructurant. Le
Quimboiseur luttait contre cette déveine. Tout s'érigeait déveine dans l'univers esclave. Les contes créoles illustrent bien l'absolu agressif qui nouait ce
quotidien : trahison et méfiance, craintes et suspi-
cions. Le Quimboiseur affrontera cette lèpre générale avec ses protègements : bains, colliers, gestes à
faire-ne pas faire, mots à dire-ne pas dire. Il va aussi
désamarrer le corps. Lui ôter ses amarres. Défaire les
nœuds. C'est en général par un bain que l'on tranche les amarres invisibles d'un charme, d'une déveine
collante, d'un sort pas-bon. On se désamarre à l'aube
d'un événement crucial, aux portes d'une année qui
s'amorce. Durant l'esclavage, il y eut *désamarre générale*. Dans ces mutations, le corps devient l'ultime
balise du Territoire perdu, la dernière chance de
conserver son Être. Il fait caye, cette maison coral-
lienne, sous les mains convulsives du naufragé. Le
fortifier, c'était favoriser l'émergence de l'humain
dans une chair chosifiée. Mais cette restitution à
la vie favorisait aussi les contrecoups mutants. Qui
survivait, lâchait d'anciennes amarres, dénouait les
conjonctions noueuses et closes de l'Être (si perfor-

178

mantes en d'autres temps) pour *aller* aux fluidités d'une identité autre. La désamarre et les gardes-corps autorisent toutes formes de marronnage, même les plus symboliques. Avec eux, on supporte mieux (on croit mieux résister à) l'irrésistible transformation de soi en œuvre dans ces sales plantations.

De génération en génération, le fragile savoir africain se diffusera dans une mosaïque plus incertaine, et mille fois plus complexe. Aucune cosmogonie ne soutiendra vraiment ces pratiques magiques. Pour ceux qui s'y accrocheront, elles se feront flottantes, émiettées, incapables d'appréhender ce monde effervescent. De génération en génération, au gré d'une fortune, des survivances africaines sembleront intactes, tel morne sera sanctuaire d'une danse, tel quartier se verra réceptacle d'une pratique du tambour, en tel bord de plage de vieux pêcheurs chanteront des complaintes de pleine lune avec des mots d'Afrique qui font formules sacrées. Les Quimboiseurs perdront ainsi de leur force initiale pour devenir le plus souvent des charlatans. Le Territoire perdu, un instant densifié — comme bois-flottant au chalvari d'une tempête — va se défaire dans l'alchimie mutante.

Ce que je rencontrai de plus mystérieux dans la résistance magique furent les Mentô. Ces Quimboiseurs surpuissants régnaient sur plusieurs autres. Ceux-là, ni le père Labat ni le père Dutertre ne les ont rencontrés. Qui les voit ? Nul ne les voit. Qui y croit ? Nul n'y croit, mais on les soupçonne d'être là. Eux, ne sont pas nés des gestes. Il s'agissait sans doute d'Africains initiés, occupant à l'origine des fonctions religieuses, instruits d'un savoir complexe, qui se sont retrouvés au hasard des razzias dans les soutes du bateau négrier. Les mémoires de ceux-là subsistaient au-delà des seules chairs ; leur esprit charriait des épaisseurs d'images, de codes, de lois, de vérités rodées. Ceux-là (je les vois épaissis de silence, en peine de se réexpliquer le monde au fond du cloaque esclavagiste) devaient sans doute marron-ner là-même pour devenir un de ces nègres-de-bois, lents, solitaires, ténébreux, fascinant des troupes entières d'esclaves. S'ils demeuraient sur une habi-tation, ils devenaient nègres-à-talent, s'occupant avec un soin étrange des animaux, de quelque machine délicate, effacés et discrets. Alors que tout le monde s'en allait en dérive, eux semblaient immobiles comme des chapeaux-d'eau sur un marigot glauque. Ils durent authentifier des gestes, reconnaître telle danse, signaler telle plante offrant des soulagements. Au gré d'une compassion, ils durent confier le secret du Retour en Afrique, via la mort, ultime voie de salut. Et mes rêves se heurtent aux premiers esclaves qui se suicidèrent dans l'énigme du bateau, à ceux qui se pendirent dès leur toucher du sol, qui avalè-rent leur langue, qui se tranchèrent la gorge... tous n'étaient pas Mentô, mais tous disposaient de mémoires autres que celles du corps souffrant. Tous

180

maniaient assez de certitudes dans leur appréhension de l'univers pour oser ce grand saut. Les Mentô durent ainsi se raréfier très vite.

> D'Ernesto Sabato : L'Écrire, comme une vision du monde, en conscience-émotion ; prose-jour, poésie-nuit, l'Écrire total. — *Sentimenthèque.*

> De Juan Ramón Jiménez : Tout oser, de cycle en cycle, vers l'épure, son âme offerte aux âmes. — *Sentimenthèque.*

Calebasse identitaire précieuse que tout le monde protégeait, le Mentô cultivait la discrétion d'un tabernacle. Son savoir nourrissait les Quimboiseurs boutés en première ligne, boucliers exposés et souvent brûlés vifs. Mais, dans un cas comme dans l'autre, la mémoire vacille, les traces déconstruites se combinent aux proliférations. Chaque vieux-corps emportait en mourant une maille ancestrale. Un peu d'Être en allée volatile. La mémoire du Mentô relayait ces savoirs répartis chez ces hommes et ces femmes aux origines diverses. Le Mentô devait les questionner, les épier, s'éprendre de leurs secrets, tenter de reconstruire une vieille réalité éclatée dans mille têtes, mille visions défaites, mille mémoires stupéfiées. Sans assises réelles dans cet exil, son savoir un peu désarçonné, il devait ressembler à ces savants antiques qui nimbaient leur connaissance d'un sacré solennel. Ils se sacralisaient en se dissimulant, sacralisaient leurs séquences mémorielles, leurs silences, leurs manques, momifiaient leur savoir dans un rituel inaccessible, rebelle à se transmettre. Et cela dérivera d'année en année. Je me plais à rêver d'un Mentô impossible qui aurait pris les choses autrement. Qui aurait *deviné* — dans cet inouï précipité de peuples — une réévaluation totale par où renaître sans absolu. Je rêve des incandescences de son imaginaire qui s'étirerait ainsi. L'un d'entre eux a dû vivre ce vertige. Car, sitôt la pensée du Mentô tremblée en ces extrêmes, apparaît le rassembleur de tous les bouts, le vanneur de toutes fibres, né de cette asphyxie, ô cette force !..., celui qui dotera ces hommes des fondations d'une Parole : le Conteur créole.

Le vieux guerrier me laisse entendre : ... moi, même pas Mentô, j'allais plutôt comme l'un de tes Quimboiseurs... *(il soupire, ramier grillé)*... Ma langue dominée, ma culture dominée, mon imaginaire dominé fournissaient peu d'expériences esthétiques, d'émotions artistiques, de ces stimulations précieuses aux créativités. Les films, téléfilms, émissions-radios, théâtre, ouvrages, sculptures, peintures... — imageries des Centres ou sanctifiées par eux — fournissaient l'essentiel de mes effervescentes. Dans ces ports où j'échouais, dans ces villes de poussière où j'errais, la croissance esthétique (ce charroi de beautés en alarme d'où naît toute expression) était rompue au profit de saccades modernistes, déracinées, qui déportaient l'esprit en direction des Centres, dénaturaient l'émotion intérieure. Repérer dans le monde les postes de consécration en art, sciences, littérature, et savoir qui consacre, me signalait quelques flux dominateurs. Mais, là plus que jamais, j'opérais distinction entre ce qui tenait de l'État et ce qui levait du Pays... *(il rit, souffle de pluie)*... Et j'ai toujours accepté l'amitié des pays... — *Inventaire d'une mélancolie.*

Aujourd'hui, Conteurs et Quimboiseurs sont liés. Ils procèdent d'une même résistance. Mais le Conteur dispose d'un avantage. Il ne relève pas des seules mémoires africaines mais de toutes les mémoires qui se sont échouées là en mille traces mobiles. De toutes malédictions et damnations anciennes que l'on a oubliées. Il doit inventorier ces silences émiettés. Circuler dans ce qui grille les cœurs, les esprits, les corps, les songées. Depuis les fastes de la Grand-case jusqu'à la case la plus atroce, il doit accoupler la souffrance des uns à l'arrogance des Maîtres, mailler les déchoukées de l'âme, rapiécer le pacte des espérances et des désespérances. Et, dans cette trame qui rassemble, il doit *parler.*
Rêver au tout premier Conteur.
A-t-il surgi dans la cale ou sur l'Habitation ?
Dans le cale c'est impossible, on y est suspendu aux mémoires africaines, figé en suspens dans l'essence initiale. On vit dans l'angoisse de ce qui va venir. Dans la cale, on ne peut que crier puis se tendre au silence d'un effondrement sans fond. Mais sur l'Habitation, une existence-zombie emporte les ethnies, les Traces-mémoires, les dieux, dominants dominés,

183

on se mêle et s'emmêle et on dérive ensemble dans les proliférations mutantes. On se rebelle avec le Nègre marron. On est fasciné par les manières du Maître qui lui-même aspire ce qui l'entoure. On réanime son corps avec des gestes d'hommes. On protège sa psyché avec la force du Quimboiseur. On assemble les bribes de son essence et de son Territoire et l'on fait bloc derrière le grand arbre du Mentô. Mais, nourrie de tout cela, l'impérieuse dérive se poursuit chaotique. La folie guette chacun dans les absences qui peuplent le cri perdu et l'égorgette quotidienne des silences...

Alors, le premier Conteur apparaît sur l'Habitation. Dans le prolongement des danseurs et des nègres-sorciers.

J'entends ses premiers mots, durant une nuit de danse où l'épuisement entasse les énergies, ou alors au cours de ces veillées où l'on grage du manioc. La blague descend. Les railleries donnent. On se moque des Blancs. On se moque du Maître. On se moque de soi. Soudain, je capte ces petites forces et je les répercute, je suis le Conteur, et je fais rire d'abord car seul le rire est raréfié. J'amuse la compagnie, happe des situations, les noue et les dénoue, fais sillonner la ruse, la débrouillardise, annihile la morale dominante, déjoue l'écoute du Maître en camouflant le sens de ma parole. Je me dresse auprès des morts, dans le cadre des veillées, pour signaler la vie à entreprendre, j'invente dans chacune des

184

détresses le refus tisonnant, le combat deviné, le possible d'une victoire tout inimaginable.

Les Maîtres n'aimaient pas les rassemblements de nègres silencieux. Cela leur semblait menaçant. Ils incitaient aux chants, aux cadences, aux paroles débridées. De même qu'ils avaient toléré le tambouyer et le danseur, ils vont autoriser le Conteur à parler. Et ce dernier, chevauchant la joie soûle des esclaves, va les rassurer. Mais moi, Conteur, j'exhausse les pauvres sourires aux flamboiements de l'ironie. Les incrédulités hagardes, je les agrandis en scepticisme hilare qui défait l'ordonnance du réel. Je porte les miettes de rêve aux éruptions du merveilleux. Je déroute le temps-geôlier dans les drives d'un temps-brisé, syncopé, spiralique, qui tournoie et s'égaille tout-partout. Tout le monde hante ma parole, les fantômes caraïbes et les belles Arawaks, les esclaves dans leurs diversités, mais aussi les Maîtres, tout comme les immigrants qui débarquent chaque année. Moi, Conteur, je donne parole aux voix égarées. Mon corps se charge des gestes, des chants, des danses. J'appelle tambour, lui parle et lui réponds, et tambour prend l'envol avec mes traînes de mots. Ma voix sait perdre de sa clarté pour des hypnoses incantatoires. Je transforme le bond raidi du Nègre marron en hérésies fibrillonnantes qui envahissent l'habitation. Je vénère tant les Maîtres que je m'en moque, je crains tant le Dieu que je l'affuble d'étranges figures païennes, je circule dans les langues

185

qui me sont offertes, je mime les postures opaques des êtres qui m'entourent. Je mêle les hommes aux animaux, la terre à l'eau, le soleil à la lune, le mensonge à quelques modes du vrai, et tout voltige dans tout. Je ne suis pas solitaire à parler, je ne parle à la place de personne : je parle dans un concert : on me lance, j'interpelle, on me soutient, je questionne, on me devance, je dépasse, on me cerne, je m'enfuis, on me sollicite, je me dérobe, on s'éloigne, je rassemble et interroge, on murmure, j'improvise, on me porte à bout de gorge, je m'envole, on claque des doigts, je rebondis, on rythme des pieds, je m'accroche au sol, on cadence des mains, je ruisselle en eau d'inondation... je suis dans ce rêve qui m'anime. Et je comprends soudain : le Conteur fait *parler-ensemble* ces corps restaurés par les gestes, répondre-ensemble, marcher d'un pas commun, éprouver les mêmes joies, des peurs unanimes, des échappées conjointes. La lueur des flambeaux éclaire le cercle vibrant autour de lui, et j'éprouve le sentiment d'un organisme polyrythmique, à voix multiples dont une — folle soliste — fait l'épiderme de toutes celles qui l'habitent. Oh, ce rêve obscur m'éclaire : *le Conteur parle avec !...*

> De Kundera : Contre l'absolue Vérité, romancier comme en haute exigence, en soucieuse connaissance, conscient de l'Existence en ses incertitudes et prenant goût aux fêtes hilares de l'imagination... — *Sentimenthèque*.

Je n'ai pas de solution collective à l'oppression esclavagiste car le collectif n'existe pas encore, il me faut
d'abord *relier* ces hommes émiettés. Ce lien n'est
pas dans les héros solitaires amoraux débrouillards
qui peuplent le filage de mes contes. Il est dans cette
dynamique où tous communient dans un seul personnage : Ti Jean l'Horizon (héros archétypal du
conte créole antillais) est un solitaire qui se bat
pour ses seuls intérêts, mais je le perçois comme un
peuple tout entier, car ces hommes déchiquetés
s'engouffrent dans ce héros-là, s'y tiennent au chaud,
s'y lient et s'y relient et s'y voient relayés, inattendûment incarnés dans le corps d'un maigrezo emblé-
matique qui à force de ruse patiente, empilement
de détours, finira par vaincre le puissant. Le Conteur,
né d'un désordre d'hommes et tout projeté dans
des liens à créer, est inventeur de peuple.

> De Fanon : Contre la Bête, une généreuse vio-
> lence, la phrase qui claque fascinante, de saintes
> colères, des élans absolus, de l'indignation vir-
> ginale jusqu'au bout. Et l'espoir. Intact. —
> *Sentimenthèque.*

Ma parole de Conteur est obscure comme la nuit
dans laquelle j'interviens. Je vois la distance avec le
romancier occidental qui, lui, écrit au jour. L'expression de ce dernier est officielle, attendue, estimée,
et perçue comme telle, il reflète des valeurs de l'humaine condition, il élucide nos âmes, il charroie

volonté d'une lumière dont il suppute la trajectoire, dans une langue élue, dans une Histoire connue, dans la certitude déjà écrite d'un Territoire. Celle du Conteur n'est pas attendue là où elle niche. Elle diffuse sans mandat dans l'obscur d'une diversité d'hommes, elle n'a pas de légitimité ancienne, elle enveloppe conscient et inconscient des grâces libératrices d'un rire qui ne provient d'aucune terre connue — ce rire qui rompt les contractures, désarticule les fixités mentales de ceux qui se raccrochent aux pays perdus. Il ne sait pas ce qui va résulter de sa parole, et sans doute ignore-t-il qu'elle ouvre à une improgrammable renaissance humaine. Le Conteur nomme — obscur — le vivant.

> Le vieux guerrier me laisse entendre : ... l'obscur en l'occurrence me paraît recevable... *(il soupire, puis sa voix tourbillonne, fumée de thym)*... Vois-tu, j'ai appris qu'il était difficile à une domination silencieuse d'intégrer l'hérésie. Qu'elle pouvait en revanche s'accommoder des petites révolutions classiques et autres résistances coutumières associées aux lumières dominantes. L'hérésie, elle, demeurait à tous niveaux obscure. Mais sur quelles symboliques fonder nos hérésies ? Et lesquelles habiter ?... — *Inventaire d'une mélancolie.*

Pour Glissant, le relais ne s'est pas établi entre le Conteur créole et les écrivains qui lui succédèrent. Quand le système des plantations se décomposa, la parole du Conteur fut immobilisée. La départementalisation nous projeta de l'univers rural post-escla-

188

vagiste aux systèmes inédits d'un pays développé. La résistance des Danseurs Tambouyers Quimboiseurs Mentô Conteurs s'allongea en dérive sur le trottoir des villes. Une catastrophe écologique semblable à celle des dinosaures. Proche de ce monde urbain, je ne tendis nullement, dans ma prime écriture, une main aux Conteurs. Je m'installai d'emblée dans les lumières du jour. Je fus comme tous les autres — mimétiques, doudouistes, écrivains-négritude — dans l'érection rassurante d'une mémoire-territoire tombée des forces coloniales, et en rupture avec le réel d'alentour ; j'ignorai ces humanités vivant des mutations dans ce bouleversement, me lovai dans l'ossature d'identités anciennes, et désertai la parole inaudible des Conteurs, leurs urgences en détours, leur voltige au-dessus d'un tragique indicible. Je combattis les certitudes du dominant (et c'était bienfaisant) avec des contre-certitudes affublées des mêmes griffes. Ainsi, nous ne soupesions rien des esprits emportés dans cette houle nocturne, et désertions leurs effets à venir. Les trajectoires furent parallèles : la voix des écrivains allant en courbe solaire vers l'éclat d'un carême ; celle des Conteurs s'épuisant à mesure que les forces dominantes déployaient leurs corolles au-dessus de grandes ombres. Les voir s'éteindre l'un après l'autre, s'exténuer, s'abîmer même très jeunes en vieillesse silencieuse, tandis que je prenais dans mes poèmes adolescents un envol triomphant, et illusoire autant.

189

De Verhaeren : Nouer cette mise-en-drame entre campagne et spectre des villes naissantes, « ces clartés rouges qui bougent »... — *Sentimenthèque.*

De Pessoa : Ne crois pas au mensonge du soi : éparpille-le en lots de vérités, en autant de *relations créatrices,* c'est plénitude d'une ruée vers tes propres trésors. — *Sentimenthèque.*

J'avais aussi abandonné le grouillement linguistique du Conteur. Dans ce rêve, je l'entendais parler-déparler en créole, puis sillonner dans la langue dominante au rythme des dérisions, puis manier créole ou français selon des temps d'autorité, de violence, de complicité ou de peur. La langue française sera à tout moment intégrée, moquée, et déconstruite sous des modes erratiques. Je l'entendais à présent comme le murmure d'un inconscient : ce léwoz linguistique vibrait de la langue créole à une idée élue de la langue française, riche des phases médianes et des suites sans annonce que cela autorise. Cette pratique reflétait nos esprits écartelés entre ces langues, et touchait cette blessure. Mais, dans mes premières phrases, en distance avec ce trouble fécond, j'écrirai en dévot d'un français liturgique.

De Jean-Joseph Rabearivelo : Contre le malheur colonial et ses exils internes, la montée de la mort exaltée par un ultime poème, en

190

présence de Baudelaire, dans l'attente de l'enfant... — *Sentimenthèque*.

De Laurence Sterne : L'errance en plein Écrire ; le chaos qui questionne, nouvel Étant au monde. — *Sentimenthèque*.

(J'aime ça, oui : les accumulations enfilées du Conteur. Il ne dira jamais : « *Il fait chaud* » mais : « *...il y avait tu m'entends un débat de soleil un scandale de soleil dans du soleil sans vent du soleil du soleil par en haut du soleil par en bas du soleil tout-partout roye manman soleil derrière soleil...* » Parfois l'enfilade sillonnera en Merveille : « *... un soleil sans pareil qui t'emmêle dans du miel et du ciel-fiel ô Gabriel grandes ailes appelle ma paix semestrielle au fond de la chapelle...* » etc. ! L'accumulation remplit l'espace que le Conteur se doit d'occuper seul, elle comble fissures fractures et peuple la nuit des alentours. On est soudain saisi dans un monde compacté que la merveille aère d'une zébrure de comète. Dans l'Écrire, je m'y intéresse (c'est peu) pour de brusques accélérations, ou pour raidir une touffeur asphyxiante, et surtout pour nommer sans nommer. La Merveille, quant à elle, se dérobe encore...)

Des paysages s'ouvraient dans les troubles de ce rêve. Les contes créoles prenaient des résonances nouvelles. On les avait analysés sous l'angle des résistances. Cette lecture était juste. La résistance tressaille sous ce qui désespère, et nos contes vont ainsi. Mais toute mort déclenche de petites vies inattendues. Toute déshumanisation arme une courbe vers l'humanisation. Cette résistance ne pouvait-elle se voir comme bond dans le vivant ? Qu'elle aboutisse ou pas, elle animait-réanimait (au sens élevé de l'âme offerte). Je me mis à considérer l'émergence du Conteur comme *l'effort de vie d'une nouvelle entité collective* dont les modalités rebelles ne seraient qu'un symptôme.

De Sergio Azténi : Frère, ho !... — *Sentimenthèque.*

De Kundera : Aller léger, dans l'ellipse essentielle, cartographe en sept rythmes indiscernables. — *Sentimenthèque.*

L'angoisse du Conteur m'habita : cette affolante diversité d'hommes autour de son berceau, ce scintillement désaccordé au bord de sa conscience. Né sur place, il échappait aux nécroses d'un Retour impossible vers la terre d'origine. Il ne pouvait qu'entasser ce qui noue et relie, en convergence mais aussi en conflits, ouvrir par sa parole chaque présence aux autres, densifier chaque homme dans son contact à l'autre... se faire tissu vivant à l'interface des inventaires. Il ne disposait d'aucune bibliothèque, ni mémoires de griots, ni vieux chants de trouvères, ni sagas dénombrées. Sa parole suintait de ces hom-

192

mes laminés (et de ceux qui les martyrisaient) dont l'énergie vitale, aveugle, erratique, tendait indéfinie à l'organisation. Il devait bâtir sur des brumes de mémoires, des éthers en dérive, des pans de souvenirs agrégés-désagrégés selon des lois d'errance. Construire dans une diversité qui s'ouvrait en souffrance sur tous les continents. Mieux il était conscient de ce qui l'entourait, plus il s'affrontait aux impossibles à dire. Il n'était pas recueilleur d'une mémoire millénaire qui fonde un Territoire. Sa parole n'émergeait pas des lignes d'une Genèse ou d'un mythe fondateur, ni d'une Histoire ramifiée dans des chants littéraires, elle n'avait que le trouble du bateau négrier, l'éblouissement sanglant des désastres coloniaux, l'emmêlée des histoires venues de tous les Territoires. Elle n'était sous tutelle d'aucun Sacré mais se voyait hantée par de multiples Sacrés aux « vérités » tremblantes. Je le voyais prendre forme. Il pulsait dans le geste qui réanime le corps, et son Big-Bang irradiait du cri d'un révolté dans la cale négrière. L'expansion silencieuse de ce cri provoqua sa parole qui elle-même alla dans l'étendue. Cela dotait cette parole d'une audace sans espoir liée à tous les désirs. Ainsi, il s'érigeait sans un dieu, sans une muse, penchés à son oreille pour un murmure divin. Mais, mousse d'une soupe primitive de création de monde, chargé de *tout cela*, levé de *tout cela*, il inventait son peuple dans le non-absolu.

De Pétrarque : Cherche-toi celle qui t'emporte, te soulève et t'enchante, et livre-toi total, la construisant te construisant inassouvi toujours.
— *Sentimenthèque.*

De Platon : L'Être-devenant (le Même et l'Autre en mouvement et repos, mélanges et distinctions) en relations vivantes à toutes diversités.
— *Sentimenthèque.*

Je m'imprégnais des curieuses modalités d'émergence de ce peuple. Dans les cultures traditionnelles, le Dit du Mythe fondateur servait surtout à maintenir l'Autre à l'opposé de soi, à se légitimer face à lui, à se construire en rupture avec lui. Ici, la parole initiale était un conte à mille facettes où se mêlaient le rire, le dérisoire, le clair et le mystère, le proche et le lointain. Et dans ces contes créoles que j'explorais maintenant, le Dit devinait les « vérités » de ces hommes rassemblés, il en cueillait les rémanences, et son vouloir allait en dynamique plurielle où l'on se dénommait *dans* et *avec* les Autres. L'on devait se re-construire en dérive, en interaction, en souplesse ouverte, vivre l'échange disponible dans l'appétit des sources initiales et dans leurs traces recombinées. De plus, ce rêve éclaira autrement une scène vécue quelques années plus tôt. Je me trouvais à Sainte-Marie, dans une veillée traditionnelle. Et des Conteurs contaient. Quand l'un d'entre eux se levait pour saisir la parole, les Conteurs se redressaient, enlevaient leur vieux chapeau, saisissaient leur bâton-à-pouvoir, et raidissaient une mine solennelle. Durant le conte, ils se dévouaient à celui qui parlait : devançaient ses désirs, répercutaient ses chants, se prêtaient aux mimiques... La parole n'était pas anodine : *ils l'érigeaient en un rituel sacré* avec des gestes quasi imperceptibles qui relevaient des liturgies chrétiennes, des initiations africaines, des veillées solennelles des peuples amérindiens, d'un sur-maintien du corps que l'on veut rehausser. J'avais observé le phénomène sans rien y percevoir. Mais, là, emporté par mon rêve dans le contexte esclavagiste, ce souvenir prit une brusque ampleur : riche de multiples Sacrés, le Conteur n'était pas sous tutelle d'un Sacré, mais d'une valeur psychique qui les assemblait tous, les relativisait : ces Sacrés perdaient leurs verticales originelles et fonctionnaient étales, par traces proliférantes. Étonnante fondation. Je découvrais en moi l'étonnante fondation.

> D'Agrippa d'Aubigné : Contre peur prudences réalisme, le Tout-possible déjà dans le tumulte génésique des sept rythmes. — *Sentimenthèque.*

Autre vertige : le Conteur parlait au bord de l'écriture ; je la voyais autour de lui, rythmant le quotidien du Maître (*cahiers d'Habitation, registres d'exploitation, livres de comptes, courriers, bibliothèque...*) ; organisant le Sacré de l'Abbé (*bible, cahiers de chants, psaumes, exorcismes rituels...*) ; transportant l'image d'une France lointaine (*proclamations, lois, journaux, événements décisifs...*). Le Conteur connaissait l'écriture. Il éprouvait son emprise impérieuse. Nombreux étaient les nègres-sorciers qui s'affublaient d'un livre (d'une Bible souvent, de ce « papier qui parle »). Ainsi, dans ce rêve, je vis de nos Conteurs avec un livre en main, l'ouvrant, le brandissant, s'en moquant quelquefois, s'en servant afin de conférer quelque vibration à leur parole. Cette présence de l'écrit dominant dans les quêtes d'une parole naissante n'était pas anodine. Dans un tel voisinage, cette parole fut dénuée des légitimités protectrices des Griots ou autres Parleurs des origines ; je la voyais tremblante, non pas incertaine mais en branle sans orgueil sur le sillon de l'écriture ; elle résonnait en sa présence, accusait l'impact de ses ondes, tendait en impossible vers elle tout en la combattant. Le Conteur créole parlait vraiment sans aucun absolu.

> Le vieux guerrier me laisse entendre : ... moi, je n'avais plus de mots. Face à leurs joutes sportives, leurs gestes démocratiques, leurs héroïsmes humanitaires, leurs descentes militaires de justice sans frontières, leurs charités télévisées, je traversais des peuples devenus spectateurs des dominants du monde. *(il rit et il soupire)...* Tu m'imagines, moi, vaguement inapte et inutile, et fasciné inerte comme ceux que je veillais ?... — *Inventaire d'une mélancolie.*

J'émerge sur la terrasse. Les colibris sont là mais le vertige qu'éprouvait le Conteur s'est inversé en moi. L'oral, l'oraliture sont là, dans le monde et en moi, et leur génie retrouve d'inattendus éveils dans les nouveaux médias. L'écriture mesure aujourd'hui une fin de solitude, et — qu'elle y consente, qu'elle s'y dérobe — une érosion de ses orgueils. Je me débats maintenant avec ça. Nos écrivains passés n'ont pas pris le relais du Conteur car c'était impossible. Les certitudes de l'écriture (ce poids millénaire de codes et de métriques) s'étaient offertes à eux comme un refuge. Le coulant, la bascule subite, les dispersions flottantes, les fluidités narratives de la Parole leur étaient apparus quelque peu périlleux. Les utiliser dans l'écriture supposait l'acceptation d'une zone très instable. Il leur avait fallu plutôt des certitudes. Leur écriture s'accommodera des modélisations littéraires offertes par le Centre dominant. Elle aura tendance à les imiter pour se constituer une ligne vertébrale dans le flou déroutant de notre communauté. Elle avalera les dogmes de l'écrit pour s'extraire du magma innommable. Notre Parole, elle, son génie délaissé, se réfugiera dans le folklore des résistances. Je retrouve en moi, comme un cœur familier, ces clignotements conflictuels de l'oral et de l'écrit. Je les reçois sans étonnement, prêt à les dépasser. *Malemort,* c'est vrai, m'avait initié tôt à ces zones troublantes.

De Faulkner : Le Lieu, construit de soi pour soi, immense de toutes tragiques mémoires déracinées. — *Sentimenthèque.*

197

> De Simone Schwarz-Bart : Contre la néantisa-
> tion, aller au fil des vies comme l'on s'embar-
> que au rêve, sans militantisme autre que
> l'attitude vraie, la langue juste forgée des deux
> langues nouées, le vrai, le vrai même s'il sem-
> ble t'éloigner de ton rôle... — *Sentimenthèque*.

Les immigrants drainés sous contrat après l'abolition de l'esclavage se retrouvèrent dans des plantations inchangées. Ils remplacèrent (dans les mêmes
cases et les mêmes conditions) les anciens esclaves
nègres qui avaient en grande partie rejoint les mornes ou les villes. Le Commandeur qui dirigeait les
récoltes maniait encore le fouet, et le « travailleur au
champ » n'était pas pour autant redevenu un homme.
Malgré les contrats et clauses prévoyant un retour
au pays d'origine, les immigrants indiens (comme
d'ailleurs les Chinois et les nouveaux Africains) se
retrouvèrent dans une sorte d'esclavage. Et cela dans
un relatif isolement car la masse nègre les traitait
comme des chiens qui acceptaient l'inacceptable.
Quand, parvenu au terme de son contrat, ou effrayé
par le traitement dont il était l'objet (vivres rares,
salaires aléatoires, familles séparées, sévices divers),
l'un de ces immigrants manifestait l'envie de s'en
aller, le planteur-béké le jetait aux fers pour le rendre raisonnable. Les immigrants développeront les
mêmes résistances que les anciens esclaves. Ceux qui
partaient en marronnage se retrouvaient traqués
par les gendarmes à cheval pour rupture de contrat.

Les planteurs, peu respectueux de ces mêmes contrats, en faisaient un credo sourcilleux devant les tribunaux. Les immigrants-rebelles incendiaient aussi les champs de cannes, les cases-à-bagasse, les réserves d'outils, ils empoisonnaient des animaux de trait. Cette résistance sourde devint la hantise des planteurs comme aux époques de l'esclavage. Le chagrin et la mélancolie, le désir du Retour, la dérade dans le nouvel entour envahissaient de la même manière ces nouveaux exploités. Les chroniques coloniales les décrivent paresseux, languissants, chétifs, vautrés dans la vermine et une consommation effrénée du tafia. Les suicides furent sans nombre. Les immigrants indiens (criés *Kouli* ou *Malaba* en créole) se pendaient à une cadence telle qu'on en fit une donnée de leur race. Les survivants incrusteront leur communauté dans un culte votif, une pratique religieuse hindouiste héritée des pratiques rurales du fond de l'Inde, que les planteurs favorisèrent pour pallier les rancœurs. Indiens, Chinois, et nouveaux débarqués africains, réfugiés en eux-mêmes, tentant de préserver leur Être, aviveront la parole assembleuse du Conteur avec d'intenses gamètes de leur imaginaire. Mais ils baigneront eux aussi dans le non-absolu.

> De Glissant : Contre l'appel des conquêtes, l'Écrire comme une idée de la grandeur en jeux de relations, non en actes de puissance. — *Sentimenthèque.*

De Verlaine : Mélancolie savante, regard total, le rêve-musique par-dessus le malheur pas dicible. — *Sentimenthèque*.

De la Bible : La parole qui nourrit l'écriture et l'écriture qui fait parole, l'infinie structure qui s'offre. — *Sentimenthèque*.

ULTIMES RÉSISTANCES ET DÉFAITES URBAINES — Dans mes poèmes négristes, j'avais (comme tous les autres) affublé ces résistances coutumières de portées victorieuses. Or l'échec était là. L'entité collective née dans l'Habitation, cherchant ses équilibres, n'avait pas trouvé d'oxygène dans les anciens canons identitaires. Spectaculaires défaites que celles des Nègres marrons et de nos rebelles à posture héroïque !... Au fil du temps, ils furent vaincus. Qu'était-il advenu d'eux après l'abolition de l'esclavage ? J'eus du mal à retrouver l'effiloche de leurs traces. Quelques spectres de Danseurs, de Quimboiseurs, de Conteurs m'apparurent ; mais, fût-elle dénaturée, aucune survivance des Nègres marrons. Poursuivant ma quête fondatrice, je cherchai des résistances qui auraient succédé à celle du Conteur. Toute la période d'après l'abolition de l'esclavage m'apparut comme éteinte. Sauf aux abords des villes qui recueillaient tout le monde. L'En-ville de Saint-Pierre devint un jaillissement de biguines, mazurkas, de chants et de musiques. J'y découvris railleries, moqueries, satyres sociales, chants d'amour détourné, arrogance séductrice, faits et méfaits de vie urbaine, représentations populaires d'une fraîche vitalité. Les immigrants indiens et africains débarqués après l'abolition de l'esclavage y sont décrits sans sympathie. Amérindiens, Chinois et Syro-Libanais y sont presque transparents. Le béké y circule, arrogant, le mulâtre, égoïste, la mulâtresse, séductrice et soucieuse de confort. Le Nègre créole y règne avec de mal-manières et des échecs aux amours vraies. La man-man créole, dévouée à ses enfants, fait madone sous hautes louanges. Rien ne semble subsister de l'*Alliance* du Conteur : demeure seule la raillerie où nul projet n'envisage l'émiettement général. Comme si l'effondrement du temps des plantations avait débondé une survie paillarde dont l'élément stable serait cette mère créole offerte à ses enfants. Ces chansons témoignent d'une joie de vivre bien conce-vable après l'horreur de l'esclavage, mais en les écou-tant bien j'y décelai aussi un brin de désarroi né des accélérations urbaines où se poursuivit la créolisa-tion. Et ce désarroi se compensait par un peu plus de gaieté, de cynisme, d'embarras amoureux, de malparlance universelle. Le Conteur créole resta en plantations ou se réfugia dans les hauts mornes près des tambours et des danses guerrières. De l'En-ville lui parvenait peut-être cette frénésie de mandolines et de banjos, de trompettes et de trombones, qui devait lui rappeler la communauté sans parole devant laquelle il s'était redressé. Après l'esclavage, c'est sûr, le Conteur commence à se taire et le musicien amorce son drame joyeux qui se poursuit encore. J'écris avec ces vieilles chansons créoles. Avec ce tragique qui ne se nomme pas. J'y puise des anecdotes, des descriptions, des noms de femmes et d'hommes, de petits cas mythiques de la vie à Saint-Pierre. Lors des avis d'obsèques diffusés en radios, je recueille les surnoms qui viennent authentifier les noms, et je les utilise dans mes récits. Rien ne me semble remplacer la radiance du vécu. Un nom qui a été porté transpirera de sa vérité sur la maille du texte. Une histoire authentique ou chantée comme telle par quelques générations communiquera une chair vibrante à l'ensemble des mots. Ainsi, je n'invente rien, sinon des rythmes combinatoires auxquels je confie volontiers la mission de surprendre quelque dynamique encore insue.

Les proverbes aussi ne sont sources bienfaisantes. Je les ai longtemps notés sur mes cahiers. La résistance s'y profile sous des formes peu décelables, mais précieuses. Inaltérables. Ce sont des concentrés de langue créole taillés dans de terribles éclats. Je m'amuse dans les anthologies de ces proverbes où l'on tente de les expliciter en français. Ils recèlent tant de doubles sens, d'ambiguïté mobile, de significations tourbillonnantes, que ces traductions m'ont semblé dérisoires. Appauvrissantes toujours. Le proverbe créole n'a pas de sens vertical. Il hérite des camouflages du Conteur créole. Mais il naît surtout de la régulation de ces diversités d'hommes forcés de vivre ensemble dans une violence sans nom. Chaque proverbe créole infléchira ses signifiances au gré des événements auxquels on l'appliquera, car il informe et forme dans le chaos d'une mutation. Je me retrouvai fasciné par cette masse proverbiale qui tout à la fois témoigne (mieux encore que les contes) d'une philosophie, d'une esthétique, d'une pratique littéraire, d'un débrouillard oblique, d'une décision mentale qui hèle ses équilibres. Cela claque. Cela résonne. Cela brille. Cela déroute. Cela étonne. Cela ravit. Cela règle nos passions, éclaire nos tragédies, arpente notre drame en droite lucidité. On en retrouve les principes dans ces devinettes que sont les *titimes,* avec lesquels le Conteur et les Das profilaient leurs histoires. Contes, proverbes, titimes, comptines, chansons créoles : l'entité collective nouvelle est là, puisant à chacune de ses sources, et les actionnant sous déveine intégrale. C'est la parole des dominés, mais c'est aussi parole des dominants. Ce que sécrète la résistance, ce qui renomme l'humain dans l'entreprise mortuaire, qui définit cet ensemble neuf dans un miroir insaisissable, palpite dans cette oraliture. J'utilise les proverbes pour leur force tranchante, leur distillation imputrescible d'une couleur collective. Je les prends tels quels, mais souvent je les démantibule pour n'en conserver qu'une saveur — inconnue, mais familière au délicieux, ancienne au délicat —, et je les reconstruis dans de joyeux déports, selon les lois de leurs structures.

Mais tout cela me laissait un peu désenchanté. Où se situa la résistance majeure après celle du Conteur ? C'est au détour d'une tristesse et d'un rêve sans annonce que je découvris *le Driveur* : celui-ci s'était fait réceptacle des résistances tombées hagardes.

> D'Unamuno : La parole qui fait l'homme, et la mise en alerte, ô veilleur, autour des vérités. — *Sentimenthèque.*

> De Rabelais : Contre les poignes sorbonicoles, aveuglements et beaux mirages, porter en tout, et en soi-même, la déroute du rire salutaire et des « esprits animaux » ; mobiliser science populaire et science savante et affecter toute science au service de l'Écrire, sans faire science... — *Sentimenthèque.*

La langue créole appelle Drive une situation peu reluisante durant laquelle on erre sans fin. La plupart des Nègres marrons se retrouvèrent en Drive. L'exiguïté de notre espace géographique et leur désir d'un retour vers l'Afrique (clos sur un impossible) n'avaient pas mué en liberté les pulsions de leur fuite. Ces pulsions se reproduisirent à chaque génération, chacune accoucheuse de rebelles. Ceux-là ne gagnaient plus les bois, mais se mettaient à monter-descendre, à marcher marcher marcher selon l'allée-virée insensée de la Drive. Et les nègres-habitants (esclaves puis ouvriers de plantations, puis fonctionnaires heureux frappés d'un numéro INSEE, d'une case, d'une adresse et d'un nom) croyaient surprendre un fond de la misère en les voyant passer. Se retrouvèrent en Drive aussi certains esclaves affranchis par un Maître généreux du fait d'un acte de dévouement. Pour ces miraculés, le vœu était de rompre toutes attaches aux champs ou aux Habitations. Alors, ils allaient vent-devant, louant leurs bras, leur savoir, survivant dans des tâches éphémères. On vit de même en Drive les immigrants indiens sans contrat, ou fuyant l'exécution lamentable du contrat ingénument signé. Ceux-là s'en allaient vagabonds, portant d'invisibles chaînes au fil toujours sans horizon de la poussière des routes. L'imaginaire créole positionnait ces Drives parmi les accessoires d'une déveine ordinaire. Au fil du temps, cela s'est aggravé. La Drive s'appliqua bientôt aux malheurs des bougres-fous, ceux qui marchaient sans cesse droit-devant, lèvres battant l'apostrophe à eux-mêmes, vaincus par un coup-de-femme ou par quelque désastre imparable de la vie. On désigna aussi en Drive d'infortunées victimes de la chaux maléfique d'un quimbois, qui consumaient leur existence dans une envie d'aller sans cesse à grand balan. On était frappé de Drive comme d'un mal, comme d'un sort, comme d'un envoi méchant. Et à force de driver, on finissait par « prendre-la-mer-pour-grand-chemin » — en fait : par disparaître.

(Il y a la Drive-Merle et la Drive-Mangouste, chacune renvoyant aux déplacements sans fin de ces deux

animaux. La parole des commères n'a jamais révélé
laquelle est plus enviable, mais, avec l'une ou l'autre,
sous l'emprise d'une tare animale, on quitte l'humanité.)

> Le vieux guerrier me laisse entendre : ... Fanon, cet
> autre errant, me disait que le peuple colonisé nourris-
> sait deux soucis : la terre et le pain. Que faire pour
> avoir la terre et le pain ? Sous domination brutale, la
> terre et le pain furent souvent refusés. Sous domination
> silencieuse, cela se vit offert... (*il soupire, chenille à ailes
> mouillées*)... Ainsi, ce que Fanon appelait le « *modèle le
> plus enrichissant et le plus efficace* » pour la révolution,
> fonctionnait aussi pour nous assujettir sous de rassa-
> siantes perfusions. — *Inventaire d'une mélancolie.*

La culture créole urbaine avait repéré la Drive et
s'appliquait à lutter contre. Le négrillon que j'étais
dans les rues du Fort-de-France des années 50, se
souvient encore du credo de sa mère : *Ou kéy en driv ?
Ou sôti an driv ? Ou téka drivé ? Driv la pran'w !* Tu
pars en Drive ? Tu reviens d'une Drive ? Tu drivais ?
La Drive t'a emporté ! C'était, pour un enfant, le
danger le plus proche dans les ruelles et trottoirs.
Car la Drive débouchait presque toujours dans les
rues de l'En-ville. Les rapports de police du temps
de l'esclavage témoignent du phénomène. Pas un
gendarme, pas un notable de ville, qui ne se plaigne
du laxisme des planteurs et ne les accuse d'affran-
chir leurs nègres pour bien trop de raisons. Après

l'abolition, la hantise se voit décuplée et c'est avec des lois que l'on traque le Driveur appelé vagabond. Ceux qui ne pouvaient justifier d'un contrat, d'une attache, donc d'une sorte de racine, se voyaient livrés aux travaux publics des ateliers de discipline[1]. La piste des Driveurs m'éloignait donc des plantations pour me plonger dans une nouvelle matrice : l'espace urbain.

Pourquoi cet aboutissement des Driveurs à l'En-ville ?

L'espace urbain est le pendant de la plantation-habitation. L'ordre habitationnaire canalise ses productions vers cet espace où se déploient les militaires, garants du Centre-métropole. On y trouve aussi les négociants et armateurs. On y trouve de même les affranchis et les mulâtres. La richesse du planteur-habitant se concrétise là, son sucre s'y transforme en argent. Dans l'En-ville, l'ordre de l'Habitation ne pèse plus du même poids, le planteur n'y dispose d'aucune autorité. Affranchis ou mulâtres y exploitent en général quelque talent. On y trouve cabarets, tripots, des côtés de musiques et de danses. Le djob autorise d'y survivre sans pour autant s'aliéner d'un contrat. C'est une savane de libertés et d'ouverture : les journaux y arrivent, mais aussi les livres, mais aussi les bateaux, toutes espèces d'étrangers, toutes espèces de nouvelles.

---

1. C'est avec un de ces ateliers que l'on a construit la Fontaine Gueydon, à Rive droite Levassor, une fontaine magnifique qui surplombe Fort-de-France, et que nous pourrions baptiser *la Fontaine des Driveurs.*

On peut y nouer toutes qualités de relations. Chacun a l'impression d'y peser quelque chance : l'endroit n'est pas immuable, il bouge, il est vitesse, il réagit aux effets extérieurs. Nul n'y est muré par des falaises de cannes, on voit pour ainsi dire par-delà l'horizon, on sent du vent sur soi, des rythmes. Encore plus anonyme, on échappe aux contrôles. On dispose à chaque rue d'une levée de ressources. Perçoit plus de modèles. L'En-ville m'apparut soudain comme goulée d'oxygène qui alimente et détruit à la fois l'ordre esclavagiste et le vœu colonial.

Le vieux guerrier me laisse entendre : ... tu parles de villes ?... *(il rit)*... Sous domination silencieuse le poteau-mitan de nos pays et de leurs imaginaires restait l'extroversion : tout (et les villes encore plus) s'orientait en direction du Centre, telles des fleurs jaunes sous hypnose solaire... *(il soupire, liane-diable)*... Mais on ne peut ainsi congédier l'honneur de vivre par soi-même en soi-même ce que l'on est. La contrepartie fut donc lourde à payer. C'est pourquoi je découvris dans nos espaces urbains tellement de regards nus, de paupières clapoteuses, d'âmes mousseuses comme écumes sales, avec, en guise de Pouvoir, la gestion du mal-être sous l'abondance épaisse. Tu parles de villes ? J'ai vu nos villes !... — *Inventaire d'une mélancolie.*

Après l'effondrement des plantations ruinées, chacun boula vers ce sac de « possibilités » que constituait l'En-ville. Et cela, dans un contexte d'abandon de la culture créole rattachée aux champs de cannes et à la non-humanité. Seule la culture française, la langue française, la bienveillance métropolitaine, offrait chance d'échapper aux rémanences esclavagistes. L'En-ville reflète le Centre-métropole à portée des désirs. La langue française y règne, on l'entend, on peut la répéter, et l'apprendre, et tenter de l'écrire. Les marins de Nantes, Bordeaux ou La Rochelle y pullulent. Les fonctionnaires et administrateurs s'y rassemblent. Les modes et les modèles y circulent fascinants. C'est ici qu'arrivent de la puissance lointaine les lois, les proclamations et les règles du destin. L'En-ville est amical reflet du Centre pater-maternel. L'alternative au système des plantations que rien ne remplacera. Les Driveurs sont bien entendu drainés par cet espace où se joue le destin de l'entité collective germée des plantations. Mais l'En-ville créole n'est pas la ville occidentale, il ne comble pas l'espoir qui sous-tend les exodes. C'est un outil militaire et administratif, comptoir gestionnaire aux ordres du Centre lointain. Il n'accueille pas. N'a pas d'usines. Ses ateliers sont pleins et sans grandes ambitions. Il n'offre aucun contrat, aucun travail à qui ne dispose pas d'un talent singulier. Il ne pratique pas la prise en charge totalitaire des habitations. Il est là, indifférent, sans fondements productifs, sans interstices réels ouverts aux ambitions. Le Rastignac ici ne disposerait d'aucune phrase de conquête. Il n'aurait que le choix de la Drive ou de l'enracinement précaire dans l'illusion du djob. Ainsi, ceux qui débarquent, dénichent des restes de marécages, des pentes, des trous, des bords de rivières inondables, des endroits à piquants susceptibles d'accueillir un abri. Ils doivent prendre, rien ne leur est donné. S'installer de nuit. De nuit, construire une petite case à l'aide d'un coup de main, d'abord légère pour déjouer l'attention, et de là commencer la conquête de l'En-ville. Ainsi se sont créés les quartiers misérables de Saint-Pierre, et la couronne quasi clandestine de Fort-de-France que je pus désormais regarder autrement : les Terres Sainville, Trénelle, Texaco, Volga Plage, Sainte-Thérèse... Aujourd'hui encore, l'En-ville créole n'a pas changé. À chaque onde tropicale ou montée de rivière, nombreux sont les Haïtiens et les Dominicains (ces nouveaux venus dans notre créolisation) submergés par les eaux dans ces endroits impossibles que l'En-ville offre à leurs espérances.

> De Rilke : Se tenir au difficile. Chaque maille de l'Écrire comme une vaste expérience... — *Sentimenthèque.*

> De Amadou Kourouma : La langue dominante tracassée par des voix malinké — et lucidité, lucidité et ironie contre tous les pouvoirs (même contre ceux qui libèrent)... — *Sentimenthèque.*

Mais avant de les suivre dans l'En-ville, je voulus retrouver le mental des Driveurs primordiaux, des campagnes et des bois. Ils se sentaient libres, sans case d'habitation, sans contrat, sans Commandeur qui leur sonne un appel. À la sédentarité, ou à l'immobilité, ou encore à la déshumanisation enracinée du système plantationnaire resté en place malgré l'abolition, ils opposaient la Drive comme une contestation mais aussi comme tentative d'épanouissement de soi. Aller-sans-cesse (balancer-descendre son corps) était la forme élémentaire de résistance, la forme tombée hagarde. Une fluidité-vaccin contre la crucifixion.

Le vieux guerrier me laisse entendre : ... durant mes séjours en pays dominés, j'affrontais une douce cohérence, une pente insensible dans laquelle je me laissais aller. En moi, comme en chaque homme de ces endroits, deux êtres s'emmêlaient : celui qui s'observait en restant vigilant ; et l'autre, acteur du jeu social, qui s'inclinait sous la domination... *(il soupire, reflet d'argent du bois-canon)...* La chienne silencieuse usait l'autorité intérieure, il n'y avait rien à moi, rien en moi, rien à exprimer, rien à exalter. Il fallait tout importer du Centre et me remplir avec. D'où ces années de démission errante qui me blanchirent le poil. Mon envie de lutte ne s'articulait à rien, ne s'arc-boutait sur rien. Le peu que j'estimais de moi se versait aux dossiers touristiques. J'avais du mal à me sortir des glus. Je retrouvais mes dérades solitaires avec de beaux plaisirs et de vieux désespoirs, et sans jamais me retourner... *(un temps, sa voix macaye)...* C'est ce que tu appelles devenir un Driveur ? — *Inventaire d'une mélancolie.*

Driver c'était aussi *aller-en-soi.* Aller à travers le brouillage intérieur des nouvelles conditions d'existence. Un tel mélange d'hommes et de cultures était insupportable dans un monde colonial bardé d'agressives valeurs : supériorité occidentale, modèle d'humanité, archétype de civilisation, ligne d'évolution applicable à tous peuples, pureté légitimante, transparence de l'Autre, langue élue qui surpasse toute autre... Ces valeurs verticales transperçaient les Driveurs. Pourtant, ils sentaient combien l'unicité proclamée de la racine identitaire était dénouée en eux : ils percevaient la rumeur d'une Afrique multiple, d'une Inde protéiforme, le bruyant silence des foules amérindiennes accompagnant leur route. Chez les dominants, ils percevaient le branle des chiffres originels, et cela les bougeait. Leur langue, la langue créole, née en conscience active des autres langues du monde, leur en conservait le souvenir aigu. Alors, piteux à l'extérieur, ils charriaient une richesse intérieure sans pouvoir l'affecter à quelque liberté.

Le Driveur n'a pas de certitudes. Fils de ces hommes rassemblés là, trop de choses sont effondrées en lui. Et ces effondrements baignent son imaginaire d'une réalité psychique inconsciente : *celle de l'ensemble du monde en ses diversités.* Le Driveur, à l'insu des autres et de lui-même, conteste l'idée coloniale qui sert de relais au monde mais l'appauvrit dans la formule d'une Vérité. Cette formule expanse ses propres valeurs et n'instruit en matière de contact que le silence des alentours. Le Driveur lui oppose une déroute mobile dont il reçoit d'inconnaissables rumeurs.

> D'Eugenio Montale : Quand monte la Force, être en langage-combat, silence, ellipses, rythmes hors mesures, murmures opaques contre l'inadmissible. — *Sentimenthèque.*

> De Rabelais : T'installer en toute langue comme un dévot profane qui mène bacchanale ; ne craindre ni l'artifice, ni l'énorme, joue la fable en niant la fable, risque-toi aux impossibles venus des quatre vents — et, le temps haussé, n'oublie pas de vivre mené selon ton cœur. — *Sentimenthèque.*

Je compris la disgrâce du Driveur. Il est une hérésie. Opaque à lui-même, il l'est bien plus aux autres. Sa résistance nie l'échiquier traditionnel : il n'oppose pas du Noir au Blanc, une langue à une autre, une culture à une contre-culture, n'érige aucune rigidité en remplacement d'une autre. Il va au-delà et plus vite. *Mais vers quoi ?* Il l'ignore. Il devine juste-compte qu'il lui faut être *mobile.* Disponible. Hors raideur. Les Driveurs font silence comme cet homme rencontré par Glissant sur la plage du Diamant, ou alors ils explosent d'une parole continue, bousculée, sorte d'hosanna verbal exprimant l'indicible d'un métissage sans fin, d'une mosaïque identitaire confuse, d'une extension sans mesure des racines, d'une relativisation des vérités-mêlées... Cela foudroie sa conscience car les valeurs régnantes en font une folie. Persuadé d'être fou, le Driveur nomme folie ce qui bouillonne en lui, et souffre de s'accorder à ce désordre où tremble pourtant une perspective inatteignable qu'il est le seul à deviner.

> De Racine : La merveilleuse tourmente, désormais au-dessus de son abîme — achevée. — *Sentimenthèque.*

> De García Márquez : Contre les murailles du Vrai, le dire horizontal et les rideaux du Temps, enchante en lucioles, en odeurs, en improbables naturels, en cercles de démesures, ourle la phrase et foisonne, foisonne dans les possibles de l'esprit ; et prends garde aux mécaniques de la Merveille. — *Sentimenthèque.*

Le Driveur n'est pas enfermé en lui-même, il en sort, il veut voir, il veut tout voir, tout percevoir, toucher les paysages, les eaux vertes du Nord, les pierres sèches du Sud, connaître et reconnaître sa terre, sentir et ressentir l'existant. Stoppé à chaque fois par la mer qui lui ouvre l'horizon et lui barre la route, il repart dans l'autre sens, dans l'ouvert de l'En-ville. Le nègre-habitant, docile enraciné ou s'appliquant à l'être, ne pouvait dévisager cette cuisante poésie que les Driveurs endurent aux extrêmes. Un peu comme ces canards de ferme du poème de

Richepin, qui contemplent le vol hirsute des oies sauvages. Le nègre-habitant enterrera la poésie de sa réalité (ce vertige créole du Divers) dans le bout de jardin que lui accordent les planteurs-békés : il existera sans elle, selon des termes et un imaginaire qui lui seront étrangers. Le Driveur lui, se dérobe à l'ancrage, il demeure à l'écart mais ouvert — sensible à l'inconnu des hautes diversités. Et ce sensible le fragilisera.

Le vieux guerrier me laisse entendre : ... ah, ces nègres-habitants !... Revenu à ma terre des Antilles, je découvris un phénomène semblable. Les hommes étaient contraints mais sur eux ne pesait plus une once de violence. Ils subissaient la suggestion qu'ils n'étaient rien au monde (île minuscule, mentalité nègre, pesanteurs historiques, atavismes d'incompétence, anormalité, retards de « Développement »...). Ils étaient persuadés que leur liberté ne serait qu'une annexe de l'enfer. Je les voyais charmés par l'État-dominant dont la vie quotidienne emplissait les médias et servait d'oxygène au cachot insulaire. Ils se pensaient derrière-le-dos-de-Dieu, dans un Outre-de-la-mer, ultrapériphériques, hors centre, hors coup : *débranchés*. Ils menaient dans les reflets du Centre une vie de théâtre. De leur ombre, ils aspiraient à sa force solaire. À chaque étape, la suggestion se renforçait : leurs valeurs hautes se voyaient estompées par celles du Dominant. Les ministres du Centre interrogeaient parfois ces ombres dotomisées[1] qui s'étaient mises à leur peser :

1. Le vieux guerrier semble appeler ainsi les habitants de ces pays empaquetés sous le sigle DOM-TOM.

Mais quels sont vos projets, que désirez-vous ? Et eux ne pouvaient que répondre comme je l'avais si souvent entendu au cours de mes errances : Subventions, allocations, égalité... pour mieux vous ressembler !... Et ces ministres réprimandaient : *Allons, ayez de l'audace, un peu de cœur et d'imagination !... — Inventaire d'une mélancolie.*

Dans l'En-ville, le Driveur rencontre un bel espace de fluidités qui le rapproche du monde. L'En-ville verse sur l'extérieur, distend traditions et coutumes, isole et libère. Les espaces urbains sont des bulbes de connexions et d'accumulations qui diffractent. Dans l'En-ville, le Driveur sent l'affolement de son immergée conscience du Divers, et ce Divers fait monde. La Drive peut s'y transformer en folie sans remède, un dérèglement du désir initial éprouvé sans limite dans l'ouverture urbaine. Ce désir se consume sur son ressort désaccordé. Les Driveurs qui peuvent le maîtriser s'investissent dans le djob. Le djob c'est la Drive au travail. On va de services en services, et chaque jour le service diffère. Le djobeur est souple, offert à tous, enclin à l'aubaine et au vent, à l'affût de quelque chose dont il ignore tout. Le djobeur craint de se rigidifier, d'autant qu'autour de lui les non-driveurs coiffent la douleur d'une impossible racine.

De Jean Giraudoux : Le mot (lustré précieux) qui fait image, et détermine l'idée, la parole

qui construit l'homme dans des liens de vérité
avec le monde... — *Sentimenthèque.*

D'Ogotemmêli : Être sans parole ? La nudité
terrible. — *Sentimenthèque.*

Dans l'En-ville, la Drive peut aussi tarauder folle à
l'intérieur d'un être. L'élite martiniquaise s'est vue
touchée de cette manière. Elle a drivé dans son usage
fleuri de la langue française que Fanon et Glissant
ont décrit. Elle a drivé en elle-même du mimétisme
européen au mirage africain, du Monde blanc au
Monde noir, d'une racine à une autre, d'une citadelle à l'autre. Elle a drivé hors d'elle-même en éli-
sant à chaque génération des Centres-métropoles qui
ne sont pas en elle. Elle a drivé avec éclat dans un
universel aérien soucieux de ne relever d'aucune
terre, d'aucune sueur, échoué toujours dans des
standards occidentaux. Notre émergence fut ainsi
faite qu'elle fragilise en Drive corporelle ou consume
en Drive mentale ceux qui ne parviennent pas à la
penser. Et le rêve me montra cette amère grève où
nous échouions, tous, à différents niveaux, saisis
dans la confuse appréhension d'une diversité intérieure que nous refusons et qui, malgré tout, nous
renvoie vers le monde.

C'est pourquoi les parents de l'En-ville sont inquiets.
Ils savent que dans ce pays de Driveurs, l'enfant est
un tendre réceptacle. Ils les cantonnaient dans une

rue, dans un quartier. Les enfants de la rue François-Arago (côté de mon enfance) ne connaissent pas ceux de la rue Victor-Hugo. Ceux de la rue Ernest-Renan ignoraient ceux de la rue Lamartine. Malgré ces précautions, quelques enfants se découvraient Driveurs. Les policiers ramassaient sur les routes ces petits poètes de notre condition. Ces petits musiciens du monde abandonnaient sans raison apparente le palier de leur case, les rives de leur école, pour battre une aventure sans horizon. On avait beau les plonger dans des bains d'herbes magiques, ils recommençaient, recommençaient encore, jusqu'à ce que cette poésie s'épuise en eux — mystérieusement.

> De Lezama Lima : Les mélanges surabondants dont les cercles de connaissance se détachent des signes et détachent de l'Être... — *Sentimenthèque.*

> D'Antonin Artaud : Contre le passif Entendement, la secousse violente du *Total,* là où la parole s'épuise sous les gestes, le son, le signe, le silence nouveau, l'emblème obscur et sans fin du symbole... — *Sentimenthèque.*

Les quartiers clandestins se bétonnent, l'En-ville les intègre, se développe. Sensible aux émulsions du Centre, il s'occidentalise, se soumet aux transhumances de la consommation, aux névroses participantes des modes... Au fil de ces transformations, l'imaginaire créole (qu'exprime la douleur de la Drive) défaille. Les Driveurs disparaissent à sa suite. Ils disparaissent d'autant mieux qu'on les parque en asile psychiatrique. Mais l'agonie du Driveur va susciter un être difficile : le Major. J'en ai rencontré durant mon enfance. Les parents de mes amis tenaient un bar crié *La Source,* aux abords du quartier Morne Pichevin. Les marins du port, les dockers, les gens des cases environnantes venaient y sacrifier aux rituels de l'alcool. J'ai vécu l'existence de ce bar durant une charge d'années, j'y ai tenu la caisse pour Popo la patronne, j'y ai servi, vécu des combats homériques, supporté les flagelles de la parole créole. Cette énergie populaire habiterait par la suite mes romans. C'est donc là que je vis mes premiers Majors. Des personnages très dignes, bien mis, au visage d'une dureté minérale, parfois balafrés. Ils inspiraient un respect immédiat et, à seulement les voir, on les créditait d'un règne sans partage. Chaque quartier était le territoire d'un Major. Chaque Major avait ses protégés. Craints par la police, ils promulguaient seuls les lois qu'ils appliquaient. Un Major pouvait saigner n'importe quel adversaire avec une férocité inconnue des enfers. Ils semblaient désespérés de vivre, être déjà morts dans un nœud de fureur permanente. Ils étaient un peu sorciers, un peu conteurs, en ce sens que leur parole (plus rare que rare) disposait d'une énergie grandiose. D'un mot, le Major pétrifiait n'importe quelle assemblée ou suscitait des désordres immédiats : fuite, gémissements, adoration veule, larmes... Ils finirent l'un après l'autre en prison, ou abattus par ces forces policières dont ils défiaient l'autorité. Ces hommes, retrouvés dans mes rêves, enduraient une Drive immobile, entre le marron-nage ancestral et la Drive-en-allée, ils se fixaient en eux-mêmes dans une exaspération immortelle. Car-bonisés à l'intérieur, ils projetaient sur l'alentour une violence de braise. Pathétique résistance à l'op-pression coloniale et — surtout — à une dérive sans boussole dans cette mutation.

compass

Le vieux guerrier me laisse entendre : ... sous cette domi-nation, dans mon pays, rien ne nous relie, toute né-cessité solidaire est défaite par la dépendance et par l'assistanat. Le pêcheur, l'agriculteur, le fonctionnaire, l'écrivain, le politique, l'entrepreneur... chacun est confronté aux mécanismes délicieux mis en place pour lui ; et dans cette existence, on est seul ; pas de « Nous », rien à faire ensemble. C'est d'ailleurs pour-quoi nous ne sommes « ensemble » qu'*avec* le Centre. L'alliance dans cet angle devient un absolu : toute lutte engagée dans le Centre trouve dans l'immédiat son plein écho ici. Toute célébration aussi. Tout avantage social. En positif ou négatif, notre « ensemble » s'éla-bore en dehors de nous-mêmes... *(il soupire, sa voix résonne comme un frisson de cuivre)*... Alors comment enchouker une résistance ou même en deviner l'ur-gence ?... *(un temps, mots inaudibles, puis l'embellie s'ouvre, terre sèche)*... Partout, dans les ravines les plus lointaines, je vois, au nom du « Développement », l'assistanat navrer l'initiative, rogner la frustration d'où

220

naissent les élans. L'assistanat ne développe que notre assistanat. Il tient en apparence compte de tous nos besoins. Sauf de celui d'une existence au monde. Mais je suis le seul à me plaindre d'une agonie dans laquelle vouloir vivre devient irréaliste. — *Inventaire d'une mélancolie.*

MOI-CRÉOLE — Horreurs. Dénis. Souffrances. Aventures. Nœud alchimique des habitations. Des races. Des hommes. Des langues. Des conceptions du monde. Un étonnant reflet du Divers du monde. Mon errance-rêve s'y abreuva sans retenue. Je ne me cherchais plus une pureté primordiale mais acceptais l'idée jusqu'alors insoutenable : nous étions nés *dans* l'attentat colonial ; il avait initié nos mises-sous-relations ; déclenché les pulsions qui fonctionnent entre nous ; déterminé nos rapports à l'existant. Nous ne relevions pas d'une virginité antécoloniale, mais de l'obscure déflagration des premières touches, des cales-matrices de bateaux négriers, des cales-ruptures des immigrations contractuelles, des soubresauts d'îles et de continents, des ondes mêlées de cheminements multiples. Perdre une de ces composantes, ne pas mettre chaque Trace-mémoire en connivence avec chacune des autres, et ne pas tenter d'en percevoir l'ensemble, revenait à se vouer aux inachèvements.

Cette combinaison phénoménale a donné jour, en pays-Martinique, à l'une des faces de la *créolisation* :

ces peuples précipités dans la coupelle des Caraïbes, frappés des histoires de leurs origines, sous l'ébullition des attentats esclavagistes et coloniaux, catalysés par cette lévigation généralisée de leurs cultures traditionnelles, ne connurent pas de synthèse mais une sorte d'incertaine mosaïque, toujours conflictuelle, toujours chaotique, toujours évolutive et organisant elle-même ses équilibres dans des *créolités*[1] !... Je percevais maintenant en moi les signes de cette nouvelle entité collective que le Conteur avait voulu nommer. Des densités anthropologiques aux bordures vaporeuses s'étaient nouées-déliées dans un espace-diversité quasiment amniotique. Amérindiens, békés, Indiens, Nègres, Chinois, mulâtres, Madériens, Syro-Libanais... Nous voulûmes préserver d'originel-

---

1. Il faut appeler « créolités » des résultantes particulières dans l'alchimie des créolisations. Résultantes qui demeurent en mouvement puisque soumises aux électrolyses continuées des créolisations. Il faut appeler « créolisations » les mécanismes évolutifs de la mise-sous-relations, enclenchés de manière complexe et accélérée dans le monde américain, répercutés aujourd'hui dans l'ensemble du monde. On passe de la Créolisation à la Créolité, quand — abandonnant les lois théoriques abstraites du processus de mise-sous-relations dans une région du monde — on plonge dans la chair ouverte d'une de ses résultantes en un endroit précis. La mise-sous-relations a suscité dans les Amériques des processus de créolisations : celles des petites îles de la Caraïbe, celles des grandes, celles des côtes de l'Amérique afro-latine, celles de l'Amérique centrale, celles du sud des États-Unis... etc. Dans les créolisations des petites îles, on peut appréhender, en étudiant chaque pays, des créolités particulières, irréductibles entre elles : la Créolité martiniquaise n'est pas la Créolité haïtienne, ni même la Créolité guadeloupéenne...

222

les puretés mais nous nous vîmes traversés les uns par les autres. L'Autre me change et je le change. Son contact m'anime et je l'anime. Et ces déboîtements nous offrent des angles de survie, et nous descellent et nous amplifient. Chaque Autre devient une composante de moi tout en restant distinct. Je deviens ce que je suis dans mon appui ouvert sur l'Autre. Et cette relation à l'Autre m'ouvre en cascades d'infinies relations à tous les Autres, une multiplication qui fonde l'unité et la force de chaque individu : Créolisation ! Créolité ! *Dans la Créolité martiniquaise chaque Moi contient une part ouverte des Autres, et au bordage de chaque Moi se maintient frissonnante la part impénétrable des Autres.* J'avais quitté là, dans un acmé des rêves, l'identité ancienne[1].

---

1. Aujourd'hui encore, nous avons du mal à penser cet axiome. Pourtant, le contemporain brassage des cultures et des peuples répand de par le monde ce phénomène des créolisations et des créolités. L'enfant qui naît au Japon, d'une Haïtienne ayant épousé un Allemand, relèvera du Japon, de l'Allemagne et de Haïti, dans la claire perception de chacune de ses sources culturelles dont il ne sera jamais coupé. Il devra apprendre à penser cet écartèlement linguistique, cette articulation sur plusieurs terres et sur plusieurs histoires. Comprendre ces présences de l'Autre en lui, et qui justement définissent ce qu'il est. S'il n'y parvient pas les troubles seront grands, et une stérilisation de sa créativité ou même un désarroi le guetteront à terme. On le voit aujourd'hui chez les Beurs ou chez les Antillais de la seconde génération, dans ces bandes créolisées des banlieues françaises, au cœur désespérant des urbanismes industriels, des plans Marshall et des politiques « d'intégration ». La Créolisation est aujourd'hui le grand défi des mégapoles urbaines : organiser une mise-en-commun de diversités humaines qui ne tiennent pas à renoncer à ce qu'elles sont. Les États-Unis d'Amérique s'étaient construits dans le mythe intégrateur d'une renaissance

223

J'étais désemparé par le fouillis d'un tel magma. On retrouvait dans toute la Caraïbe ce Divers qui s'agrège et prolifère en résultantes rebelles aux prophéties. Là, aucune de ces Genèses traditionnelles qui fondent les ethnies, les territoires, les identités anciennes, la belle Histoire commune. Pas de discours des origines. Pas de mythe fondateur général. Pas de sacralisation d'un commencement quelconque. Rien. Rien que le grouillement mutant de ce que les peuples avaient charroyé-là. Un ban de scintillement mobile, inaccessible aux saisies habituelles.

Je m'abandonnai à cette poésie pour tenter de comprendre.

La Créolisation ne commence ni à ses sources ni à ses points de mises-sous-relations. La cale du négrier n'est pas un point de départ, mais le point d'une bascule vers des possibles inouïs ; et ce qui se produit au cœur des plantations ne fait que prolonger

_____

totale, rêve dans lequel chacun consentait à l'abandon (ou neutralisation) d'une sorte de chrysalide. Aujourd'hui, le phénomène se poursuit dans les espaces développés sans mythe intégrateur, sans corset d'État-Nation, sans absolu triomphant, sans le rêve d'une quelconque renaissance, rien que le trouble rapproché de la Diversité qui alimente ses innombrables chrysalides de la conscience qu'elle a d'elle-même. Ces chrysalides iront leurs dérives chaotiques, leurs renforcements, leurs emmêlements et leurs dislocations. Aucune essence ne sera épargnée. Aucune antériorité d'arrivée ou de légitimité territoriale ou de « codes nationaux » n'arrêteront ces dérives. Kant, face au cosmopolitisme, rêvait d'un *grand corps politique dont le monde passé ne peut fournir aucun exemple*. En Créolisation dans le Monde-Relié, il faudra être encore plus audacieux.

224

ou amplifier (prolonplifier) les touches premières, d'abord entre Amérindiens des îles et ceux du continent, ensuite entre les Amérindiens et les forces coloniales, puis entre ceux-là et les hommes d'Afrique... La Créolisation répercute l'élection du Divers jusqu'au plus extrême des sources originelles, elle mêle et relativise les mythes fondateurs des peuples qu'elle rassemble, elle mêle-et-maille les Paroles des origines et les relativise, elle noue les Sacrés initiaux et les relativise, elle déroute dans le non-absolu les conceptions unicitaires, et fragmente, et libère des carcans uniformisants. Je ne pouvais plus que penser l'existant à l'aune de ce Divers. Quand on a élu en soi l'idée de la Créolisation, on ne commence pas à « être », on se met soudain à « exister », à exister à la manière totale d'un vent qui souffle, et qui mêle terre, mer, arbre, ciel, senteurs, et toutes qualités... C'est pourquoi, Glissant parle de *Digenèses*[1], là où le point d'impulsion est indiscernable, et mobile, et récapitulatif, et là-même ouvert, croissant, proliférant, présidant à la naissance sans commencement des identités créoles.

> De Kateb Yacine : Contre ta néantisation au fond de la cellule et durant la guerre libératrice, l'éclatement narratif, la déroute des points de vue, la tourneboule du temps, l'emmêlement

1. Voir son étonnant essai — *Faulkner, Mississippi,* Éditions Stock, Paris, 1996 — qui en expose l'idée.

des voix ; quête la complexité fondatrice du langage, des histoires, de l'autre vision, et garde-toi d'abandonner les forces originelles de l'Islam ou de la tribu. — *Sentimenthèque.*

De Conrad : L'épopée qui persiste silencieuse, inquiète... — *Sentimenthèque.*

De Giuseppe Ungaretti : Nomade entre mille influences, troublé d'être multiple, cherche l'assise dans le berceau des mythes. — *Sentimenthèque.*

Ne pouvant concevoir ce chaos identitaire, cette mosaïque culturelle sans point de départ, j'avais tenté les réductions plus confortables inspirées par les valeurs coloniales où s'exaltaient l'*Unicité,* l'identité ancienne, le Territoire et ses puissances. À force de rêves, le pays devint en moi un organisme vivant, compact et fluide, tourbillonnant sur lui-même, chaud et sensible : une étrange *totalité* impossible à clôturer. Cette totalité-pays (ni close, ni immobile) s'ébrouait dans mon imaginaire et désertait les modalités du Territoire, de la Nation, de la Patrie. Son ensemble, faisant merveille de sa diversité et d'une solidarité sensible au Divers, appelait une conception autre. Croyant m'enraciner profond, je me retrouvais happé par les quatre horizons. Je compris que pour résister (ou exister) nous voulûmes ériger nos terres en Territoires alors que les

226

créolisations et les créolités les prédisposaient à ces sommes complexes que Glissant nomme des *Lieux.* Cette notion glissantienne du Lieu prit pour moi son ampleur en un chapelet inépuisable que mon rêve égrenait :

Le Lieu est ouvert et vit de cet ouvert ; le Territoire dresse frontières. Le Lieu évolue dans la conscience des mises-sous-relations ; le Territoire perdure dans la projection de ses légitimités. Le Lieu vit sa parole dans toutes les langues possibles, et tend à l'organisation de leur écosystème ; le Territoire n'autorise qu'une langue et quand les résistances lui en imposent plusieurs, il les répartit selon des dispositifs monolingues. Le Lieu s'émeut, reconnaît et active ses sources multiples en étendue ; le Territoire impassible s'arc-boute sur une racine unique. Le Lieu est Diversité ; le Territoire s'arme de l'Unicité. Le Lieu participe d'une Diversalité ; le Territoire impose l'Universalité. Le Lieu ne se perçoit qu'en mille histoires enchevêtrées ; le Territoire se conforte d'une Histoire. Le Lieu palpite en mémoires transversales ; le Territoire se maintient sur le tranchant d'une mémoire exclusive. Il y a dans le Lieu des échos, des ombres, des images, de la parole, de l'écriture ; le Territoire sous la lumière d'un État vise à la transparence, à l'unique et au décret des écritures. Le Lieu se répercute en réseaux dans l'ensemble du monde, au gré de la mise-sous-relations ; le Territoire pose un Centre et des périphéries. Le Lieu partage et évolue dans les hasards de ce partage ; le Territoire conquiert...

227

... et on pourrait ainsi poursuivre sans suspendre. L'ensemble des Lieux fonde notre Terre. Mais dans l'ampleur du Lieu pourront subsister des ombres de Territoire, jamais un Territoire absolu — et dans le Territoire quelques germes du Lieu, jamais un Lieu absolu. Le Lieu se protège du Territoire par la conscience qu'il a de lui-même et des valeurs qui en résultent.

> De Faulkner : L'absence-présence amérindienne, l'opaque des Noirs esclaves, toute lignée fracassée-emmêlée, la terre neuve au monde neuf... — dans ce tragique aveugle, tenter l'impossible parole... — *Sentimenthèque*.

> De Sciascia : Le crime, l'enquête, la connaissance en marche — la résistance aussi en plein cœur du Lieu. — *Sentimenthèque*.

Rêver-ces-Lieux-possibles dessous les Territoires sur lesquels nous affrontons d'innovantes dominations. *Tendre à transformer tout Territoire en Lieu.* Opposer les principes ouverts du Lieu aux ferrements des conquêtes, aux désirs de puissance qui nouent les Territoires. Nous dérober par le partage, nous rejoindre dans les changes de l'échange. Nous protéger de leurs unicités, non par l'enfermement, mais par l'émulsion du Divers sous le rabot. La diversité constitutive (encore frémissante) du pays-Martinique m'offrit un socle précieux. Densifier ce Lieu-possible-Martinique dans l'exploration minutieuse d'une diversité érigée en valeur. Suivre les trajectoires de cette créolité, louanger ses composantes, donner chair aux absences, et parole aux silences, offrir divination aux éventualités encore insoupçonnables. Chercher à tout moment les niveaux symboliques où tout tendra à se renouveler. Ô les bans de ce rêve !

De Mohammed Dib : Contre leur force coloniale, l'écriture-incendie, qui prolifère aveugle-visionnaire jusqu'aux embrasements... — *Sentimenthèque.*

De Segalen : L'Existence, intensité goûtée de Différence et de Divers. — *Sentimenthèque.*

D'Alberto Savinio : L'errance fluide dans les genres ; fécondé-fécondant. — *Sentimenthèque.*

Tous ces personnages (peuples de mes romans) ont exprimé notre Drive collective dans une mutation identitaire complexe. La plantation l'avait amorcée, l'En-ville recueillait ce que nous pouvions en faire. C'est un malheur d'en être le jouet, mais un défi quand, porté en soi et respectueux du désordre qu'on y trouve, on se met dans l'Écrire, un peu vent, un peu eau qui s'en va, à l'instar des Driveurs mais sauf de leur souffrance. La Drive m'introduisit à la « pensée de l'errance » dont parle Édouard Glissant. Elle

229

inaugura aussi pour moi cette « itinérance » qu'invoque Edgar Morin. L'errance survient quand la prescience du monde en ses diversités débouche à la conscience, s'y érige en valeur. C'est un mode de connaissance-participation à cet insaisissable. Une manière d'existence dans les chants du Divers. Glissant chante ainsi Segalen qui éprouva le sentiment de ce Divers et surtout le tragique de son usure. Avec cette poésie, Segalen s'en alla par le monde, non comme un Pierre Loti ou comme ces écrivains-voyageurs (enfileurs d'exotismes, « proxénètes de la Sensation du Divers », « touristes impressionnistes », disait-il), mais dans le vol frôleur du papillon qui se nourrit en nourrissant. Segalen n'allait pas vers l'autre comme on voyage, ni comme on conquiert, ni comme on cherche à « comprendre » ; il n'allait pas vers une confirmation détournée de son être. Il allait en connaissance de soi relié à l'Autre, en connaissance du Monde relié à sa terre d'origine, en connaissance de son être élargi au Divers et transformé par lui jusqu'au trouble fécond. Segalen allait en devenir, avec ce que cela suppose d'inachèvement et d'incertitude haute. L'impénétrabilité de l'Autre, acceptée et louangée, le préserve de tout aboutissement : c'est par cette tremblée suspendue qu'il espère conserver à jamais la saveur du Divers. Glissant a gravé de belles pages sur cet homme qu'il place au « *commencement des commencements* », et qui se consumera (comme un Major) face à cette diversité inatteignable du monde. Le livre sur *Une esthétique du Divers,* traîné durant sa vie entière, restera en notes brouillonnes, parsemées d'innombrables formalisations, comme s'il ne pouvait laisser que l'émoi disharmonique de petites notes qui effleurent, irrésolues au-dessus des densités impénétrables dont elles témoignent. Méchant Driveur, dégustateur d'altérités, poète de l'errance, ho Segalen... !

> De Paulhan : L'inquiétude extrême du langage-monde dans une grammaire où l'Un se fait multiple, les contraires s'accordent et les vérités se peuplent d'ombres... — *Sentimenthèque.*

> De Cortázar : L'ensemble entrevu de mille éclats, et laissé libre — ouvert — à son désordre... — *Sentimenthèque.*

(D'où venait à Segalen cette propension au Divers, à lui qui n'est pas créole ? Il n'avait pas cette loi intérieure à subir et il fut pourtant un initiateur... Miracle de la vie qui vit ? Mémoire d'un étant primal qu'il nous faut réapprendre ? Segalen a eu la grâce. Saint-John Perse mènera une migration autre. Il ira au monde en poète, mais avec un pas de conquistador, il accumulera les espaces, les endroits et les pays, déploiera une étendue encyclopédique rétive aux transparences. Mais il quêtera un Univer-

231

sel qui contraint quand même la diversité du monde
en son ensemble. Perse, avec ses mesures houleuses,
se situe encore au cœur d'un Centre occidental qui
hume — et tente d'empoigner — les dérailles eni-
vrantes d'une planète qui s'offre.)

> De Proust : Contre l'Unicité de l'Être, le fugace
> du réel éclaboussant les strates de notre esprit
> changeant, là où toute vie ténue, incertaine,
> sédimente en désordres d'imperceptibles tota-
> lité... Et : La construction, comme une rigueur
> insaisissable... — *Sentimenthèque*.

Un anoli, parfois, vient rejoindre les colibris dans
les rites du festin. Le petit lézard lampe l'eau sucrée
et patiente sur l'appareil dans l'attente des fourmis
affolées par le sucre. Il n'attend que cela, ne voit que
cela. Les colibris volettent autour, sans le menacer
de leur bec-aiguille ni l'inquiéter d'un calottement
d'ailes. Ils l'ignorent et boivent à ses côtés. Ils sont
préoccupés par eux-mêmes, leurs jeux et leurs
batailles, programmés pour ne disputer l'aubaine
qu'à leurs seuls congénères. Et l'anoli les traite de
manière identique. Ces êtres s'ignorent car ils ne
sont pas prédateurs réciproques.

Hors la prédation (ou l'exploitation), pas de prise en
compte vraie. Ainsi, nous, présents dans le Divers
du monde mais emmurés dans nos conditionnements. Moi, créole, je pouvais échapper à l'ossature-

232

fossile, à la ligne de l'empreinte, aux limites de la marque.] Tenter d'écrire en solitude, dans cet endroit où tout s'est dissipé (le confort de la maison, la quiétude de la terre, les certitudes rassurantes, les réflexes coutumiers...), là où je ne suis plus ce que j'étais et pas encore en devenir, dans une vision de ciel, de mer, de soleil, de passé et de futur, libre de moi-même au cœur entier d'une terre offerte : mes rêves-pays m'abandonnaient dans ces écumes-là. À chaque rêve en mon Divers, je rencontrais le leitmotiv du monde, le monde-qui-pénètre, qui-traverse, qui-active-ses-présences, qui reflète son Divers dans nos diversités. Cette Totalité-pays superposait maintenant son trouble au vivant démesuré du *Monde offert en son étrange ensemble.*

Le vieux guerrier me laisse entendre : ... ah, tu me rejoins enfin ! Je suis depuis longtemps posté en face de ce monde que tu découvres là... *(sa voix tressaille, et se diffuse comme un frisson de roche)...* Sous cette domination silencieuse, il m'était encore possible de repérer les Centres. Chacun de nos peuples avait le sien. Le Glaive avait mué Tentacule, mais je devinais encore la source de la frappe... *(il soupire, cendres de muscade)...* Pourtant, les Centres allaient encore muter pour me jeter en face de la domination furtive dont je peux enfin te parler à présent... — *Inventaire d'une mélancolie...*

III

ANABIOSE
SUR LA PIERRE-MONDE

*Où le Marqueur de paroles va balbutier
une étrange poétique...*

*L'unique patrie, étranger,
c'est le monde que nous habitons.
Un seul Chaos a produit tous les mortels.*

Méléagre de Gadara
(*Ier siècle av. J.-C.*)

*La maîtrise d'une action est donnée dans son acte.
Le plein-sens d'une action est donné dans son lieu.
Le devenir d'une action est donné dans la Relation.*

Édouard Glissant

Alors, Seigneur-Monde, où donner de la tête ?

Victor Segalen

Les jours de pluie, j'aborde mieux l'Écrire. Ciel nocturne. Nuages tombés. La lumière, coulée sève, moule
le pays d'une autre manière. Cette rupture d'avec
les hachées solaires me semble une arrivée de fête,
le choc d'une renaissance. Merles et colibris inter-

235

rompent leur vol à l'en-bas des branches du jardin. Des tiges montées trop vite s'inclinent sous les charges du ciel. La terre exhale d'étranges odeurs sous la déroute des alizés. Cassée du temps, monde effacé, la pluie a des douceurs ou des volontés fermes. Quand elle s'apaise, un silence embellit des senteurs inconnues — d'herbe à l'envers et d'humus écorché —, puis une vie se rassure avec quelque vigueur.

> De Char : Sans acquiescement toujours, en appétit pour l'indicible, conserver immaculée l'énergie excessive du désir... — *Sentimenthèque.*

> D'Edmond Jabès : Ouvrir les yeux, trouver le monde, et le chercher maintenant... — *Sentimenthèque.*

Parfois, la pluie s'amidonne au soleil (c'est l'événement du diable se mariant à l'église). La lumière fait verre-bouteille. Les gouttes étincellent entre des charges d'éclipses. Les feuilles arborent des perles exagérées. Merles et colibris rallongent leurs pauses pour se gonfler la plume à la fraîcheur. Nappes sombres et clartés naissent d'une même substance en un flux continu. La pluie suspend mes rêves, et mon Écrire va bien : gommier entre les vagues, trop à l'aise en lui-même et devenu suspect. Les phrases errent dans les décombres de mes rêveries. Moi qui voulais plonger au fondoc du pays, je me retrouve exposé à un monde grand ouvert. Le Divers, explosé dans notre créolisation, nous met en appétit pour l'ensemble de la terre. Quand on n'a pas élucidé cette soif, on demeure dans l'obscur persécuté par elle, universaliste béat, citoyen vide du monde, on vogue au gré des exotismes, on capote corps et âme sur l'ailleurs, on imite et on mime, on dérive et délire sans délivrance aucune : dans les coins de la terre, même les plus insolites, j'ai trouvé des créoles antillais en proie à des états semblables. Quand par contre l'inclination à vivre le monde[1] s'est clarifiée en soi, on ne

1. L'inclination à vivre le monde est mobile, et on la conçoit bien mobile à l'extrême. Cette mobilité peut être physique (on bouge, on voyage, on va, on vient), mais elle peut aussi — dans un corps ou dans une œuvre d'apparence immobile — être mentale. C'est l'imaginaire qui est happé, chahuté, dissipé : pas la racine. Et c'est l'imaginaire, et non des boutures géographico-jardinières, qui élargit l'assise de la racine. J'ai entendu qu'une femme écrivain de la Guadeloupe avait décidé d'introduire dans chacun de ses romans des épisodes se déroulant dans différents coins de la Caraïbe et du monde, ceci pour échapper à l'« enfermement insulaire », et signifier urbi et orbi le territoire élargi-universel de son inspiration. Je me tiens à l'écart de telles postures volontaristes. On peut mettre des chapitres se déroulant dans chaque île de la Caraïbe, distribuer des Lapons, des Mongols et des Peuls à chaque ligne de ses ouvrages, et ne pas disposer de l'imaginaire du monde. Je me demande s'il n'y a pas plus de présence au monde dans le bougement constant de l'écriture de François Villon ou celle de Rabelais, ou encore dans les fulgurances d'Arthur Rimbaud, que dans toute l'œuvre de Pierre Loti ou dans tous les démons qui ont drivé ce cher Conrad. Et plus d'immensité terrienne dans le minuscule comté des bouseux de Faulkner que dans le chatoiement livresque des « écrivains voyageurs ». Segalen n'est pas devenu Segalen parce qu'il s'est déplacé ; ses déplacements n'ont du sens que parce qu'il disposait — ô déroutante grâce de ce poète qui n'est pas fils d'une digenèse !... — d'un imaginaire sensible au Divers du monde.

peut s'épanouir que dans la conscience valorisée de ce Divers, laquelle offre l'appétence du monde qu'a connu Segalen, mais aussi Saint-John Perse, Paul Gauguin, Lafcadio Hearn, ou bien encore notre Frantz Fanon dans la cause algérienne et dans celle des damnés de la terre. Toute digenèse inaugure ainsi des tensions vers l'ensemble des réalités humaines. Mais que faire de tout cela ? Mon Écrire allait un peu désenchanté sous des feux aussi denses que des ombres. Alors, rentrant les yeux, je revins à un ultime regard sur cette brisure qui m'avait, à l'époque, plongé dans un grand désarroi...

Le vieux guerrier me laisse entendre : ... moi, je m'étais brûlé les yeux dans des terres acides et d'amères solitudes. Poussé par des vents jaunes, j'étais revenu aux comptoirs des grandes villes où j'eus soudain conscience des changements du monde... *(il soupire, se tait, puis sa voix revient, blanche)*... Dans la flambée des communications, les mises-sous-relations avaient atteint une globalité, une systématicité et une rapidité-flash. Les écrans, les câbles, les satellites, les téléphones, les modems, les fax interactifs, les Minitel, les autoroutes de données, les fibres optiques, les multimédias totalitaires... : ce vieux monde dont j'avais rarement imaginé l'ensemble se dessinait dans les mailles d'un Électromonde... Les circuits de communications s'étaient agrégés en réseaux, les réseaux en mégaréseaux, les mégaréseaux en un rhizome technotronique qui couvrait l'ensemble de la terre, et me plongeait, à chaque instant de ma vie (par une carte de crédit, un téléphone cellulaire, une commande sur Minitel, une exploration d'Internet, une antenne parabolique...), et d'année en année un peu plus, dans le brouillard omnipotent d'un cyberespace... — *Inventaire d'une mélancolie.*

MIRAGE POLITIQUE — En 1946, alors que les peuples du monde, dressés contre les colonisateurs, leur opposaient d'ancestrales différences, l'assimilation de la colonie-Martinique à la France semblera être l'unique voie d'échappée aux plantations concentrationnaires. Cet assimilationnisme (ce désir d'être l'Autre et de s'y fondre) provenait de loin. J'avais vécu la départementalisation durant ma période poéticonégriste. Le pays s'était modernisé en abondances à consommer. Nos coutumes avaient muté au rythme de délicieuses importations, tandis que nos poèmes dénonçaient des violences coloniales devenues obsolètes. Cette transformation n'avait soulevé aucun obstacle, aucun barrage primaire, même irrationnel. Une mutation, au plus intime, d'une surprenante aisance. Englué dans mes questions, je n'avais pas été en mesure d'admettre qu'une telle francisation bourgeonnait d'un désir collectif inconscient. Maintenant, j'en voyais l'énergie : *cette identité d'assimilation nous sauvegardait du chaos identitaire levé des plantations.* Mon anabase m'avait révélé l'étonnante fondation, ses inconforts, ses étendues latentes ; avec elle, je pouvais de nouveau arpenter la brisure de

1946 et mieux inventorier les causes des usures assassines.

> De Joyce : Écrire à fond, langue en tombeau ouvert sur tes ombres profondes, en avenir, en tout risquant à fond, dans la tremblée des certitudes et des os de ton crâne ; non l'exposée de soi, mais tout le soi en matière dans l'Écrire ; le personnage tissé langage, et le langage tramant le monde en de multiples consciences : c'est l'épique neuf, au sens ouvert, inépuisable. — *Sentimenthèque*.

> De Lewis Carroll : Contre les murailles du vrai, émerveille, ho émerveille. — *Sentimenthèque*.

L'esclave, au plus sombre de ses chaînes, voyait le Centre lointain comme source de bienveillance. Les embellies de son destin lui provenaient de là. Les planteurs-békés (comme tous colons en conflit d'intérêt avec les métropoles) combattaient l'amendement des règles esclavagistes, — porte ouverte à la ruine, disaient-ils. Le jour de l'abolition (précipitée le 22 mai 1848 par une révolte sanglante) des dizaines d'esclaves brandirent un ruban aux couleurs de la France et clamèrent gratitude à l'entité lointaine. Cette liberté les rapprochait d'elle, la rendait accessible. Cette masse jaillie des chaînes sans cadre de résistance (les Nègres marrons ayant échoué) rejoignit les mulâtres dans les espaces urbains. Ces derniers disposaient des moyens de combattre la puissance békée : commerces, journaux, postes politiques, loges de franc-maçonnerie, contacts directs avec la France... Ils parlaient haut, accablaient les esclavagistes des feux de la Révolution française et des Droits de l'Homme. Le peuple des plantations (échoué-flottant dans cette houle citadine où le Conteur vit chuter son audience) adopta cette parole mulâtre nouée au Centre tant aimé. On réclama l'unique voie d'humanisation discernable : la citoyenneté française, et plus que cela : l'Être français lui-même. Les luttes politiques menées alors sous la férule mulâtre[1] visèrent au plein exercice de cette citoyenneté. Et l'élan esthétique général ne fut qu'un appétit de cette culture et de cette langue.

> Le vieux guerrier me laisse entendre : ... *(il rit)...* ce dont tu parles relève des dominations silencieuses de mes années anciennes... *(il rit encore)...* Aujourd'hui, j'affronte du nouveau : les Centres économiques, commerciaux, culturels et financiers... tendent à une expansion dématérialisée dans le cyberespace. Leurs

---

1. Les mulâtres survalorisaient la partie blanche d'eux-mêmes, et leur raccrochement à la France était en fait (au cœur troublant d'une créolisation) un exorcisme visant à la pureté d'une source. Ils en feront un credo culturel, un chant économique, une philosophie politique et sociale. Ils développeront plus de liens avec les forces civiles, intellectuelles et politiques de la France que les békés eux-mêmes. Quand la vie politique se réorganisa sur le suffrage universel, ils disposaient d'une bonne longueur d'avance. De l'abolition à nos jours, cet exorcisme restera l'unique boussole de notre destinée.

tentacules désertent l'assise d'un Territoire et mutent en impulsions qui hantent le rhizome-de-réseaux. Ils désertent l'ancienne souveraineté, leurs frontières s'estompent, des réseaux génèrent d'autres pouvoirs et de nouvelles dominations, lesquelles sont désormais furtives... *(un temps, sa voix se fait murmure d'eau verte)*... Ces influences se répandent tant qu'elles créent un Centre unique, une entropie grandiose, diffuse, qui efface lentement les autres centres pris au coupe-ret de leur damnée logique... *(sa voix se fait solennelle)*... Alors écoute-moi, Marqueur : la domination furtive émane de ce Centre diffus. C'est une constellation ci-nétique de pouvoirs, car elle ne fonctionne pas au rythme d'un cœur unique à la manière ancienne... Ici, l'hypnose n'est plus en direction d'un Centre particu-lier comme tu le vis en ce moment, mais vers la zone aimantée d'une entité inlocalisable, un brouillard de valeurs sécrété par l'ensemble des Centres domi-nateurs, et flottant-circulant dans le cyberespace. — *Inventaire d'une mélancolie.*

1946. Césaire, devant formuler ses désirs politiques, verra autour de lui la misère des champs de cannes, l'analphabétisme, les tares urbaines diverses, l'œil rouge des nostalgiques de l'esclavage. Il éprouvera aussi le manque de résistances vraies où auraient dû s'accumuler des poses de différenciation collective et d'autorité intérieure. L'entité mosaïque créole étant quelque peu déroutante, Césaire n'y vit qu'un émiettement : *un peuple était à inventer* ; il lui fal-lait une source de pureté fondatrice, ce fut l'Afrique. Ce mythe installé, l'anticolonialiste pouvait alors se livrer aux valeurs d'un humanisme occidental, et envisager une assimilation au Centre-métropole respectueuse de nos « spécificités » nègres. Craignant un face-à-face clos avec les forces néo-esclavagistes encore capables de nous anéantir, il fit couler dans le béton d'une loi cette vieille barrière anti-békés dressée par les mulâtres : la citoyenneté du Centre.

> De Césaire : De l'énergie des cendres, souffle des décombres, la poésie encore (en espérance)... — *Sentimenthèque*.

> De Montaigne : Naître au monde et aux Autres, par la plongée en soi — ta chair double (regardée gentiment) t'offrant la chair du monde, estrangetés désarmées en commune condition... et l'écart bienfaisant devant les certitudes... — *Sentimenthèque*.

Sept ans avant ma naissance, la Martinique devint un département français d'Amérique. Mon enfance se déroula dans les remous d'une transition. Nous fûmes projetés d'une société rurale à une société en urbanisation, d'un substrat créole-mosaïque, flou et nocturne, aux cadres solaires d'un dessein franco-occidental. Mirage accéléré : civilisation, culture, valeurs, identité, s'incarnèrent dans le « Progrès » que dispensait le Centre. Une fois la départementalisation acquise, la lutte politique (et la résistance au sens large) n'aura souci que d'obtenir du Centre le respect des promesses. Chaque cran assimilation-niste gagné serrera un peu plus la gorge des békés. Entendre ceux-ci se lamenter, les voir s'acoquiner avec les préfets assassins spécialistes en mitrailles, les voir mander l'exécution de personnes dérangeantes, voir aussi des députés français colonialistes se déro-ber aux vœux d'écoles, d'allocations et autres deman-des élémentaires, donnait le sentiment de combattre au plus juste. Nos politiciens « de gauche » se per-suadaient d'une reprise intacte des rébellions mar-ronnes : Césaire lui-même s'écriera dans l'estime générale : *Je suis un Nègre marron !*... Les groupus-cules indépendantistes et les velléités nationalistes (rétractiles, dépourvus d'assise identitaire) ne pèse-ront pas lourd dans ce vent aspirant.

Le vieux guerrier me laisse entendre : ... aujourd'hui ce serait pire pour eux : nul ne pèse très lourd dans le cyberespace... *(il soupire)*... Il peut nous projeter à l'autre bout de la terre, en contact instantané avec les coins perdus. Mais ce qu'il transporte n'est point la généreuse profusion des diversités humaines, mais un ramassé des valeurs dominantes les mieux vivaces... Domination furtive !... *(gorge brumeuse puis sa voix embellit)*... Et ce n'est pas fini : les satellites tendent à s'organiser en réseaux. Le cyberespace devient hyper-espace. Les peuples sous-équipés trouveront ainsi (comme on tombe vers une toile d'araignée) accès direct au rhizome mis en place par les pays nantis. Ces réseaux tendent à techno-conscience, et même à une intelligence qui leur permettrait de traiter auto-

nomes des soleils d'informations. Nous serons donc englués dans ce cortex électronique qui fonctionne avec les conceptions, les valeurs, et les présupposés de sa programmation... Tu vois pourquoi j'ai l'œil hagard ?...
— *Inventaire d'une mélancolie.*

Durant la Première Guerre mondiale (nous n'étions alors que colonies spéciales), il y eut des pétitions pour réclamer le droit d'être incorporés à l'armée française et d'y verser son sang. Quand — Seconde Guerre mondiale, la France occupée — de Gaulle lança l'appel à nos populations, des centaines de personnes rejoignirent la France libre via les îles anglaises, pour faire don de leur vie. Dans les années 60, en plein drame de décolonisation mondiale, le même de Gaulle visitant les Antilles apprêtait ses réponses à des revendications séparatistes naturelles. Il ne vit qu'une marée humaine vibrante d'émoi filial. Surpris, il s'exclama : *Mon dieu, mon Dieu comme vous êtes français !...* Le Centre lointain ne fut jamais perçu comme une quelconque base colonialiste, mais en mère lointaine, bienveillante, ignorant les turpitudes locales des méchants békés et administrateurs[1]. Donc — *résistance invalidée, parole éteinte,*

1. Perception éternelle : le commandeur était plus méchant que le géreur, et le géreur plus méchant que le Maître-béké, et le béké plus méchant que le gouverneur ou le préfet, et ceux-là plus méchants que le ministre des Colonies ou des DOM-TOM, et ce dernier bien plus méchant que le président... Quant au président, Il n'atteindra jamais l'extrême bonté de l'entité maternelle centrale.

valorisation impossible de notre mosaïque identitaire sous la chape des valeurs coloniales... — nous entrâmes dans l'assimilation à notre Centre en âmes creuses, désactivées, squatteuses d'un inespéré corps d'Histoire et de culture, abandonnant nos oripeaux informes à l'extérieur... tous dévalorisés[1].

Le vieux guerrier me laisse entendre : ... mon cher, à travers le treillis de cet Électro-monde, les valeurs dominantes parviennent aux écrans domestiques. L'individuel se touche, se comble, se manipule à une échelle massive bien mieux que silencieuse : *immatérielle...* Furtive vraiment... *(un temps, quelques mots inaudibles, puis sa voix revient diffuse comme une buée)...* La monnaie (et plein d'autres de nos liens : courrier, contrats, messages...) se transforme en signes projetables. Les signes font emblèmes. Les emblèmes font présages. Leurs alliages font symboles. Tous ces bips fonctionnent bien dans les nuits primitives ensommeillées en nous. Pense à cette sensibilité insue, obscure de toi, soumise au chant des signes-bip-bip... *(il rit, quelques mots inaudibles)...* attends, écoute encore : les réseaux sont fluides, flottants, mouvants. Ils accompagnent les

1. J'ai failli marquer : s'assimiler au Centre corps et âme. Mais aucune de nos revendications assimilationnistes n'eut cette autolytique ambition. On précisait les avantages désirés et, dans le même temps, on chantait « les spécificités à préserver ». Seulement, dans le bain des valeurs dominantes installées par les « Progrès » de l'assimilation, chaque avantage obtenu entraîna son cortège d'influences, ses effets secondaires d'imprégnation déjouant les clameurs verbales sur « les spécificités à préserver ». L'assimilation est donc comme certaines flèches : elle n'a pas d'épaule ; plus facile à introduire qu'à éjecter ; commençant par un ongle, elle transperce tôt ou tard et le corps et l'âme. Sans oublier le cœur.

individus dans leurs déplacements, déjouent les étanchéités autoritaires, traversent le pouvoir des États. Ils instituent des nodules de décisions, d'intuitions, de réactions individuelles, à différents niveaux de mises-sous-relations. Cela transforme le Monde-Relié en une masse flottante, gazeuse, rapide, presque irréelle... Cette masse n'est plus lisible pour personne. Mais elle a un instinct... *(modulation de chant ou de sifflement)*... Je le connais, ce vieil instinct de fauve, je le connais... — *Inventaire d'une mélancolie.*

effacement d'authencité

Ainsi, la départementalisation nous stérilisa. Entre deux pulses différenciateurs, nous devenions autres. Nous désertions nos aptitudes intimes. Nous nous amputions des entrelacs de notre diversité pour une greffe dévote des valeurs du Centre. Les effets d'une domination (décrits par Albert Memmi ou Frantz Fanon) nous traversaient raides : complexes divers, désir de se blanchir, troubles mentaux, dévalorisation de soi, brutalités internes, dépersonnalisations invalidantes, mimétismes, drives et dérives... Mais ils se déployaient sans violences coloniales. Seule agissait la convergence d'une incompréhension dépréciante de nous-mêmes et l'attrait des valeurs dominantes. Une éjection de soi-même, de ses réalités biologiques, géographiques, culturelles, mentales, était là mise en œuvre. C'était neutraliser un imaginaire de diversité trouble sur le tranchant d'un désir d'Être de haute clarté. Nous nous déclarions volontiers Hommes — parcelles de l'humaine condition — et

imposition d'une cité française

exigions respect, dignité, liberté... mais cette généralité confortable se quêtait dans la sujétion assimilationniste et l'auto-effacement. Je parle de cette domination silencieuse : l'indéchiffrable bouillon d'un Divers qui suscite l'aspiration triomphante à l'Un.

Le vieux guerrier me laisse entendre : ... ah, j'aime t'écouter parler ainsi car j'y retrouve l'émoi de mes vingt ans !... *(il rit)*... Maintenant, j'ai saisi les claviers... *(il rit encore)*... Cet étrange champ de bataille me sidère. Les flux télématiques renforcent l'attraction du Centre diffus. C'est comme si l'on avait procédé au plus formidable déplacement (d'hommes, de femmes, de cerveaux, de connaissances, d'expertises, de capitaux et d'informations) que l'on puisse imaginer vers un pôle dominant... et à son service... *(un temps, murmure pour lui-même, puis sa voix revient, aérienne)*... Et je me rendais compte qu'il y a dans cet Électromonde plus de moyens de savoir que de moyens d'agir. J'étais contemplateur, passif ou impuissant, des génocides et attentats, des esprits qui se brisent, des imaginaires qui s'usent dans l'hypnose relationnelle... *(il soupire)*... Ma force était seulement de le savoir. De le savoir vraiment. Et d'utiliser l'énergie de cette connaissance-là... — *Inventaire d'une mélancolie.*

(Cette dissolution dans notre Centre dominant pouvait s'opérer par assimilationnisme béat, ou par assimilationnisme inquiet *(réclamant préservation des « spécificités locales », aménagements et protections)*. Mais elle pouvait aussi s'effectuer par contreassimilationnisme furieux, rangé aux valeurs dominantes : remplacer *ce* drapeau par *mon* drapeau, *cette* langue par *ma* langue, *cette* tradition par *la* mienne... Une construction de soi en négatif[1], inscrite dans la logique des dominations brutales et des identités anciennes, qui allait se prendre à son propre piège : la domination s'accommodant de mieux en mieux d'une symbolique ostentatoire de petites différences. D'autant que pour fonder ces différences, nous devions en référer à des anciennetés (*d'Afrique le plus souvent*) dont nous ne disposions que par Traces incertaines et en dérive créole[2].)

1. Je pense à ces jeunes instituteurs, militants-anticolonialistes, qui luttaient contre l'aliénation culturelle en inversant les termes qui leur étaient offerts : « *haut comme trois pommes* » devenait « *haut comme trois mangots* », « *maigre comme un loup en hiver* » se transformait par exemple en « *maigre comme manicou en carême* »... Une contre-dépendance au modèle, tout aussi aliénante.

2. Je pense à Frantz Fanon qui adopta la cause algérienne mieux que beaucoup d'autochtones ; il trouva dans le « Nous » et « Je » algériens les certitudes ataviques inexistantes dans la mosaïque-floue de son pays natal. Les entrelacs mouvants de notre Divers (notre Créolité) ne permettaient pas d'impulser une lutte de libération nationale semblable à celles qui se déroulèrent ailleurs sur la base d'identités anciennes. Il aurait fallu recourir au mensonge d'un atavisme d'adoption, d'une différenciation réductrice, d'un intégrisme régressif qui ne confère pas aux peuples créoles d'énergie vraie. Notre souffle de libération exigeait une autre perception du monde : un autre imaginaire. « *Le Divers décroît*, disait Segalen, *là est le grand danger terrestre. C'est contre cette déchéance qu'il faut lutter, se battre, — mourir peut-être avec beauté.* » Nos luttes anticolonialistes auraient pu se contenir (et s'amplifier) dans cette simple phrase. Le créole (dont l'imaginaire est de Diversité) peut ainsi se sentir reflété dans mille aspects des réalités du monde. La lutte anticolonialiste enflamma la ferveur de Frantz Fanon mais, en d'autres circonstances, ce dernier aurait pu épouser d'autres

Le vieux guerrier me laisse entendre : ... j'avais du mal à le croire, Ti-Cham !... *(modulation qui ressemble à un cri de pirate)*... Ce qu'ils appellent « communications » est un flux à sens unique de propagande subtile, une frappe quasi mythologique de ton imaginaire, qui installe la domination de l'émetteur. Cela n'a rien à voir avec l'échange, le rapport enrichissant, que le terme recouvrait aux époques où ces fauves ne l'avaient pas cueilli... *(même cri, plus ténu achevé en soupir de rosée)*... Je visitais un Électro-monde le plus souvent peuplé d'une extension de solitudes bouffies, soumises au standard des valeurs dominantes. Là, je ne découvrais que la simple mise-sous-relations : l'Unique me longeait sa gueule dans l'hypnose faussement interactive des écrans... — *Inventaire d'une mélancolie.*

La départementalisation nous sépara de nous-mêmes. Le soutien au « Développement » (mot-culte) suscita l'extinction des esprits autonomes. Tout devint mimétique, noué au modèle central ou surdéterminé dans d'illusoires décentralisations. L'activité politique exigera non plus la seule application des avantages du Centre, mais (par crainte d'une quelconque distance) leur obtention en *temps réel.* Le soutien, d'année en année, se fera assistanat : les

---

causes avec le même absolu. En revanche, l'imaginaire né de la diversité quand il s'ignore se démarque des réalités dont le Divers lui-même est constitutif. Nous utilisons encore sa souplesse, pour seulement nous adapter aux situations où les anciennetés millénaires tracent des lignes chevauchables. Ainsi, porteur de la générosité intraitable de Fanon, on peut se découvrir soldat dans n'importe quelle blessure de la planète.

structures, les réflexes, les attitudes, l'énergie et les ruses déployées n'envisageront nul vouloir responsable dans une économie vraie, mais s'aiguiseront aux clairvoyances de la grappille, aux sagesses de l'attrape-subventions et de l'accumulation illicite des secours, à l'expertise en détournements d'aides, à la sucée des solidarités maternantes mises en œuvre par le Centre pour ses enfants des Amériques. Il faut dire que le système des plantations qui structurait nos pays ne comportait aucun levain mutant. C'était une mécanique figée sur l'hydre esclavagiste puis sur l'exploitation d'une masse écrasée. Les Maîtres-békés de ce système étaient moins capitaines d'industries qu'animateurs d'une sucée vampirique. L'étroitesse du pays ne leur permit jamais, comme en grandes terres américaines, l'enrichissement massif qui, nonobstant l'inertie structurelle, aurait pu diffuser du vivant. Sous départementalisation, ils passèrent plus de temps à lutter contre les acquis sociaux importés qu'à réfléchir aux stratégies d'une production réelle. Leurs archaïsmes brisés par la législation d'un Centre développé, ils se réfugièrent dans la baille des protections et subventions, lesquelles sont aujourd'hui mieux rentables que l'industrie la plus maligne. Donc : esclavagistes féroces, puis patrons rétrogrades, enfin, subventionnés béats culpabilisant les assimilateurs. Dialectique d'une mort qui s'étendit à l'ensemble de notre économie. Aujourd'hui, l'assistanat touche aux caricatures ; nos peuples y meurent dans l'opulence. Je dis : un bonheur obituaire dans lequel l'Écrire est condamné d'avance.

> De Pound : Les entrelacs barbares d'un chant d'errance au monde *nouveau, ruptures, ombres, rythmes et fragments synchrones, décadences et lumières* ; l'image comme déflagration de raison, d'émotion, d'enseignement et d'hypnose, d'unité et de diversité, de mémoires et de beauté. — *Sentimenthèque.*

Ainsi, retombé de mes rêves, j'arpentais solitaire ces abondances de routes, d'immeubles, de galeries commerciales, de fastes automobiles. J'arpentais en solitude ces secours au tourisme, au rhum, à la banane... supposées-productions qui nourrissent nos békés — assistés les plus prospères au monde. J'arpentais cette modernisation aveugle, notre naufrage quotidien. J'allais dessous ces perfusions venues d'un Centre lointain qui nous maintiennent en « Développement » factice. J'allais parmi ces frappes contemporaines que nous subissons en lobotomisés : l'urbain proliférant, distorsions familiales, désarroi des jeunesses, chômage congénital, vésanies des drogues, extases hagardes des sectes, standards américains, cendres et flambées des traditions, des « petites » langues et des « petites » cultures... Plus qu'aucun peuple du Sud, cette modernité nous étreint sous l'espèce d'une angoisse. Une folle-

consommation nous masse dans les centres commerciaux en des dépenses record. Comme si, taraudés par cette inexistence, nous voulions assujettir le monde en l'avalant entier — seul acte qu'autorise l'absolue dépendance et le néant des responsabilités[1]. Nous sommes liés à notre Centre (et — à travers ce Centre — jetés au monde) sans vivre un échange vrai, une floraison quelconque sur un terreau profond, rien que l'avalement goulu-consommateur qui sculpte à sens unique, dans l'irresponsabilité molle. Livrés inertes, individuels, sans avenir connu ni devenir possible, aux mutations du monde.

Le vieux guerrier me laisse entendre : ... dans cet Électro-monde, le temps occidental dominant se projette désormais (en réel instantané de nanosecondes) dans le temps des peuples jusqu'alors épargnés... *(il soupire)*... Je pouvais imaginer ces temps, ces rythmes, ces perceptions qui se fracassent ! Je pouvais percevoir cette secousse ! L'irruption de Christophe Colomb reprise à une échelle sans nom !... La productivité se fonde désormais sur les économies relationnelles et sur l'ampleur des connexions... *(un temps, la voix revient, tiède comme une petite pluie)*... Ici, la croissance et le profit ont supplanté le goût du sang. Mais la mâchoire, bien que virtuelle, reste la même... *(un temps, la voix revient, chargée)*... attends, encore un autre mot : il m'était impossible de voir comment ils contrôlent ces

1. Je pense à la formule de Michel Louis, économiste : « *Consommation, consumation.* »

réseaux car ces réseaux émanent d'eux. Ils en sont l'essence même. Ou mieux : le Centre diffus est l'essence de leurs griffes sur le monde. Il suffit pour eux d'en amplifier l'attraction, et de s'augmenter ainsi comme par délégation... — *Inventaire d'une mélancolie.*

J'allais en solitude entre ces radios privées, jadis fières d'une liberté offerte, et qui ne servent que de relais, de jour comme de nuit, en temps réel louangé, à des antennes du Centre. En solitude, sans un regard sur ces télévisions soumises aux copies maladroites et désertant le vif de nos blessures. En solitude, entre ces affiches publicitaires et ces fêtes officielles où se désertent nos justes réalités. En solitude, parmi ces indépendantistes qui réclament de la Nation, de l'État, de l'Identité, de la Culture, de l'Histoire... sur des modes intégristes, minés par les chaux du racisme et des xénophobies, éperdus dans des mystiques écologiques, linguistiques, coutumières..., pris dans les archaïsmes d'une résistance tombée des dominations raides, et qui n'envisagent le monde, ou ne l'acceptent, qu'en prédateurs des arrois du Divers. Je traversais un pays ballotté par le monde qui fait Monde, ballotté dans la stupeur qu'inocule une domination dénuée de toute violence. Chaque jour, au rythme secret de nos usures, une domination un peu mieux invisible.

Le vieux guerrier me laisse entendre : ... je sais, je t'entends, je connais cette vieille peste... *(mots inconnus, sorte de rythme langagier)*... Mais ouvre les yeux car à présent c'est pire... *(il rit)*... Leurs canaux de télévisions deviennent les plus universelles de nos Das ou de nos Baby-sitters. Internet et plus tard leur rhizome s'érigent en compagnons de jeux de nos petits-enfants. Ils seront, je le crains, leurs plus captivantes références... *(il soupire)*... Famille, École, Église, Armée, Sages, Anciens, États, Parlement, veillées... et cætera, ces instances traditionnelles se voient invalidées par les dragons normatifs que diffusent ces réseaux. Et ces forces nous drainent vers des sociogrammes que je ne peux imaginer. — *Inventaire d'une mélancolie.*

J'arpente encore, en solitude, ces anciennes résistances (actives en bien des points du globe), échouant à concevoir une domination généreuse pour ses assujettis, inaptes à repérer le prédateur dans l'abondance elle-même. Là, nulle sucée de vampires, mais le don angélique qui diffuse des gênes : « *Je te donne ce que j'ai, tu y as droit car tu es moi...* » Le Territoire dominateur s'élargit comme cela dans les plaines mentales, sans conquérir de sols. On tend au Même, à l'Unique, depuis des Centres qui diffusent leurs ondes bienveillantes. Je vais en solitude, dominé parmi les miens — en étrange-pays dans mon pays lui-même, me murmure Aragon.

Le vieux guerrier me laisse entendre : ... oui, c'est vrai, les anciens Centres avaient, de manière brutale ou silencieuse, anesthésié nos peuples. Mais aujourd'hui, leur masse d'inertie pèse sur les dominateurs. Ces derniers soupçonnent un peu que leur destin est lié à ces peuples débranchés. Qu'il faudrait laisser cours souverain à leur génie intime. Que c'est le moyen d'assainir un Monde-Relié en train de s'appauvrir à force de fluidités... et de domination furtive... *(il rit, couleur amère)*... Mais le furtif qui écrase ne s'arrête pas comme ça, ni ne se contrôle d'un doigt ou d'un clin d'œil. Dans le cyberespace, il n'y a plus d'États, plus de capitales, plus de géographie (ou alors cela ne compte plus vraiment). Ce n'est pas une Cyber-Patrie ou une Télé-Nation, ou une République-Monde... *(il soupire)*... C'est un Empire technotronique où l'empereur serait le brouillard de valeurs dominantes, à coloration occidentale, tendant à une concentration appauvrissante qui les rend plus hostiles à l'autonomie créatrice de nos imaginaires, et cela, que l'on soit au nord ou au sud de l'échelle... — *Inventaire d'une mélancolie.*

L'ÎLE OUVERTE — Je le voyais autour de moi : sous domination silencieuse, se produit une mise-à-l'écart des écrivains et des artistes. Un déport insensible les place en dehors des blessures de leur peuple, un peu non concernés, happés par les soucis de l'Art universel, préoccupés par ce qui préoccupe d'autres artistes en des pôles dominants, et vivant leur peu d'impact intérieur-extérieur comme le signe du génie incompris ou d'une ligue des puissants.
Cette mise-à-l'écart est la plus grande victoire.

Neutralisés, ceux qui devraient en fait s'élever en première ligne !

Détournés de leur bataille dans la dilution d'une ouverture au monde !

Je m'accrochai donc au pays — mon Lieu en devenir —, flaireur de vraies blessures, cartographe des lésions. J'eus cette surprise : elles étaient en moi, taraudantes dans une partie de moi retranchée des rais actifs de mon imaginaire. Je réenclenchai ces blessures. Ces brûlures sacrées. Ce mal-être. Cette petite vie inquiète qui clignotait en moi. C'était me réinstaller dans le plein de mes chairs et de mon esprit. Prendre possession de cet espace connu-inconnu, familier et lointain comme un buffet désaffecté. S'y enfoncer, s'y embusquer et tenter d'entrevoir, comme à distance, l'influx des valeurs dominantes. J'étais comme ces esclaves-danseurs, livrés aux arabesques d'une mémoire. Se tendre en soi-même, au plus extrême, avec la vigueur nouée des fibres du cocotier — hampe d'une belle liberté.

> De Saint-John Perse : Dans la virulence du sel où tant de contraires s'ameutent, se fécondent, se prolongent, épelle le monde entier en matériau d'Écrire : dans la moindre de ses miettes ouvre le symbole immense ; mais ne loue pas les conquérants hautains ; soucie-toi des humanités brisées, insonores, couleur de papaye et d'ennui qui t'entourent ; et ne fais pas des livres mais une œuvre. — *Sentimenthèque*.

> De Patrice Delbourg : L'Ironique déroute de soi dans une incandescence... ô mélancolique roc. — *Sentimenthèque.*

Un de mes premiers tourments fut la perception d'ensemble que je pouvais avoir de mon pays natal. Cette perception qui conditionnait mon écriture, était-elle libre ? Et, libre, était-elle juste ? De quelles hypnoses étais-je victime à l'instar de ces poètes-doudous qui, en plein esclavage, ne virent de leur entour que la mesure paradisiaque ? Ma terre natale était une « île » : quelles forces et quels pièges se lovaient dans ce mot ?

> De Cendrars : L'appel du monde en sensations, houles et cassures sèches, rimes et déraillages — l'immesure caressée au-delà des Peaux-Rouges, au-delà de la soif, au-delà des déserts, au-delà des montagnes... — *Sentimenthèque.*

> De Rimbaud : L'errance ennuyée, propulsée par l'énergie primale, l'appétit fondateur en usure dans un salut de Drive au monde, ô consumé... — *Sentimenthèque.*

Face aux îles, surtout celles des Antilles, le regard dominant ne distingue que l'évidence paradisiaque à vocation — et même fatalité — touristique. Une fois cette vision savourée, ce regard s'assombrit :

hors des villégiatures mer soleil sexe zouc, l'île devient le coin d'un étroit isolement. L'insulaire serait cet homme perdu dans l'amer océan, en déréliction dans son île comme dans une coque indéhiscente. En marge, un peu immobile en lui-même et dans ses traditions, il glisserait à mesure hors des progrès de l'Humanité continentale. L'insularité, son esprit, serait l'étroite façon de voir le monde sous les ferrures marines et célestes du bleu. Le rêver-pays m'éclaira autrement.

Les premiers Découvreurs, à l'abord des Antilles, ne se sont pas trouvés — à leur sentiment — devant des terres réelles, chargées d'histoires, de peuples, de *possibilités*. Ils les ont comme effacées d'une existence autonome en les appelant *Antilles* — c'est dire *terresd'avant-le-continent*, sorte de paliers, marchepieds, cayes, poussières..., sur la route de ces rives où la vie devient permise aux hommes. Ils s'y ravitaillaient en eau, boucanaient quelque chair de gibier, reprenaient contact avec un ersatz de terre ferme avant d'aller leur quête d'une Inde continentale. L'imaginaire occidental contemporain a conservé de l'île cette fonction-perception. L'insularité, en terme d'épanouissement, de développement économique, d'importation, d'exportation, d'ouverture artistique ou sensible, serait (comme l'autisme et quelques autres déveines) un handicap ; l'ennui c'est que cet imaginaire domine aujourd'hui les esprits de par le monde — et conditionne, hélas, le nôtre aussi.

De Valéry : La « charge de merveilles » poussée à l'infini — dans cette masse de sens et de musiques, tenter le mot précis, ameuté en lui-même sur de hautes densités, et défiant la sécheresse ; la mécanique accordée aux fluidités du rêve. — *Sentimenthèque.*

D'Émile Ollivier : L'exil, comme présence au cœur même du pays, et la force d'être au monde. — *Sentimenthèque.*

Je repris mes lectures de cet insulaire illustre, Aimé Césaire, père avec d'autres du cri nègre qui ébranla les assises coloniales et racistes du monde. Paradoxalement, dans le *Cahier d'un retour au pays natal*, Césaire utilise cette vision. En le suivant ligne après ligne en train de regagner son île, le pays-Martinique, je m'aperçus qu'il décrivait sa région comme un *« petit rien ellipsoïdal qui tremble à quatre doigts au-dessus de la ligne »*. Ensuite, s'agissant de nous, ses insulaires compatriotes, il y voyait *« quelques milliers de mortiférés qui tournent en rond dans la calebasse d'une île »*.

L'étroit du petit rien.

Le clos de la calebasse.

Plus loin, en revanche, dans ce poème magique, les îles antillaises rompent avec l'imagerie des littératures exotico-doudouistes : *« îles cicatrices des eaux, îles évidences de blessures, îles muettes, îles informes, îles mauvais papier déchiré sur les eaux* ». Je savais à quel point, pour Césaire, le paysage supporte la marque de la plaie coloniale, et combien l'île décrite ainsi signifiait en grande part l'étau d'une domination raide[1]. Mais les poètes de la Négritude, épigones et scribes-répétiteurs, érigèrent en paradigme cette vision césairienne ; et s'ils tentèrent une levée de leurs terres insulaires, ce fut pour déplorer leur fatalité close ou leur délétère écartée du monde. Le tout s'emmêla aux dénonciations du colonialisme que chacun à l'époque se chargeait aux épaules.

Le vieux guerrier me laisse entendre : ... ah, l'époque dont tu parles était finalement simple !... *(il rit et soupire)*... Maintenant, sous domination furtive, le dilemme est terrible : on est soit connecté-passif et consommateur-en-voie-de-développement, soit déconnecté et livré aux antiquités des dominations brutales ou silencieuses... *(un temps, sa voix revient comme une ombre humide)*... Dans le désert de neige du Grand Nord, me dit-on, les Inuit retrouvent dans les CD-ROM, les télévisions, les vidéo-cassettes, la belle dynamique de leur culture d'images. Leurs tribus isolées peuvent communiquer avec leurs Sages et leurs Anciens, par fax, téléphonie ou visio-conférence. Leur langue agonisante y trouve même une maille d'allégresse. D'accord, j'en suis bien aise... *(il soupire)*... Mais on me parle aussi de suicides massifs au Groenland, d'esprits hachés par l'invalidation plénière des référents... Ô

1. « *Toute île est veuve* », dira Aimé Césaire dans *Cadastre,* Éditions du Seuil, Paris, 1961.

peuples, ô frères, ô exposés au péril des réseaux qui vous déversent la frappe dominatrice mêlée à leurs lumières. L'élan est dans le péril, le renouveau se mêle à des dépouilles de mort. Remède-poison. Poison-remède... *(sa voix s'enfonce dans un clapotis d'eau)*... Je pleure sur cette complexité pourtant tellement ancienne... — *Inventaire d'une mélancolie.*

Avec Saint-John Perse les choses se transformèrent. Le critique Émile Yoyo a montré à quel point le béké Perse, descendant des premiers colons blancs, a investi sa culture créole. Combien une bonne part de sa vision relève d'une Guadeloupe natale. Le relisant de plus près, je m'aperçus que Saint-John Perse dispose, en terre créole, d'une liberté fondamentale. Du fait d'une position dominante de béké, il n'a rien à prouver à dénoncer à refuser comme le nègre Césaire — nié dans son humanité — doit le faire. La langue créole, la culture créole, la vision créole du monde habitent de fait (et « dans l'estime ») ses premiers textes ; et c'est sur ses vieux jours (sa maturité d'écriture où il « met en scène » son œuvre) qu'il tentera d'en gommer les effets. C'est pourquoi, face à la mer chantée de manière continuelle, Perse aura vision, non du mur d'isolement de l'imagerie occidentale, mais d'une vaste perspective vers une conquête du monde, ou plutôt : d'une aire frémissante vers l'universalité altière qui commande à son souffle. Je récoltai alors tous ces extraits d'*Amers*[1] :

1. Saint-John Perse, *Œuvres complètes,* Bibliothèque de la Pléiade, Gallimard, Paris, 1972.

« *Et vous Mers, qui lisiez dans de plus vastes songes...* *La Mer elle-même notre veille comme une promulgation divine... La Mer, en nous, portant son bruit soyeux du large et toute sa grande fraîcheur d'aubaine par le monde... La Mer, en nous, tissant ses grandes heures de lumière et ses grandes pistes de ténèbres...* » En Perse, la mer est *élément de puissance, source de connaissance, présomption de l'esprit...* En elle, son mental s'ouvre, s'envole, s'illumine. Il s'en sert comme d'un courant profond lié à son respir poétique du monde ; battement de son imaginaire, il la décode et l'habite comme un texte formidable. On est là bien loin d'une masse geôlière. Seulement — et en cela, Perse demeure occidental — il sépara la mer de l'île dont elle battait les flancs. Considérée par lui, elle est une vitalité, un appel au voyage, au large, à l'aventure. Appelé par la mer, Saint-John Perse utilisera l'île natale comme marchepied d'envol. Dans l'île, il n'est pas dans le monde : *c'est de là qu'il s'élance.* Ainsi, son insularité natale inaugure son œuvre *(Images à Crusoé, Éloges)* avant d'en disparaître. Il se met, comme il l'a dit lui-même, à *habiter son nom,* pour mieux quêter son universalité désincarnée qui inventorie des fastes inépuisables.

Le vieux guerrier me laisse entendre : ... le Monde-Relié se voit ainsi halé vers le pôle de l'Unicité par le rhizome qui lui donne sa plus tangible réalité... *(il soupire, bambou âgé)...* Nous sommes devenus spectateurs des *mêmes* images et des *mêmes* informations, et de la *même* hiérarchie qui leur est infligée. Ce n'est plus le monologue d'un centre vers une périphérie, c'est la tirade grandiose, *urbi et orbi*, d'un Centre diffus qui décervelle le Monde-Relié... — *Inventaire d'une mélancolie.*

Avec Édouard Glissant et l'« Antillanité » qui visait, entre autres, à décliner les généralisations universalisantes de la Négritude pour réinvestir le domaine antillais, surgit une autre perception de la mer, de l'île, de l'insularité. Chez Glissant, une scène perdure : celle du Nègre marron qui, au bout de sa fuite, bute sur l'infranchissable inconnu de la mer. Pour les esclaves traqués par des dogues et des milices armées, la mer devait représenter ce que signifiait la forêt aux yeux des bagnards de Guyane : une masse d'enceinte vivante qui avalait ses proies. Une verticale sans perspective et sans promesse de libertés. Mais il y a aussi chez Glissant l'idée du gouffre. Le Nègre continental d'Afrique, jeté dans une cale de bateau négrier, inaugure son rapport à la mer dans l'angoisse de la terre africaine qui s'éloigne de lui[1]. À travers la coque, il éprouve le clapotis de l'onde, la rumeur sépulcrale des abysses. Quand les négriers (traqués par les navires anglais après l'interdit de la Traite) ne pouvaient plus s'enfuir, ils balançaient leur cargaison par-dessus bord. Et cette image d'un tapis sous-marin de

1. Et ce gouffre traversé dans ces conditions-là est l'endroit de mort du continental, et celui où naît l'insulaire, qu'il soit blanc, jaune ou noir, colon ou esclave, avec mémoire ou sans mémoire.

cadavres qui relierait les îles antillaises est une hantise de toute son œuvre. Elle apparaît aussi chez
Derek Walcott, le Saint-Lucien, et chez Edward
Kamau Brathwaite, le poète barbadien. *The unity is
sub-marine,* disent-ils, hallucinés. Et c'est par là que
les poètes antillais, ces insulaires, ont rompu avec
l'insularité vue à l'occidentale. Défait par l'expérience
du gouffre[1], l'imaginaire qu'ils mobilisent pour se
décrire, et pour décrire leur île liée à la mer, et
pour vivre la mer comme aire de relations, miroite
d'une mosaïque d'imaginaires. Pour se dire, ces poètes mobilisent l'Afrique, l'Europe, le monde amérindien, l'Inde, le Levant... C'est dire à quel point
l'étroit ne devrait pas être ressenti ; combien le clos
devrait être décliné. Et, en majesté, les horizons
conquis.

> Le vieux guerrier me laisse entendre : ... un Centre-
> Territoire peut incarner le Centre diffus aux yeux d'un
> peuple dominé ; ce dernier aspire au quotidien de ce
> Centre qui constitue son horizon, sans percevoir qu'il
> se range à travers lui, via le rhizome, aux valeurs
> dominantes du Centre diffus. Et ce rapport sans fron-
> tières au cyberespace procure un sentiment de liberté
> vertigineuse ; on échappe à l'hypnose du Centre ancien.
> Dessous son antenne parabolique on est « branché
> international »... Tu mesures cette misère ?... *(il sou-
> pire, mangrove sous lune)*... Aux énièmes « Assises du

1. É. Glissant, *Poétique de la Relation,* Éditions Gallimard, Paris,
1990.

Développement », les politiciens de mon pays ont réclamé à leur Centre-partenaire le branchement sur Internet comme on quémande l'Hostie ou un supplément d'âme : pour se remplir. Pas pour échanger, transmettre ou exister. Pour se remplir... — *Inventaire d'une mélancolie.*

Pour mieux comprendre ces multiples perceptions, il me fallait, une fois encore, revenir aux époques fondatrices. Quand les colons européens parvinrent aux Antilles, ils trouvèrent des Caraïbes, des survivants arawaks. Débarquant, le premier geste de ces « Découvreurs » fut de reproduire l'esprit-village continental : planter drapeau et croix, prendre possession du sol, nommer, poser chapelle, dresser fortins, installer une souche de peuplement. Cette pratique s'opposera à celle des Caraïbes. Pour ces derniers, les îles n'étaient pas des isolats, mais les pôles d'un séjour archipélique au long duquel, de rivage en rivage, au gré des événements, des fêtes et des alliances, ils naviguaient sans cesse. Leur espace englobait l'archipel et touchait aux lèvres continentales. Pour eux, la mer liait, et reliait, précipitait en relations. Le colon européen, lui, se barricade dans l'île : rival des autres fauves colonialistes, il élève des remparts, dessine des frontières, des couleurs nationales, il divise, s'enracine, confère force religieuse à son enracinement : *il crée un Territoire.* Il scelle dans sa tête les barreaux de l'exil. Loin de sa source natale, il se vit à l'écart, et fonde l'acception dominante de l'insularité. L'acception amérindienne, elle, c'est d'abord l'œuvre éclatée des îles avec la mer comme un derme vivant : qui *rallie relaye relie*.

> De Kateb Yacine : Contre le drame des deux langues, bondir vers les feux du langage, ta parole en conditions extrêmes... — *Sentimenthèque.*

> De Segalen : L'impénétrable comme conni-vence... — *Sentimenthèque.*

> D'Yves Bonnefoy : Le vrai Lieu, où « l'absolu se déclare » à force de regard neuf, mais sans accès, juste en désir à combler de désirs... Et : L'émerveille juste-compte sensible, très pure. — *Sentimenthèque.*

Je cherchai alors dans les sagas islandaises le senti-ment de l'insularité tel qu'il sévit aujourd'hui dans l'esprit dominant. Je suivis les trajectoires de Njall le Brûlé, Grimr le Chauve, Eirikr le Rouge, et des autres..., sans jamais rencontrer le spectre d'une mer geôlière. Ces aventuriers connaissent la mer, ils s'élancent, se perdent, errent, sont dans leur essence même en rupture de grande terre. La mer ne les enferme pas car ces continentaux n'ont justement pas l'esprit continental : ils ont rompu l'amarre avec les côtes scandinaves ; pour eux l'île de glace initie aux géographies fluides ; ils ont mentalité îlienne comme on a l'aile de l'oiseau migrateur ; un mental qui tisse de flux marins les extensions rêvées de la terre nourricière. Ainsi, les insulaires islandais des origines ne subissent pas aux épaules la charge des isolements (aujourd'hui, cela s'est peut-être modifié sous l'impact des valeurs dominantes). Ils y ont débarqué, veulent y prendre pied, mais l'île est rude, ne s'offre pas, sa virginité n'oppose aucune balise aux pagailles fondatrices, il faut s'y accrocher, s'y enfouir, régenter les désordres de la démence humaine, célébrer de fragiles victoires sur soi-même et sur ce sol rétif. Pour ce faire, le mieux c'est de parler, se raconter, se dire, et surtout s'Écrire. À partir de vieilles histoires continentales, celtes et germano-nordiques, à partir des traditions bibliques et des gestes médiévales, les sagnamenn vont recréer l'enracinement-Territoire dans l'appétit d'errance que la mer autorise. La littérature islandaise s'évertue (depuis les *Livres des colonisations,* via les poèmes scaldiques jusqu'aux sagas modernes) à enraciner dans cette terre de feu et de glace ces hommes venus du continent, à les y enfoncer autant que leur maison. Elle a fondé une légitimité mythologique qui confère au peuple d'Islande une épaisseur qu'envieraient bien des continentaux. Les digressions généalogiques, le jeu des personnages d'une saga à l'autre, l'exploration minutieuse de sites géographiques, la présence païenne qui anime les roches et les fjords, l'importance de la loi, de la parole, de l'honneur, de la réputation, le tout dans le prolongement infini qu'offre la mer... L'ennemi, c'est la glace, la neige, les fureurs volcaniques, les passions humaines, les victoires ambiguës... pas l'océan. C'est comme si, s'installant aux Antilles, les colons européens avaient nourri leur être continental de l'art marin des Caraïbes : une association paradoxale, complexe, qui (à force de richesse) rassemble et n'exclut pas, élargit-n'isole pas. Les sagas islandaises, ainsi relues, me dévoilèrent ce frémi singulier que je porte en moi dans des ferments indéchiffrables. J'écris en leur sentimenthèque, leurs voix et leurs présences, ému par ces Islandais qui ont su échapper aux dominations norvégienne et danoise (cinq fois séculaires). Ils se sont appuyés sur l'articulation qu'opèrent les sagas entre l'histoire, la légende, le poème, l'ambiguïté fondatrice du mythe, les grouillements païens sous la mesure du christianisme. Elles nouent le réalisme sobre aux assauts bouillonnants de l'esprit, elles attestent que les foisons jubilatoires de la parole peuvent s'associer aux horlogeries de l'écriture. Et, dans mes rêves, elles disent surtout que toute île est ouverte. C'est pourquoi, en l'Islande dominée, les sagas eurent force libératrice et densité de fondation.

Le vieux guerrier me laisse entendre : ... ah, ces chers Islandais, j'ai toute confiance en eux !... *(sorte de cri d'oiseau marin, puis un soupir)*... Sous domination furtive, l'affaiblissement des anciens Centres autorise les élans que la colonisation avait anesthésiés : furies ethniques, drames frontaliers, tragédies territoriales, chocs des sangs, des races, des lignées. Larmes, fureurs sociales nées des ghettos et exclusions nouvelles. Rages des religions, des identités, des luttes de castes et de classes... *(mots inaudibles, sorte d'énumération étrange où sa voix s'en va nue)*... Un mouvement de compulsions obscures que le flottement hors-sol, hors-État, hors-identités-anciennes, induit par le cyberespace, réavive uniment. Le Monde-Relié se signale dans ce qu'il a de pire : les griffes et les instincts qui offrent leurs antiques solutions. Et celles-ci, charriées par le rhizome, se déclenchent sans les freins coutumiers qu'instituaient la distance et le temps... — *Inventaire d'une mélancolie.*

Il faut entendre l'écrivain continental, Hector Bianciotti, se raconter dans la pampa. Le sentiment traditionnel prêté à l'insulaire (écrasement, solitude, paralysie du temps) se dresse en lui, terrible, comme il s'était d'ailleurs déclaré chez Borgès. Eh bien, libéré par le rêve et m'observant moi-même, je ne ressentis jamais ce sentiment face à la mer. La langue créole ne dit pas île : son mot *Lilèt* désigne de minuscules concrétions quasi inhabitables qui ne servent de perchoir qu'aux grands oiseaux de mer. Pour elle, l'île n'existe pas, c'est un inépuisable pays, une terre inscrite au monde par le derme de la mer. Là règne l'ouverture : la merveille marine, la ruée de vents voyous, la flèche céleste des gibiers migrateurs. Chaque rive s'offre tabernacle des objets charroyés par les flots, animaux naufragés, cuivres de villes englouties. Là, on touche au monde devant, derrière, de côté, de partout. Là, pièce montagne, pièce argile désertique ne phagocyte l'imaginaire : s'exalte seule une disponibilité aux en-allées des horizons. Au jeu des rêves, je réussis à tout revoir, à m'augmenter sensible de cette insularité autre. L'ancienne, dominant nos esprits, ne me concernait plus.

> Le vieux guerrier me laisse entendre : ... depuis le fond pourri d'un cyber-café, dans une méga-ville, je regardais vivre nos Maîtres... *(il rit)*... Ces nantis, standardisés, uniformisés dans leurs pôles dominants, risquent la paralysie de leur pensée imaginative. Ils se consomment eux-mêmes, s'appauvrissent dans leur graisse. Certains veulent déjà emmurer les masses affamées désireuses d'un mieux-être afin de se préserver dans des espaces stériles... *(il soupire)*... La créativité humaine se voit abandonnée aux agitations mystiques et aux grouillements des résistances intégristes où la vie s'est réfugiée... *(sa voix s'encaille, écho noyé)*... Terræ incognitæ du cyberespace... — *Inventaire d'une mélancolie.*

Je le pouvais maintenant : marquer « Pays », ne pas marquer « île » afin de mieux me dérober aux chargements du mot. Penser Pays et voir Pays : vivre mon pays en profondeur, dans ces échos qui mènent au Lieu. Charger ces épaisseurs qui m'augmentent au-delà des strates géologiques, ces espaces qui m'habitent au-delà des horizons, et qui naissent de ma vie dans les fortunes de l'existence. *Je suis vivant ! Je suis vivant !*... L'Écrire peut dévoiler les infinis que la domination tend à nous faire appeler *île* (ou *petit pays, pays périphérique)* avec les étroitesses qu'elle y associe. Ceux-là mêmes qui, dans ces pays, vantent les réseaux de communications pratiquent une telle perception de leur « clos » insulaire dictée par la domination silencieuse, qu'ils ne peuvent tirer avantage des nouvelles donnes du monde. Ils n'imaginent plus comment ces réseaux, actifs à travers nous, permettraient (comme la mer pour qui a su la vivre) d'envisager l'ensemble-monde. La domination silencieuse ne prédispose pas aux atouts de la Terre reliée, du monde précipité en relations ; de manière symbolique, elle bride l'imaginaire et rapetisse les amplitudes de soi sous la chape des valeurs qu'elle diffuse. Elle insularise de la pire des façons.

D'Héraclite : Chercher toujours l'harmonie invisible au désordre des contraires, seule dynamique de vie — et l'Unité, sa loi secrète. — *Sentimenthèque.*

De Shakespeare : L'irruption des démences dans le règne ordonné, et le tumulte de terreur et pitié où (les dieux eux-mêmes désertant l'horizon) nulle certitude n'est plus de mise... — *Sentimenthèque.*

(Je n'ai jamais écrit face à la mer, mais je peux y passer des heures en léthargie contemplative ; j'ai longtemps perçu cette attitude comme une petite mort, une décrochée stérile, alors que la mer me précipite dans l'existant : là je deviens minéral, végétal liquide ou aérien, d'une patience oubliée des histoires et des nécessités. Dissipé et compact.)

Le vieux guerrier me laisse entendre : ... écoute ça, Marqueur : la domination furtive ne s'oppose à rien. Ses forces uniformisantes naissent de puissances dématérialisées qui se moquent des vieilles armes. Je pouvais parler ma langue. Hisser mon drapeau. Clamer mon Dieu. Fermer mes fenêtres... *(il rit, couleur sel)...* Je demeurais la proie de pouvoirs commerciaux : images, médias, finances, médicaments, consommation... Leurs points d'impulsions ne sont plus seulement les États-Territoires, mais, au cœur du cyberespace, des nodules d'interactions qui propagent des standards auxquels tu devras adhérer. Et pire, Ti-Cham : ces nodules sont flottants... *(un temps, puis il soupire, vent de mer dans conque chaude)...* Ainsi, j'ai vu les plus ardents rebelles, doigt immobilisé sur la détente, adhérer à la modélisation furtive avec un sentiment de liberté... *(il rit, terre brûlée)...* Nos radars nous viennent de la domination brutale et (un peu) de la domination silencieuse. Le Centre diffus dominateur devient indétectable par ces vieilles vigilances... *(un temps, puis la voix revient ample comme vague et vent)...* encore un mot : dans ce Monde-Relié l'interdépendance devient croissante : la faim de l'un infecte la satiété de l'autre, les guerres de l'un troublent le développement de l'autre. Les dominants se méfient de ces vases communicants. Donc, ils ont leurs *peuples-clients,* conformes à leurs modèles, en miroir avec eux. Ils ont leurs *peuples-partenaires,* moins conformes mais aspirant à leurs valeurs et en voie mimétique. Enfin, ils ont leurs *peuples-perdus,* espèce irrécupérable, le plus souvent en hostilité intégriste sans une alternative. Autour de ceux-là, ils stopperont sans doute le cyberespace, et ils élèveront de hauts murs protecteurs... *(il soupire)...* Et si cela ne suffit pas, ils y déverseront le feu de leur puissance scientifico-militaire... — *Inventaire d'une mélancolie.*

LANGUES, LANGAGE — Je devais écrire avec ce pays, happé en sa totalité, redessiné avec mes rêves. Ma prime douleur fut dans ce drame des langues : entre langue créole et langue française. Le vieil enjeu de l'authenticité. Dans laquelle Écrire juste, et comment ? Maintenant, je pouvais me dérober aux étroitesses de ces questions et mieux comprendre ce que m'avaient apporté *Malemort* et *Dézafi*. La langue dominante, quand elle est apprise comme extérieure à soi, se conserve à distance : on la manie en demandeur ; voulant la conquérir, on sollicite ce qu'elle a d'orthodoxe. Il était difficile aux poètes sous domination (je pense aux écrivains-doudous) d'aller autrement qu'en rituel vénérant ; même si cette vénération s'envisageait par un contre-rituel comme pour ceux de la Négritude. Les Centres colonialistes avaient projeté leurs langues comme des filets. La langue, en ces temps d'expansion, ne servait pas à questionner le monde. Elle devenait un tamis d'ordre par lequel le monde, clarifié, ordonné, devait se soumettre aux déchiffrements univoques d'une identité ; laquelle, depuis son Territoire, lançait de « légitimes » conquêtes. L'Écrire devait sacrifier au bunker linguistique, exclusif et dominateur, que l'expansion coloniale nous avait imposé. Nous nous étions retrouvés là-dedans avec nos langues maternelles et nos parlers barbares. Certains avaient rapiécé leur langue native pour en faire à leur tour un filet. D'autres voulurent reprojeter le filet vainqueur contre les Centres émetteurs. Nous considérâmes les langues comme des filets à projeter. Une langue se jugeait à ses vertus en termes de filet. Nous les recevions exclusives l'une de l'autre ; les colonialistes les chevauchaient en armes conquérantes, et (bien qu'élargis déjà sur une trame plus complexe) nous les enfourchions de la même manière. Soumis à ces valeurs, tel écrivain dira : *Cette langue c'est ma patrie,* ou *Cette langue m'a choisi,* ou *J'habite telle langue* : il se réfugie dans une des feuilles de l'arbre qui pourtant s'offre à lui tout entier, jusqu'aux ramilles ultimes.

> Le vieux guerrier me laisse entendre : ... le rhizome met à notre portée des extensions individuelles (autoroutes d'informations, téléphones cellulaires, écrans-market, cartes de crédit, modem, fax...) par lesquelles le furtif nous aspire. Nous nous agrandissons, un à un, dans des fragilités standardisantes... La proximité se développe autant que l'anonymat ; le contact s'amplifie au rythme de l'exclusion ; des dispositifs collectifs prolifèrent dans des souffles égoïstes ; l'Unicité s'exerce tandis que les ethnies, les tribus et les « petits peuples » (libérés des Empires) se reconstruisent leurs voix ; les accès électroniques amplifient nos solitudes au rythme des contacts modélisants. Il est vrai qu'on est plus seul sur un continent que sur une île, et terriblement seul

dans un Monde-Relié qui éjecte des référents traditionnels... *(sa voix fait marigot, puis revient dans la marée des mots)*... Cette perte crée des angoisses à hauteur exacte des libertés ainsi mises à portée. La fragilité de l'individu hypertrophié, lui, augmente la séduction des valeurs rencontrées dans le cyberespace. Il trouve dans leur adoption quelques semblants de liens aux autres qui atténuent le trouble d'une individuation solitaire gavée par un monde apparent... Ti-Cham ho !... le flash médiatico-cybernétique supplante la longue (et lente) houle des influences silencieuses ou symboliques... — *Inventaire d'une mélancolie.*

Frankétienne, de Haïti, raconte qu'avant d'oser une phrase en langue créole, il avait dû brûler ses manuscrits en langue française au cours d'un petit exorcisme. Raphaël Confiant, de Martinique, confie une histoire similaire. Inversant les déterminations habituelles, il écrivait en langue créole de jour, de manière résolue, puis, de nuit, rattrapé par sa complexité, il écrivait en langue française. Lui aussi dut brûler quelques manuscrits en langue française pour conforter son écriture créole. Ô ce drame de ces manuscrits qui brûlent, cette partie de soi devenue geôlière qu'il faut neutraliser ! Ces écrivains créoles, Frankétienne et Confiant, ont su déjouer cet impossible : leur expression triomphe dans la richesse concertée de leurs langues. Mais combien d'autres, en mille coins de la Terre, se débattent encore dans l'exclusive mortuaire ? Ainsi, le tranchant monolingue des identités anciennes nous cloître dans une langue-une, constitutive irremplaçable de notre « essence ». Si les aléas d'un exil, ou d'une élection de pays, ou d'une histoire particulière, nous déplacent d'une langue maternelle à une langue d'accueil (ou à une langue de construction, ou à une langue de liberté, ou à une langue rêvée, ou à une langue d'affectivité-forte...), nous adoptons l'allure courbée des traîtres. On se justifie. On dramatise. L'abandon de la langue maternelle pour la langue élue relève d'un holocauste nécessaire à la divinité monolingue qui nous tient. La maîtrise de la langue nouvelle passe par la dessèche en soi de la langue première, et nous hâtons ce dessèchement, sésame pour chrysalide, gage d'une chrysographie. Mais j'ai vu cette misère : tel qui sur ses vieux jours réapprend sa langue maternelle pour retrouver un restant de lui-même, et qui repart, tête-monolingue, vers ce plateau du balancier... ou tel qui, dans l'insu, épuisera le reste de ses jours à combattre son amoindrissement dans une langue conquise. Je percevais maintenant ces attitudes comme des Drives sous les dominations invisibles de l'Unicité, cette vieille muse du sabre colonialiste.

Le vieux guerrier me laisse entendre : ... sous domination silencieuse nous brisions le rapport hypnotique au Centre dominateur en nous réfugiant dans une universalo-transparence au monde. La domination furtive, par ses moyens exceptionnels, va amplifier ce phénomène. Beaucoup de reconquêtes-de-soi vont se tenter dans un rapport global, irréel, inconsistant et démobilisant, au monde... *(il soupire, pierre chaude)*... À force d'en acheter, j'ai découvert que le médicament le plus vendu dans le monde est un antidépresseur : *ho, ce désarroi des individuations solitaires !*... Pense à ces fortunes colossales, donc à ces pouvoirs, qui se fondent sur la seule consommation médicamenteuse. Nos maladies et nos angoisses s'uniformisent, nos médecines aussi... Un puissant laboratoire au départ, un circuit de diffusion et de promotion ensuite, des coopératives pharmaceutiques de réception qui achèvent le travail... Et le cyberespace qui accélère cette boucle... *(un temps, mots inaudibles, la voix revient chargée, plus ample que les mots)*... Oh, petit Cham, pour être franc, dans mes sommeils brisés, je pleure souvent sur ces enfants du monde qui frissonnent tous, de la même manière, devant un McDonald standard... *(un temps, puis sa voix lève, terre remuée et sève verte)*... Écoute cette précision : je dis « réseaux », mais sans accorder à ce pauvre mot une quelconque importance. Parce que je devine possibles des complexions reliées entre elles, auto-adaptables, bougeantes, épandues sur la terre entière selon des tissages qui nous échappent encore... La Diversité nous réserve des surprises, et le Vivant aussi... Seul l'incertain nous offre son socle alarmant... — *Inventaire d'une mélancolie.*

Je voyais comment les Centres dominants érigent leur langue en Centre. Du haut de leur Langue, ils regardent le monde et le livrent à leurs explications ; leur Langue se suffit à elle-même, l'existant s'y déchiffre, et cette démiurgie lui baille vocation à

s'imposer aux peuples du monde. Toute une littérature (oublieuse de Rabelais ou Villon) s'est arc-
boutée ainsi jusqu'à ce que Joyce en commence
l'ébranlement. Érigée en Centre et maniée en filet,
la Langue nie les autres langues[1]. Dans l'espace des
États-Territoires le verbe officiel plane toujours
au-dessus d'un cimetière de mots. Mais les langues
dominantes commencent à souffrir de cette loi des
fauves qui ne profite qu'à l'une d'entre elles : *ô
prédateurs, il est un Predator !* La logique du filet,
fourrière de l'expansion linguistique des Centres, se
retourne contre les langues conquérantes pour en

1. La langue à elle seule constituait l'emblème d'une présence au
monde. De toutes les projections des cultures, ce sont les langues qui
firent l'objet de plus de haines et de plus d'amour, et qui furent le
plus érigées en armes offensives. Les Amérindiens reprochaient aux
interprètes d'avoir la langue fourchue. Disposer de deux langues les
transformait en détestables serpents. La double langue les diffractait
sur deux mondes. Dans l'atmosphère coloniale où être densément
Un constituait le bélier de l'idéologie ambiante (*une* langue, *une* peau,
un Territoire, *une* Histoire... le tout ayant vocation à se répandre au
monde), le double devenait détestable. Celui qui n'était rien dans sa
société traditionnelle acquérait une importance inouïe en offrant sa
langue à l'Autre, lequel en général le traitait mieux que ses frères ; les
interprètes passaient souvent ainsi au camp de l'Autre ; ils n'étaient
pas à cheval sur deux langues mais ils allaient renaître dans une langue-
autre avec pour viatique la langue de leurs chairs. La langue est bien
sûr au cœur des contacts. Par elle, je tâtonne vers toi, mon âme y présente le visage, et c'est aussi ce qui nous rapproche, tu me parles
comme je te parle, nous avons établi le lien dans des sonorités
mutuellement barbares et familières. La langue est le nombril de la
jonction et la guérite la plus fragile des citadelles identitaires. L'acte
ancien des dominations s'érigeait sur le silence, pièce voix, pièce
paroles : dans chaque bouche mutilée la castration des langues. Et les
lèvres, souvent, n'étaient que cicatrices ouvertes.

élire une seule. Voyant mourir leur langue, ces Centres fomentent des ministères de la Filetphonie que chacun doit soutenir au gré de ses alliances (ou des pressions subies). Mais le *Predator* lui-même s'appauvrit de victoire en victoire. Il fait science. Technique. Économie. Commerce. Informatique. Il fait vite. Utile. Code. Il se dessèche. S'assèche. Se racornit sur les silences qu'il répand et qui à mesure le nécrosent. *Ô langues, il n'est de vie qu'en votre concert !* Je voyais combien il fallait déserter ce pathos des langues exclusives, se dérober aux bunkers linguistiques des Centres, penser sa langue en corrélation aimante avec les autres langues, dominantes ou krasées, et dire tout bonnement : une langue n'est pas un filet de rétiaire et ne se projette pas. Mais c'était difficile : nous baignions dans la Vérité prédatrice des vainqueurs et nous acceptions le cercle de leur arène.

Le vieux guerrier me laisse entendre : ... dans la jungle des Centres occidentaux, pouvoirs médiatiques, pouvoirs politiques, pouvoirs économiques, pouvoirs financiers, pouvoirs culturels, se chevauchent pour se contraindre. Ces organismes, devenus complexes, ont développé (par-delà les États) leurs propres réseaux d'influences furtives, comme certains monstres, soumis aux lois de l'évolution, se sont adaptés à leur milieu ambiant... *(cri de bataille et petit rire)*... Chacun de ces pouvoirs développe son appétit des autres. Ils tendent à la concentration en s'avalant l'un l'autre.

Les citoyens se retrouvent dessus un échiquier où les avancées, les asservissements, les génocides sont invisibles, symboliques, furtifs... *(il rit... un temps, puis sa voix revient lasse, en matière molle, inaudible)*... Dans mon pays, comme dans beaucoup d'autres que j'ai pu traverser, on n'en est pas encore à la domination furtive. À travers notre Centre-métropole, notre implication passive dans l'Europe, nous baignons dans une zone mouvante entre la Silencieuse et la Furtive. Quant à la Brutale, ce n'est pas encore vraiment une histoire ancienne... Ô, toujours cette totale résistance à mener !... *(un temps, mots brouillés, sorte de petit chant, puis la voix revient, coulure de sève sur une écorce)*... Un mot encore et je te laisse tranquille : j'étais atteint au plus intime. Nourriture. Vêtements. Sexualité. Organisation familiale. Lectures. Loisirs. Gestes quotidiens... Des valeurs se diffusent qui nous conditionnent, tant à l'échelle collective qu'à l'aune individuelle, telle pénétration renforçant l'autre. Sans fortifier un Territoire précis, cela s'agrège en modèles dominants qui tendent à l'Unicité. Au pire de la dérive, je me préparais à affronter pire que le standard et l'uniforme : la poussée insidieuse vers l'électronique transparence d'un code-barre... — *Inventaire d'une mélancolie.*

Les langues des nations coloniales ont dérivé de leurs sources, elles ne suffisent plus à désigner une nationalité, une identité, ni même à cerner quelque justesse anthropologique. Elles ne rassemblent rien qui ne soit réducteur. Ne soutiennent nulle communauté homogène. *La communauté est désormais dans l'actif relationnel des langues, des cultures et des hommes.* Les connivences de langues tracent des histoires, des rencontres, des solidarités, mais ne sont que le signe d'une diversité-monde qui, cherchant ses accords, tend à les dépasser en d'autres complexités. Partout, les hommes s'approprient leurs richesses respectives, s'habitent les uns les autres selon des lois intimes. Moi, créole américain, je me découvrais plus proche de n'importe quel Caribéen anglo ou hispanophone que de tout autre parlant-français comme moi-même, échoué de par le monde. Deux langues m'avaient été données, comme m'avaient été données la parole du Conteur et son oraliture, la littérature et ses siècles d'écriture. Je devais ameuter dans chaque mot, dans chaque phrase, cette trouble-richesse, ce Divers intérieur : *ce qui était à moi.* Cette tension vers ma totalité dans la loi du Divers me basculait vers le Total du monde ; j'étais soudain riche (même sans les connaître) de l'ensemble des oralités et des oralitures, de tous les Maîtres de la Parole, de toutes littératures, et de chaque langue apparue dans l'industrie des hommes. À l'interface d'un tel grouillement, la langue utilisée explose sous l'*appel du langage,* c'est-à-dire sous une amplitude chahutée par les souffles du Divers. Cela aussi *Malemort* me l'avait désigné, et bien des livres endormis se réveillèrent d'un coup.

De Caryl Phillips : Deux cent cinquante ans de conscience-caraïbe, le chœur aux langues multiples, le retour impossible, magique et douloureuse conscience promise à toute fraternité. — *Sentimenthèque.*

D'Axel Gauvin : Le signal-frère — notre embellie dans les malheurs des langues... — *Sentimenthèque.*

Deviner en langage une parole mienne n'est pas créoliser les langues, les jouer en mécanique de petits mélanges, ni même oraliser l'écrit[1]. Il me fallait tenter l'essaim contre les réductions, l'inspiration à pleine poitrine contre le rentré des postures caves, le multipliant contre les amputations, les quatre-chemins ventés contre les clos-raidis. Il fallait me soustraire à l'Unicité par la liesse du Divers où toutes les langues me sont offertes, comme le répète Glissant. Me souvenir de ces morts, ces douleurs, qui rôdent sans sépultures dans les sonorités des langues dominantes, et qui viendront peupler la moindre de mes paroles. Les accueillir, les honorer. Me souvenir des espoirs et des désespérances qui tissent les mots des langues dominées et qui raclent mes silences. Les accueillir, les honorer. Une *tension vers le Total* qui ne s'enferme dans pièce totalité. Je me nommai alors « Marqueur de paroles » pour évoquer combien j'arpentais une mouvance fluide, intempérie d'ondes et de flux, où nulle menée hau-

1. Je vois, aux Antilles, ces écritures qui s'y enlisent ou ces auteurs qui bêtifient en parler mécanique où l'ossature remplace la chair.

taine de l'Écrire n'était envisageable. Ni même la Parole solitaire du Conteur. Ni même la matière primordiale de sa Voix.

Le *langage total* seul, né du concert de ces composantes : *Littérature* dans ses ampleurs inquiètes, *l'oralité primordiale* (ancienne déesse dans le silence du monde), *l'oralité créole* (mixte présence des bruits de l'Homme, de la mort, de la renaissance et de l'écriture), *l'oralité nouvelle* (immanence des machines médiatiques), l'originelle matière de *la Voix* (créatrice mystérieuse du monde, souffle de vie et d'âme, au-delà des chairs et de l'Être, désir primal et achèvement informulé de toutes nos expressions)...

Offert aux élans du langage, je me dérobe à de nombreuses impasses. Cette liberté me renverra à la langue créole, dans laquelle je pourrais sans doute, un jour, Écrire sans défense et sans illustration. Autour de moi, l'écriture en créole stagne, quelques auteurs dominés cherchent leur voie dans l'illumination d'une essence linguistique. Les miracles enracinés de Frankétienne, de Confiant, de Castera..., qui drivent cette langue dans de fluides hérésies, ne les atteignent même pas. Ils n'y voient pas le trouble, le disponible, le circulant opaque qui en fait désormais un langage pertinent dans n'importe quelle langue. Ils n'en retiennent que la nervure de résistance dans une langue écrasée et ils en font une mystique. Or, maniée dans un vouloir de contre-domination, de contre-expansion, de contre-prétention-à-l'universel, de contre-déification..., la langue devient rebelle à l'écriture. On n'écrit plus : on est écrit par elle. De même, s'installer dans une langue sans empathie, symbolique ou non, avec les autres langues est maintenant asphyxiant. On n'écrit plus : on récapitule la mémoire reptilienne de la langue élue. On marque ses conquérantes rigidités et on délaisse les fluidifications qui animent l'ouvert total du monde. Je pouvais alors approcher cette idée : la mémoire reptilienne d'une langue s'atténue ou se combat, dans la récapitulation de ses mémoires, dans les frottements, les collées, les déraillages langagiers d'où naît l'impressionnabilité multilingue. *Malemort* encore, infinies déhiscences.

Le vieux guerrier me laisse entendre : ... je n'avais pas le temps de lire... *(il rit)*... Il me fallait surprendre les invariants du brouillard dans lequel les résistances devaient s'envisager. On échappe à son sol, à sa langue, à son identité, à son moule culturel, pour vivre une modélisation télématique du monde. On y trouve des libertés au prix d'une domination... *(il soupire, puis sa voix réafflue, chargée d'algues)*... ce rhizome nous transporte un sentiment de la diversité du monde, mais aussi un perçu de nous-mêmes : on se voit, on est vu, on existe. Il fait miroir. Et cet effet-miroir nous conditionne. Et conditionne la diversité que nous appréhendons : celle-ci nous parvient à travers le prisme des valeurs dominantes. Et nous nous évaluons dans une lueur déformante... *(il rit, cuivre chaud)*... Je passais mes nuits à questionner cette alchimie en œuvre sous l'ombre portée de l'Occident... *(il rit*

encore, bouillon de mots et de sons)... mon plaisir le
plus délicat était de penser à ce Nègre marron du
rhizome-de-réseaux : le Hacker, qui circule, traverse,
pénètre par effraction, exulte dans la formidable
galaxie de données... *(il rit)...* Subtil rebelle. Bien bel
Guerrier... — *Inventaire d'une mélancolie.*

Je revins, dans cet état d'esprit, au chevet de ma
langue dominée que j'avais si mal envisagée. Ô ma
langue créole : mosaïque, riche de ses sources en dérive de leurs sources. La plus jeune, la plus ouverte,
la plus inouïe des langues car surgie d'un chahut linguistique, elle doit s'adapter sans fin aux mélanges
accélérés. Elle n'a jamais connu d'orgueilleuse patine.
Elle a vécu au cœur des génocides et des happées
violentes. Elle n'a pas possédé l'espace-temps des
solitudes altières. Elle ne connaîtra jamais de poste
dominant. Elle est allée, fragile, hors écriture, hors
illusion d'exprimer seule le monde, diffractée, igno-
rante des conquêtes, avec des pointes aiguës et des
effondrements, sensible à ses sources linguistiques
en permanence actives et proche de celles qui doucement disparaissent. Je ne la voyais pas indifférente
aux autres langues de la Terre, mais de tout temps
soucieuse de ce qui pouvait la conforter dans ses passes difficiles. Elle survivait de souplesse et de fragi-
lités, mutante, impressionnable, labile, déjà chargée
de prophétie pour les langues d'hommes.

D'André Schwarz-Bart : *Pour chaque virgule,
son bras à couper... et puis tu peux cesser
d'écrire, il faut savoir cesser.* — *Sentimenthèque.*

Elle instituait le rapport entre les maîtres et les esclaves, dominants et dominés. C'était vraiment une langue de mises-sous-relations. Elle créait l'espace commun où le dominant tentait d'éliminer l'irréductible opacité de celui qu'il voulait asservir. Et le dominé y trouvait un semblant d'accès à ces êtres qui le déshumanisaient. Au fil du temps, les maîtres conserveront à cette langue sa fonctionnalité première, car ils disposaient, eux, de la langue française. Les esclaves en revanche (puis les nègres libres, puis chaque vague d'immigrants) l'investiront à fond, à mort, en y fourrant les traces de leurs langues premières, mais aussi en la fécondant de mots nouveaux, de mots tordus, de symboles mobiles, d'émotion et d'érotisme frondeur, de violence détournée, d'emphase orgueilleuse et, surtout, d'une ré-opacification de ce qu'ils devenaient. Ils en accélérèrent les rythmes : répétitions, réduplications, demi-chansons, bruitages, bégaiements, glissements syllabiques, multiples strates de cadences... Ils en dissimulèrent les sens sous des tonalités instables. Ils y ramenèrent des miettes du français fascinant qui leur restait à conquérir, et qu'ils abordèrent par la bande des moqueries. Oh, ils créèrent un embrouillement

287

linguistique[1] qui échappa aux maîtres (ces derniers diront très justement que c'est la « langue des nègres ») et qui démultiplia les facettes du créole d'une Habitation à l'autre, d'un coin du pays à un autre, d'une époque à une autre. Je découvris une structure complexe que l'Écrire menaçait d'appauvrir ou d'immobiliser. Mais cette structure complexe me suggérait la poétique de ce que pourrait être une écriture ouverte dans toute langue dominée.

> De Flaubert : Partout dans l'œuvre, mais sans y être, se projeter sans rien ramener à soi, et méfie-toi des figements de l'huile. — *Sentimenthèque.*

> De Cabrera Infante : Qu'importe la langue, mais garde-toi de délaisser la tienne. — *Sentimenthèque.*

1. Seulement cette appropriation ne fut jamais consciente (et je me soupçonne — gaiement honteux — d'y mettre un peu de mes reconstructions). Elle demeura au fil des temps la langue-chienne, celle qui relève des champs de cannes et de l'ancienne déchéance esclave ; elle s'immobilisa du fait de l'effondrement des plantations et des dominations triomphantes de la culture du Centre. Elle demeura tabernacle d'une forme de résistance arc-boutée sur le traditionnel, tendant de manière insue au figement de l'existence et se voyant invalidée à mesure que l'assimilation nous emportait vers une modernisation accélérée. Une échappée de résistance allait investir la langue française, et commencer (seulement commencer) la même stratégie d'occupation et de réopacification. Mais celle-là, battue en brèche par la gerbe assimilationniste, allait très vite s'atténuer, se dérégler en un français fleuri, de rhétorique hypertrophiée, de satisfaction hypnotique et stérile, paradigme d'usage de la langue française par nos élites et par nos écrivains...

Mais la langue créole traîne un bât de faiblesses, elle n'est pas enseignée, ni transmise sous mode valorisé, et son lexique s'effondre. Dans l'esprit des jeunesses, elle n'est valide qu'autour des connivences ; elle ne leur draine du monde aucun chant scientifique, intellectuel, culturel ; modulations qui ne leur viennent que des langues dominantes. Joies et souffles esthétiques ne secouent plus par elle. Cela écrase l'Écrire créole qui s'en remet à des vertus que cette langue posséderait. Je devinais combien il faudrait la recharger d'éclairs, de poussières d'étoiles, de comètes sans annonce, de désagréments électriques et de signes.

Où déclencher cette commotion ?

Écrire en langue créole — Écrire ouvert en toute langue — convie à une plongée dans le *vivant du monde*. Pas dans l'espace commun techno-commercialo-scientifique[1], mais dans les maillages scintillants où s'éprouve l'extrême vivant-qui-vit : les hommes qui s'emmêlent, peuples qui se relient et se traversent, et s'égaillent en diasporas ou se serrent en tribus, les proliférations vitales tramées entre elles par atomes et par sommes, et qui se répercutent dans un ensemble dont l'expression lyrique n'a pas été

1. Ce monde-là disposera de ses codes (tombés des langues dominantes) qui sembleront être des langues.

atteinte. En devinant cette chaos-poésie des hommes-peuples-mondes-reliés (déjà rôdeuse en elle), la langue créole tiendra l'axe des vitalités, des émotions, des audaces esthétiques. Elle vivra là où la vie se risque. Elle tressaillira au plein des hautes fusions. Elle neutralisera l'insidieuse dévaleur qui la mine et invalide (comme pour toute langue aujourd'hui dominée) les résistances habituelles élevées autour d'elle. Débordant de l'Écrire, elle retrouvera l'hérésie des langages, se vêtira d'un lexique d'orage, et ira le *Tout-possible destin* où les langues se connaissent, s'affectent et vivent un beau danger.

Le vieux guerrier me laisse entendre : ... j'aime cette idée du Tout-possible... *(gloussements)*... Très vite j'ai pu concevoir une projection électronique à travers le Monde-Relié, sans bouger de mon sol, et de là, provoquer des effets. Chaque point du monde peut donc se révéler aussi étendu et aussi efficient que n'importe quel Centre puissant. Mais cela demanderait aux pays actuellement dominés une inscription performante dans le rhizome, un niveau d'audace imaginative et de compétences autonomes exceptionnel, aptitudes qui ne sauraient s'envisager sans résistance éclairée aux flux de la domination... *(il soupire, sable)*... Par contre, imagine ce que peut faire le Centre aujourd'hui dominant, lequel dispose du plus grand potentiel d'accès au rhizome, des plus grandes compétences, du plus bel appétit... hum... Du fond de mon trou, pour chasser cette idée, je contemplais le monde... *(il soupire, sa voix s'épuise un peu)*... L'Asie s'embarque dans le

rhizome fou en reprenant la logique dominante poussée à l'extrême ; l'Afrique, ma vieille mère, se trouve
pour l'essentiel marginalisée, éjectée du rhizome,
tandis que ses populations s'ébattent sous les terreurs
obscures, maladies, guerres ethniques, dérèglements
démographiques, résistances rétractiles ou abandon béat
au moule occidental... ; l'Amérique afro-latine amorce
son accès au rhizome en essayant de juguler des ombres
encore actives ; les Caraïbes, mon cher berceau, n'y
sont inscrites qu'à peine, vivotant encore dans l'axe de
leurs Centres respectifs, anciens ou nouveaux, selon
des modalités de domination silencieuse... *(un temps,
sa voix reflue, se parle à elle-même dans une langue
tonale, puis s'affirme comme un coulis de vent et de soleil)*...
Essaie de m'écouter, juste une nanoseconde : dans
l'Électro-monde, les États vont se consacrer à la capture des flux financiers devenus volatils, fluctuants,
anonymes, apatrides... Ils se verront forcés d'élargir
leur Territoire en de superensembles de Territoires.
Mais cela ne sera pas suffisant... *(il rit, oxygène)*... Il
leur faudra envisager des institutions immatérielles
susceptibles d'attirer sur leurs sites les migrations
électroniques des capitaux... *(il rit encore, cristal d'enfance)*... La guerre totale dans les bip-bip. — *Inventaire
d'une mélancolie.*

Vivre la disponibilité des langues en ne les parlant
pas ? Être fertile de leur présence opaque, tel que le
propose Glissant ? La divination de mon langage
me renvoyait à ces questions. D'être *disponible* dans
un ondoiement linguistique élargi (du français au
créole) me permettait l'invocation poétique des

langues existantes. Être disponible signifie une écoute de moi et de l'entour, de l'en-dedans et du dehors, dans le clos et l'ouvert, une topographie fluide arpentée de mes seules intuitions. Ne pas connaître ces langues, mais les entendre dans le mystère, et les imaginer dans leurs échos, renforce mes audaces, accuse ma soif d'elles, imprime leur poésie sur les désirants de mon imaginaire. Écrire disponible dans une langue me rendait sensible aux inflexions subtiles qui dévient tôt ou tard les diagonales altières. J'appris à m'attarder là où le trouble germe, champignonne, inflige aux géométries le tremblement inannoncé d'une courbe, d'une spirale, d'un retour-zig-zag ou d'un effondrement.

> De Michel Tournier : L'Écrire-debout, bien sûr, auprès des mythes, du Beau et du Sacré, et le vertige révélateur en face de l'Autre... — *Sentimenthèque.*

> De San-Antonio : Secoue la langue, secoue la langue ; et joie joie joie. — *Sentimenthèque.*

On pratique d'autant plus volontiers le refuge dans une langue (ferraillage de la règle, académisme ravi...) que l'on perçoit l'encerclement des autres langues, l'activée conduction des langues entre elles. La notion de « terre natale » elle-même se voyant relativisée par l'accumulation des références géographiques (les familles devenant incertaines), on gîte de plus en plus dans une langue comme dans une Patrie, une ethnie ou un clan transportable avec soi. Il nous est encore difficile de vivre la multi-trans-culturalité, le multi-trans-linguisme, et cette difficulté favorise la raideur monolingue dans une langue. Rabelais, Joyce, Faulkner, Glissant diraient : *« Ma patrie, c'est langage »,* langages des langues du monde en tous modèles de langue. Soudain, ils s'éveillèrent en moi : je me retrouvai dissocié des langues-unes, des Territoires et des drapeaux, porté vers un Écrire ouvert qui dissocie de l'Être et de ses absolus.

Le vieux guerrier me laisse entendre : ... oui, mais être dissocié ne t'offre aucun abri... *(il rit)...* Écoute : en tapant le code de ma carte bleue, dans mon pays en Martinique, je suis boulé dans une déflagration d'opérations et de sous-opérations qui m'expédient à Lyon ou Bordeaux. Le cortex de ces réseaux se souvient de moi, sous forme de code, il me connaît, m'additionne, m'autorise ; il pourra bientôt me relier à mes autres circulations codées. Ainsi, hors de ma peau, hors de mon sol, je dispose d'une électro-existence. Le rhizome détient mon squelette codé. Le code-barre de mon ADN social. Il pourra suivre mon comportement, disséquer mes envies, anticiper mes goûts. Je suis seul et mis-sous-relations hypermultipliées, j'y gagne et j'y perds des lots de libertés... *(un temps, méditatif)...* Comment lever force de cela dans mon maquis ?... *(un temps, puis sa voix résonne, murmure de voûte)...* sache que dans la domination furtive d'aujourd'hui, le Un est américano-occidental (et que chacun s'américanise par ricochet à travers son

L'Écrire ouvert, en n'importe quelle langue, c'est l'Écrire-langages, mener en sa langue l'émoi des autres langues et de leurs possibles-impossibles contacts, supputer ces adhérences qui distinguent, ces rejets qui fécondent, ces gemmations inattendues d'où le chant peut s'élever, la merveille des significations qui convergent, s'étagent, dans des mots inconnus, ce chaos dont l'alphabet submerge notre entendement mais connive en belle aise avec l'imaginaire. Mander cette poésie dans ma tête. Étonnants paysages à lâcher aux ivresses. Face aux langues conquérantes, provoque, ô Marqueur, *l'intempérie omniphone* — jouvence même de la poésie neuve. Cet orgueil conquérant (qui en fait vient de toi et que tu passes dans ta langue) te reviendra alors dans l'humilité des renaissances, et t'offrira le monde, cet espace libre en toi. L'imaginaire omniphone est en présence des langues. Aucune qui soit pauvre, petite ou inutile. Chaque Écrire s'accrochera ainsi aux saveurs de la sienne et l'informera des fragrances entrelacées des autres. Rabelais, Dante, Joyce, Faulkner, Mallarmé, Céline, Frankétienne, Glissant... Tous omniphones par un langage ameuté dans une langue.

Le vieux guerrier me laisse entendre : ... l'emprise se fait individuelle dans la domination furtive. On a

294

chacun, indépendamment de son pays, de son peuple, une implication personnelle, solitaire, dans les réseaux qui nous sont offerts avec plus ou moins de densité selon l'endroit de connexion. D'où le désamorçage de la résistance collective : le mal-être est atomisé, et difficile à partager sur la table du réel... Il me fallait projeter ma résistance dans l'espace virtuel du rhizome... *(il rit)...* faire foule en bip électroniques... *(sa voix s'effiloche, siffle, puis revient comme frisson de feuilles jaunes)...* Mais entre l'imaginaire dominant et les imaginaires dominés, ce qui se passe n'est pas très simple. Une multitude de forces contraires s'activent de manière chaotique entre la soumission et la résistance à cette domination. L'imaginaire dominant n'a pas la partie belle, et l'imaginaire dominé ne se voit pas ainsi laminé en bloc. L'alchimie est variable, avec des réactions individuelles et des précipités communs. Et comme ce n'est pas simple, ni évident, nombreux sont ceux qui nient le fait d'être dominés... Il me fallait le dire et le redire encore sous la spirale de mille facettes... *(il rit)...* C'était cela mon langage... *(un temps, sa voix se perd à l'horizon puis resurgit, dense comme un ciel de pluies)...* juste un mot, et je te laisse à ton histoire : dans certaines villes des Territoires dominants, j'ai compté plus de téléphones que dans la totalité de l'Afrique noire où j'ai traîné mes armes. Les moyens d'accès au rhizome déterminent désormais la capacité de « Développement » mais aussi l'étiage des libertés. L'Empire russe limitait les circuits téléphoniques dans l'empire, privilégiant l'armée et les organismes qui baillaient la parole officielle. Ce déficit en communications devient pour ces pays un handicap et un avantage : avantage, parce qu'ils échappent encore au brouillard de la domination furtive ; handicap, parce

que cela devient un obstacle à la démocratie, donc vec-
teur de domination silencieuse ou brutale... *(il rit, vent
dans feuilles)*... Pour nous en sortir, il nous faudra
rouler cela comme des dés. — *Inventaire d'une mélancolie.*

Mes rêves allaient ainsi : vivre une langue, la vivre
à fond et la défendre, mais la défendre dans le désir-
omniphone. C'est pourquoi le *Lieu,* qui n'est ni
Nation ni Territoire, ne peut être que d'un savou-
reux naturel multilingue. Et c'est pourquoi il est
d'abord la projection d'une poésie. Aujourd'hui,
sous les nouvelles dominations, l'abandon d'une
langue maternelle pour une langue élue profite à
deux-trois langues occidentales dominantes. Ce
phénomène aggrave les effets désastreux des refuges
monolingues. Ce rêve : dans un imaginaire autre,
les déplacements linguistiques devenus latéraux,
aléatoires et surprenants, loin des conductions dominatrices, selon la fièvre d'une poésie des relations. Une vitalité est à réenclencher dans le
sentiment en partage du Divers, âme vraie de la totalisation du monde. Vivre sa langue comme un
concert réalisé en soi. L'Écrire orienté là. Exhausser
ce Divers en partage — cette Diversalité — en valeur tutélaire, je veux dire : en point focal des charmes, des enchante-merveilles, des séductions.

Le vieux guerrier me laisse entendre : ... j'aime tes
accents de résistance juvénile et ton idée de séduction.
Elle est précieuse car j'ai vu des rebelles mêler leurs

haines régionales, leurs ambitions territoriales, leurs appétits d'empires, au vieil anti-occidentalisme. Je les ai vus actionner d'anciens mécanismes de guerre sainte et de croisade, d'antiques réflexes, de vieux conditionnements ethniques. Ma résistance se fera vigilante pour que ces fauves de sortie n'infectent pas mon élan... *(il lance à l'horizon des incantations incompréhensibles, puis sa voix se resserre)*... Le brouillard radioactif flottant, charrié par le rhizome, menace tout le monde d'appauvrissement, nous les dominés, mais aussi les anciens dominants... J'y vois une désertification électronique des imaginaires que seule une résistance neuve pourrait affronter... Nul ne se soumet absolument, et nul ne résiste parfaitement. Seule chose certaine : une dynamique de résultantes est enclenchée dans le monde. Et, d'homme en homme, de pays en pays, les résultantes demeurent inarrêtables mais surtout sans trajectoires envisageables. Nul ne peut dire ce que sera son pays, son peuple, sa terre, ou ses enfants dans la houle du rhizome, des dominations et des résistances... *(sa voix enfle, rieuse et cerf-volant)*... Nous pouvons en revanche augmenter notre conscience des mécanismes qui nous malmènent, et cultiver quelques principes et quelques attitudes... Il nous faut penser les nouvelles dominations, les inventorier, les décrire, exagérer leurs effets, s'aventurer dans leurs labyrinthes sans craindre d'être injuste, en être poétiquement familier pour qu'il leur soit moins facile de nous contraindre... *(il rit)*... C'est ce que j'appelle : mettre leurs graines au soleil !... — *Inventaire d'une mélancolie.*

Mettre leurs graines au soleil ! Ah, je t'entends, mon bougre...

Le vieux guerrier me laisse entendre : ... écoute encore, c'est important, pour toi qui parles de séduction : les dominations silencieuses ou furtives se font en apparente liberté. La résistance doit elle aussi se parer de mille libertés, de toutes ouvertures, tous accueils tolérants. Elle doit briser les portes, desceller les ferrements, dégonder les fenêtres, moissonner les cloisons. Toute politique culturelle maniant la résistance ouverte donnera à voir la diversité chatoyante des cultures et des visions du monde, valorisera l'assise de son propre « Lieu-naissant » (c'est ainsi que tu dis ?) en montrant ses échos dans les autres. Malheur aux rebelles qui se mettront en tête d'interdire, de réguler sous quotas, de se soustraire aux vents. Ils renverront la liberté vers le mauvais côté... *(un temps, puis sa voix tressaille, sifflante)*... Encore une précision pour que tu comprennes bien : la domination furtive est dommageable en ce qu'elle implique une réception passive (ou obscurcie), un auto-assujettissement à des valeurs en souveraine projection. Dans un monde relié par l'esprit colonial, modelé par l'idée impérialiste, la mise-sous-relations n'active que la mémoire reptilienne des origines (agressions, conquête, dominations...). On la retrouve intacte dans le rhizome qui lui offre un beau *système nerveux*. Mais les peuples qui s'y dérobent entrent en douce asphyxie. Ceux qui s'y abandonnent s'aliènent aux valeurs dominantes. Reste à imposer (en belle conscience divinatrice), une *mise-en-relations* où l'échange vrai s'opère. Un cortex qui refuse l'hégémonie, l'agression, la conquête ou la domination. Cortex que M. Césaire fait relever « du donner et du recevoir », et M. Glissant qui en a exprimé l'immense poétique, « du donner-avec »... *(il rit)*... Tu vois, j'ai quand même lu... — *Inventaire d'une mélancolie.*

Poétique du Guerrier — J'allais avec ma langue créole en moi, sa poétique, son rythme, ses spectacles, ses ravines culturelles. Analphabète, je la ré-apprenais, attentif aux circulations des paroles ordinaires. Elle me réinventait le pays et les gens sous des angles ignorés de la langue dominante. Bain-démarré visionnaire offert à mon langage. J'étais saisi par les arbres, les temps, les Traces-mémoires, notre mosaïque culturelle éprouvée au point d'ébullition des langues créole-française, bien au-delà des mots. La Négritude m'avait tétanisé comme une arme de combat ; la Créolité m'investissait comme l'assise prismatique d'une existence au monde.

> De Yourcenar : Du paragraphe, cueille les mots, et cueille encore, jusqu'à ce que la lumière lève sobre du dedans. — *Sentimenthèque.*

> De Glissant : Contre l'Unicité, l'Écrire comme un Lieu où les poétiques du Tout-monde se rencontrent et s'émeuvent. — *Sentimenthèque.*

Nous avions témoigné[1] de ces urgences qui, dans le Lieu-possible-Martinique, conditionnaient l'Écrire *(... la vision intérieure, l'acceptation de soi, la mise au jour des mémoires vraies...).* C'était dépeindre notre

---

1. *Éloge de la créolité,* Jean Bernabé, Patrick Chamoiseau, Raphaël Confiant, Éditions Gallimard et Presses Universitaires créoles, Paris, 1988.

sédition créatrice dans une Totalisation-pays enfin réactivée. Mais, au chevet de tant de ruines, le temps voué à l'Écrire semblait désengagement. Une tour d'ivoire. Les militants nous le reprochaient. Pourtant, chaque ouvrage publié représentait pour moi un *acte véritable*. Chaque livre constituait l'étape inachevée d'utiles explorations. Les thèmes s'imposaient, générés l'un de l'autre, chaque manuscrit déblayant d'autres traces, cascades des mûrissements. Autour de moi, les livres endormis s'éveillaient, s'endormaient, se réveillaient encore, au tournis des questions et des doutes. J'en étais conscient : la déflagration de l'œuvre d'art dispose d'un impact direct sur ceux qui la reçoivent — impact d'autant plus faste que l'œuvre prête son orbite à différents imaginaires. Cet impact lui confère un pouvoir potentiel — dont peut s'emparer une force aliénante, mais qui peut tout aussi bien soutenir un chant de liberté. L'Écrire peut ainsi désagréger une domination, aiguillonner de l'énergie courante dans un sursaut. Cela fondait un jeu d'alliance entre mon Écrire et ma résistance. Et ma place était là.

Le vieux guerrier me laisse entendre : ... toute résistance, quelle qu'en soit la place, est bonne !... *(il rit, puis sa voix se répand comme une onde)*... Il est vital pour tout pays du monde de bâtir sa liberté dans-et-par son inscription dans le rhizome, d'organiser dans son espace des connexions inouïes, intérieures-extérieures, et de s'épanouir dans ce cyberespace en expansion. Mais là, je vois une chance et un danger. Le danger, c'est que

mis-sous-relations (sous cartes, codes et sites) on re-
çoive de plein fouet la concentration de valeurs dominantes à laquelle nul ne peut résister sans l'intelligence
d'une *mise-en-relations*. La chance, c'est que le rhizome
démultiplie les potentialités de chacun et en offre de
nouvelles à tous. Transmuter toute mise-*sous*-relations
en une mise-*en*-relations : c'est aujourd'hui l'enjeu
que M. Glissant nous désigne... — *Inventaire d'une*
mélancolie.

La lutte contre les dominations d'à-présent peut
n'être pas spectaculaire. Le symbolique creuse ses
actes les plus profonds. Les houles psychiques, ses
assauts les plus larges. Je n'étais pas sûr de vaincre
(il n'y avait rien à vaincre), mais, dans le système
mortifère où mon pays s'était échoué, je veillais à
augmenter l'imprévisible — ce grand fourrier des
entropies. L'Écrire irradie dans son milieu ambiant.
Quelque chose, dans les dominations, est pressé,
modifié — et j'espère affaibli — en d'infimes variables dont l'extension est sans limite. Le *Cahier d'un*
retour au pays natal, lu par peu d'Antillais, boule-
versa ainsi (en positif et négatif) notre imaginaire
du Nègre, de l'Afrique ou du colonialisme. Bouleversé dans l'obscur comme la Parole fondatrice du
Conteur, j'allais de Quatre-chemins en Quatre-
chemins. Les ouvrages de Fanon répercutaient d'inépuisables échos, Glissant m'habitait et, d'année en
année, prenait des amplitudes. Ses cohérences
insoupçonnées révélaient leurs vertus, ses « visions
prophétiques du passé » abreuvaient mes errances,

ses divinations ouvraient à de possibles rebonds et aux éveils de nombreux livres.

Ô livres, vieux-bougres compères !

Ces poèmes qui obsèdent. Cette phrase obscure, effilée dans une mémoire qui se ranime. Ce mot geyser. Cette beauté d'une tournure levée pleine-lune dans votre nuit. Ces ouvrages qui vous rassurent par leurs couleurs fanées. Ces auteurs qui se rapprochent — en vous venus du monde, en dedans ces souffles de là-bas — et que l'on devine dans leur plus essentiel, *ce murmure.* Le monde me revenait par eux, dépouillé de ses topographies closes en langues, races, nations, éjecté des mesures, livré dans un ban de réel disparate mer terre eau glace feu désert jungles chairs roches..., un ensemble grandiose. *Je n'étais pas seul ! Je n'étais pas seul !...* Les Maîtres de l'imaginaire contre la domination par l'imaginaire ! Bien sûr, les pétitions, les marches, les gardes-du-corps, les villes-refuges, les Parlements d'écrivains s'imposaient contre les vestiges de dominations brutales, mais — sans l'hérésie du symbolique, la mobilisation des signes renversants, le grand souffle qui alliance ce qui est dissocié — tout cela n'avait aucune portée. Je n'étais plus seulement un « Marqueur de paroles », ni même un combattant : je devenais *Guerrier,* avec ce que ce mot charge de concorde pacifique entre les impossibles, de gestes résolus et d'interrogation, de rires qui doutent et d'ironie rituelle, d'ossature et de fluidités, de lucidités et de croyances, d'un vouloir de chair tendre

302

contre le formol des momies satisfaites. Guerrier de l'imaginaire.

> Le vieux guerrier me laisse entendre : ... ooooh, tu m'amuses, tu m'amuses ! Toi, Guerrier !.. *(il rit, siffle, rit encore, puis sa voix se rassemble, argile rêche)*... Écoute-moi plutôt : la colonisation a, en fait, précipité les peuples face à la question du Monde-Relié. Cet Autre colonial brutal, qui n'est pas de mon monde, qui n'en respecte aucune règle et qui les nie toutes, me précipite comme une feuille arrachée (mon peuple, mais surtout « moi » éjecté du « nous ») dans le vent levant du Monde-Relié... Ainsi colonisés, sommes-nous (sans doute plus que d'autres) mieux préparés aux bouleversants effondrements du monde qui fait Monde... *(un temps, sa voix se rapproche, pleine et sourde)*... La tribu d'Internet est aujourd'hui menacée dans ses folles libertés. Elle résiste comme elle peut avec ses Hackers et ses Cyberpunks, et tente de créer une savane de libertés inviolables par les forces étatiques et furtives. Ces Internautes, millions de par le monde, sont affublés des oripeaux, des gris-gris, des peintures, des danses et des postures de guerre de tous les peuples du monde... Divers en résistance pour quelque temps encore ! Il faut soutenir ces barbares, mon cher petit Guerrier. Ligne commune contre une menace commune ! Courbe de déviances offertes aux mutations ! Exultation du désordre-marginal dans l'avancée la plus extrême d'un ordre !... *(il glousse, moqueur)*... Mais explique-moi un peu mieux ton affaire de « Guerrier »... — *Inventaire d'une mélancolie.*

Les dominations nouvelles plongent les imaginaires dans une nasse invisible. Agression sans attaque.

Conquête indiscernable. Né de notre Culture — j'appelle ainsi nos réactions-productions-émotions dans l'aléa de l'existant —, l'imaginaire devient maître de nos rapports au monde, lesquels le produisent à leur tour. C'est une autorité immanente, collective-individuelle, individuelle-collective, qui conditionne l'être, détermine l'inconscient, organise le conscient, régente la frange haute du conscient où se tiennent le Vrai, le Juste, le Beau, le vouloir-être, le vouloir-faire... Avec l'imaginaire, nous voyons le réel, nous le comprenons, nous en évaluons les plis et les inconnaissables pour une lecture qu'accepte son filtre. Ce filtre — une fois dominé (reprofilé à l'issue d'influences insidieuses) — nous peint une autre réalité, de nouveaux charmes, d'autres séductions, une autre beauté, poinçonne des éclairages dans les ombres initiales, et couvre d'ombres des évidences... notamment celles de la domination. Il préserve en nous le sentiment d'avoir choisi en accord avec l'intime de soi, et nous laisse en apparence la sensation de liberté. Il génère actes, croyances, discours qui le renforcent. Ainsi, l'économiste assisté-dépendant fournira l'apologie économique de l'assistanat-dépendance avec la certitude d'émettre une pensée. L'agriculteur, l'intellectuel, le politicien, l'homme d'entreprise, l'artiste... feront de même dans leur zone d'influence. Un réalisme dominé s'installera, prédateur de tout autre possible, et traitant l'alternative en utopie malsaine : ainsi sont raillés les indépendantistes en ces pays soumis. Cet imaginaire dominé demeure indestructible. Il n'a pas de murs. Pas de tourelles, d'armées ou de projectiles. Il n'apparaît nulle part et s'active dans tout. Les produits qu'il génère comme œuvres de l'esprit ou comme vision du monde sont jugés par lui-même, et s'inscrivent de toute manière dans l'ornière qu'il imprime.

L'imprévu c'est que, là aussi, surgissent des marronnages.

Des virus de vie, déviants, rétro-rebelles, poètes-en-marge, artistes-frappés, qui même sans perception de la contrainte, déraillent, se déportent, ruent driveurs, en opposants irréductibles, en agressifs sans but, rêveurs sans idéal. Menant les batailles d'une guerre qu'ils ignorent.

Je les ai vus. Je les ai fréquentés.

J'ai bu aux punchs amers de leurs petits désastres.

Flottant sur ce chaos génésique, je pouvais maintenant concevoir un Guerrier de l'imaginaire. À peine mieux lucide, mais lucide sur le mirage de sa lucidité. Lui, au détour d'un hasard, devine le champ de bataille. Il se projette cette guerre sur l'écran d'une folie qui se sait, dans le clair-obscur d'une scène où il joue des postures contredisant les rôles qui lui sont assignés. Il se doit travailleur sur lui-même, affecteur, infecteur, gratteur des failles, effriteur de murailles, refuseur de conforme, dérouteur de facile, jeteur des germes qui font les oasis, semeur des graines sans dates sur la table des prophètes, déclineur d'évidence, plongeur en toutes virtualités, louangeur d'inconnaissable, pareur aux certitudes. Il doit douter-s'abandonner et programmer de fins irréalismes dans les conditionnements. Ainsi, des ovules d'ombres déferont les premières, des levains de lumières feront étoiles au chaud des grands soleils, une diastase céleste s'imprimera sur le filtre, projetée par les big-bang du rêve. Guerrier de l'imaginaire, tu ne sauras point quand tu auras « libéré » ton esprit du filtre dominateur, ni changé l'arc-en-ciel de l'éther qui t'anime, *tu mourras en position,* papa des vigilances qui sauront se méfier de ta propre vigilance pour — hérésie continuelle — inventer l'autre ciel, en continu, sans happy-end et sans morale de fable.

Le vieux guerrier me laisse entendre : ... bien, bien, je me reconnais là !... *(il murmure un chant de guerre amazonien, puis sa voix se rapproche, cuivrée)...* Dans l'Électro-monde, les références et les liens d'allégeance seront pulsatiles et démultipliés. On s'identifiera à son reste de Nation, à son clan, à son ensemble religieux, à sa race, à ses clients, à son Centre-partenaire, à sa tribu cybernétique... On sera soumis à tel ou tel groupe de Centres-serveurs... le tout selon des modalités variables et flottantes. Le problème sera de conserver intactes (dans cette expansion tournoyante de la conscience de soi) sa force de création, sa vitalité, sa capacité à cultiver une intime différence prise dans un mouvement qui la change à chaque instant... *(sa voix se fait moqueuse, tourbillonnante)...* Déverser dans le rhizome les éclats de nos différences, la promotion des femmes, le respect des langues, des cultures, des traditions, des accents singuliers, la citoyenneté participative à un

ensemble-monde, l'écologie des différences reliées, la
solidarité des humanités, les flux de science entre-
experts et non-experts, la nourriture de toute spécialité par une transversale diversité, le lien fécondateur...
(cri de chasseur)... hérétiques toujours ! — *Inventaire
d'une mélancolie.*

Guerrier, c'est avancer dans l'obscur. Dérouter les
zones hautes de l'esprit pour confier l'Écrire aux
décisions plus folles, bien plus intelligentes dans le
commerce des indicibles. Ramener l'ambigu du
réel dans *l'ouverture* du texte, le complexe de chaque
phrase propice à moult éveils. Toucher aux perceptions, choquer, zébrure du rire, surprise, hypnose
d'une musique, plongée aux opacités brusques, imagination déferraillée, tracassée, débondée hors-cou-
tumes sur des zones-frontières..., pour que se produise
un événement propre à chacun des lecteurs. Dans
cette liesse, qui voit clair et qui voit en aveugle, la
psyché haute — bien que participante — se voit
un peu exclue. C'est liberté.

De Glissant : Mène ton Lieu au monde, et le
monde à ton Lieu, et chaque Lieu à chaque
Lieu, écris dans cette circulation ; du Lieu au
Tout-monde, du Tout-monde au Lieu, c'est
héler Relation. — *Sentimenthèque.*

D'André Frénaud : Contre l'« inhabileté fatale »,
le geste lyrique qui lie les hommes, la poésie-
maîtresse... — *Sentimenthèque.*

Aller, Guerrier, avec ces livres éveillés près de soi. À la fois exalté et accablé par ce tout déjà écrit et déjà dit. Les puissances littéraires se sont bien exercées. Aller en grande humilité. Mais prendre intime mesure du besoin de l'Écrire, d'aborder la question de ses blessures et de sa présence au monde. L'Écrire n'est pas certitude, mais découverte. Il habite les lectures, en prélève les frissons dans une chair, les envols dans les voûtes d'un esprit. Il s'émeut du réel. Ne tente pas l'achèvement. Le Conteur créole orientait ses contes au gré des sauts et des silences. Sa Parole semblait une branche sensitive, chercheuse et avaleuse. Une mise-en-alerte l'éveillait et réveillait autour de lui. Il avait besoin d'autres Conteurs autour de sa Parole. Besoin qu'ils bordent le cercle d'une menace et d'un soutien. Lui, seul au cœur du cercle qui le guette et le jauge. Leur Parole promise à la sienne, et la sienne se nourrissant de la leur qui l'inquiète. Leurs mémoires se déclenchant l'une l'autre en une boucle infinie, animée de l'alerte et de l'humilité. Toute la nuit, en rivalité solidaire. Guerrier, de cette manière, démultiplie l'Écrire.

De Branislav Nusic : Laisser de riches cendres à ceux qui germeront de nous. — *Sentimen-thèque.*

De Vincent Placoly : Contre l'oubli, *une odeur de camphre, parfum de toutes détresses,* et la consumation dans l'impossible à dire, le langage empêché à l'interstice de deux époques. — *Sentimenthèque.*

D'Alain Finkielkraut : Le passage, toujours inaccompli, « de l'ostentation à la fidélité »... — *Sentimenthèque.*

Guerrier, c'est grande sensibilité aux choses de l'existence. Ne pas comprendre mais percevoir. Craindre les militances, les dogmes, les doctrines... Border l'inexprimable. Chanter vers l'indicible. S'habituer de l'opaque. Saisir les faits humains comme flux d'information complexe. Pas un travail d'enquête, d'ethnologie, de linguistique, d'histoire, ni un feu poétique — mais tout cela en même temps sans être somme de tout cela. Un exercice de connaissance. Une onde mentale qui éclabousse l'imaginé de la totalisation du monde avec les forces d'un Lieu. Cueillir en chercheur d'or le substrat qui en flue, et qui relève des hommes, et qui monte de ta nuit. Cogné sur l'existant, tu t'abandonnes, Guerrier, mené par le Divers, et tu vas aux extrêmes.
Le Lieu en horizon ouvert.
Et cet horizon ouvert m'initiait à un monde dont les rigidités s'étaient effondrées (ou bien désaccordées) comme ces murs, ces identités, ces territoires et ces frontières qui, dans mes premiers âges, tenaient lieu de fourreaux à de raides certitudes.

Le vieux guerrier me laisse entendre : ... ah, fils, je t'entends, tu me rejoins enfin !... *(il rit, puis s'éclaircit la gorge)*... Des peuples vont recevoir du rhizome des stimulations inouïes (presque semblables en violence aux chocs coloniaux) qui vont dissiper leur environnement culturel, naturel, historique, traditionnel. Nos résistances devront, pas seulement les penser (peine perdue), mais cultiver le sentiment même des mutations hasardeuses et brutales à venir... Résistances qui préfigurent et qui devinent, bien familières des sols fluides, des réalités fragiles, des mirages où l'erreur désaltère... Garder ce cap chercheur, mon fils, sans nord et sans boussole, et aller aller aller... *(il souffle bruyamment)*... Les traditions orales peuvent trouver un étonnant support dans le cyberespace. Imagine ces Griots ou ces Conteurs créoles, ces langues oubliées, dominées, écrasées, ces imaginaires de la marge qui peuvent maintenant y circuler, qui pourraient faire entendre leurs sonorités à l'autre bout du monde... *(il bougonne dans une langue inconnue dans laquelle sa voix change)*... Parler, il faut parler maintenant et investir leurs codes du chant obscur des langues !... — *Inventaire d'une mélancolie.*

DANS LA PIERRE-MONDE — L'œil sur la scène des mutations du monde, j'en sondais le chaos : mille connexions de toutes natures ; des marées de rencontres et des chocs ; des emprises et des mélanges bouillons ; des invariants mobiles ; des concrétions et des accords insaisissables ; le partage d'une culture techno-économique ; la fluidité des zones de contacts et d'accès ; l'effet-rabot d'un champ commun sur les esprits offerts ; l'imparable diffusion de valeurs dominantes ; le standard et l'uniforme dans les possibles de la totalisation du monde ; les zones de partage où règnent les marchands, manieurs des signes et des symboles ; l'étalement des puissants sur les richesses terriennes, se jouant des temps et des distances ; les peuples tout à la fois *nommés et menacés* ; les diversités, *réveillées-affectées* ; chaque individu *libéré et contraint, amplifié et réduit* ; la Diversité elle-même *pleine de tendances à l'Unicité*, et l'Unicité, *tremblante à tout moment des intendances de son Divers...*

Je devinais ce chaudron fabuleux dans lequel l'Unité mêlait ces forces antagonistes...

Tout était envisageable, tout le temps et dans n'importe quel sens. *Le fluide fantastique du Tout-possible s'imposant à l'esprit.* Nous étions tiraillés par des bancs de contraires organisés entre eux sur l'étrange trame du Monde-Relié et de la conscience claire-obscure que nous en avions. Crucifiés toujours. Écartelés vraiment. Réagissant aux pentes. Nous raidissant contre les poussées. Nous laissant déporter par de coupables ivresses dans un angle ou un autre, selon les pulses de notre mental. Cette verve du monde, sitôt perçue, se découvrait indéchiffrable en moi, créole américain, fils des diversités. Et je la surprenais aussi dans mon esprit, cette pauvre raison émue, cette conscience à éclipses, conjonctive de ses entrelacs sombres.

Le vieux guerrier me laisse entendre : ... les États risquent de laisser place aux puissances immatérielles régnant sur le rhizome. Les Territoires peuvent voir s'atténuer leur potentiel de pouvoirs, et s'ouvrir à l'émergence des Lieux. Ils peuvent aussi, dans un retour de préhistoire brutale, devenir des Terræ incognitæ à l'écart du rhizome, des zones de nuit où nul dominant n'ira surfer mais d'où pourront naître des émergences inouïes. Le Centre diffus risque de subir, de temps à autre, une éclipse sous le rayonnement d'un nodule quelconque des médias, de la finance, de la guerre, de la publicité, ou du médicament... ; certains États, pris de folie, risquent de tenter et de réussir de nouveaux empires-territoires... *(il soupire et rit silencieusement)*... Ô pitite, on peut tout imaginer : *le Monde-Relié est aujourd'hui sans horoscope !*... *(il s'anime, dents serrées, sa voix fait geyser)*... Mais cette imprévisibilité nous autorise à *le penser accessible aux effets de notre résistance !*... L'incertain apprivoisé porte un beau grain d'espoir, il aiguise la patience !... *(un temps, puis sa voix tombe caverneuse)*... Le monde actuel peut être vu comme une croix que chacun porte en lui, écartelé. À la verticale : nous sommes distendus entre la poussée autonomisante vers plus de conscience individuelle et le besoin collectif organique de rester noué au monde tel que l'avait imaginé la mystique traditionnelle. À l'horizontale : nous sommes distendus entre la poussée unificatrice de la domination furtive et le besoin des différences que doit flatter la résistance. Au mitan de cette croix, flotte la résultante dynamique, incertaine, provisoire, inatteignable, de cet écartèlement. Et dans « résultante », il faut mettre : opposition union, conciliation répulsion, raison émotion, conjungo des contraires... : le sacré bouillon des alchimistes que notre résistance essaie de concocter... Dans les espaces déterminés par cette croix de forces, nos humanités positionnent leurs équilibres. L'Occident, je le vois, là, dans le triangle haut de la croix, quelque part dans les remous de l'Unicité et de l'Individuation... On pourrait ainsi positionner toutes les humanités... — *Inventaire d'une mélancolie.*

Ces éclats du monde formaient un organique, tissé en discordances. Une Unité troublée d'unicité, là où l'extrême du Divers tendait à une réalité grandiose qui menaçait elle-même ses équilibres. Un Total loin des stabilités à tendances closes du Tout et de la Totalité. Ce que les alchimistes, ces sorciers du complexe, gourmands de tout inatteignable, auraient appelé : une Pierre.

La Pierre-Monde.

Pierre, car au-delà du possible des représentations humaines.

Pierre, car déjà là et encore à construire.

Pierre, car fluide et incertaine et de haute densité.

Pierre, car en nous et tout autour de nous, en vouloir et matière.

Pierre, car d'ombre et de lumière, de conscient et d'inconscient, du chaos des contraires dans l'Unité pour nous inconcevable.

Pierre, car de conscience poussée jusqu'à l'intelligence d'une matière primordiale.

Mon esprit tentait une perception ouverte de cet étrange total. Le sentiment actif des différences et des *impénétrables* maintenait en moi l'ouverture du

Divers. Une harmonie née des disharmonies, une mesure hors mesures, un flux d'éclats diffus. Les langues, les littératures, les oralitures, les chants poétiques, ballades, romances, proverbes, complaintes, comptines et devinettes, mes contes de fées, mes mythes intimes et mes histoires obscures... mon vieux *Kalevala,* le *Chant de Bagauda,* l'*izibongo* bantou, les *hamasa* touffues de Turquie, l'*Iliade,* l'*Odyssée,* les *bylines* russes, le *Mahabharata,* le *Heiké,* le cri épique des *Gonja* du Ghana, la geste de *Ti-Jean l'Horizon,* le *Soundiata* mandingue, le *Ge-sar* tibétain, le *Livre des morts...* je précipitais ces inépuisables compagnons là-dedans, éveillant mes livres et mes auteurs à cette houle émotive. J'avais élu le Divers en prisme de ma vision, en émotion de contacts, en exigence aussi. Cela s'accordait bien aux résultantes évolutives dans lesquelles je devais exister. Mon titre vaniteux de Guerrier en avivait des échos intérieurs et s'ouvrait à ce monde deviné. Plus que jamais, happé par cette trame incertaine, en conscience des forces contraires et des possibles paradoxaux, se laisser aller aux estimes d'une Pierre-Monde. Guerrier, parce que tenant dans ce désordre, la barre du frêle esquif d'un imaginaire autre, d'une pensée insoucieuse des systèmes. Guerrier, non dans le courage d'en risquer l'aventure, mais dans l'envie inépuisée d'en surprendre la beauté.

Le vieux guerrier me laisse entendre : ... en résistance ouverte, on active sa propre lumière et on y accueille la lumière de l'Occident comme celles de la diversité

314

du monde. La résistance ouverte n'est envisageable qu'en conscience pleine des horlogeries de la domination silencieuse ou furtive. Les mettre à découvert, graines au soleil, est l'acte fondateur de la mise-*en*-relations... *(un temps, puis sa voix revient en douceur)*... La mise-sous-relations est verticale. Le rhizome y devient un flux brutal à sens quasi unique. La mise-*en*-relations, elle, est irradiante : elle actionne en conscience une interaction positive avec chacune des diversités du Monde-Relié, ces dernières t'enrichissent et tu les enrichis. Tu mesures cette distance ? Christophe Colomb inaugura la mise-sous-relations. L'autre, la mise-*en*-relations (presque une chimère) est notre devoir d'à-présent. Elle est une élévation de conscience partagée du Monde-Relié... *(sa voix se fait prophétique, terreuse, granitique)*... Là, entamer le donner-recevoir, le grand *donner-avec,* le circulant concert brisant, à travers le rhizome, le champ clos des territoires, des langues-fauves et des identités anciennes... — *Inventaire d'une mélancolie.*

Unique certitude : tout pouvait désormais être connecté à tout, à tout moment, n'importe comment. Tout noué et dénoué et renoué sous multidimension, hétérogène, dispersant des ondes, des flux, des contacts, des dépassements, des retours en arrière, des bascules et des élévations, houles sans cesse proliférantes, se modifiant sans fin autour des invariances. Ce chaos, en irruption dans chaque endroit du monde, se confronte à l'Écrire, car il déporte les blessures, les amplifie ou les dissimule. Il modifie les langues et les visions. Éjecte les individus de leurs

315

vieilles traditions ou les y enfonce. Cogne les socles familiaux et les assises communautaires. *Le Possible libérateur et terrifiant duquel le Lieu peut émerger.* Sensibilités touchées. Connaissances ébranlées. Et il ajoute aux dominations locales attardées une domination devenue invisible. L'Écrire regarde, et se voit regardé, par un briseur de regard. Une grande Geste me semblait à nouveau envisageable : le chant narratif neuf (riche de toutes les épopées) fondateur du Lieu dans le total du monde.

Le vieux guerrier me laisse entendre : ... dans cette espèce de monde on n'est plus ici ou là-bas, dedans ou dehors. Le cyberespace projette partout en même temps et dans tous les sens... *(il rit)*... Une réalité qui doit aujourd'hui tramer les rêves des plasticiens... Maintenant, il nous anime vraiment ce Monde-Relié que nous imaginions !... Il faut enfiler ce gant de saisie qu'offre le rhizome, profiter de cette pagaille des repères ancestraux, affronter le vertige de ce vide-plein tourbillonnant, et nous inventer d'autres respirations dessous les forces standardisantes... *(un temps, puis sa voix tourne comme un alizé frais)* nos résistances devront être les dynamiques structurantes d'un Monde dont le devenir est sans annonce possible, je veux dire non inscriptible dans un modèle, un scénario, une transparence, une croissance mathématique, une prévision scientifique, un système... *(un temps, il soupire, puis sa voix se rapproche, souffle d'amande complice)*... Il faut éviter de nommer ta liberté, ta résistance, avec aigreur totalitaire, comme si tu voulais réinstituer une des anciennes dominations. Avance en calme. Sans fanatisme. En résistance ouverte, fils. — *Inventaire d'une mélancolie.*

L'Écrire pouvait manier ici une mise-en-alerte : ce paradoxe des diversités accessibles aux vouloirs et leur homogénéisation possible. Ce cachot dans l'ouverture. Cette chute liée à l'élan. L'Écrire pouvait élever ce risque en émotion. Conserver la saveur du Divers demande lumière tissée dans l'ombre, partage et distance, de la mise-à-portée et du maintien inexplorable. La connivence pouvait initier aux altérités brusques. Les distances augmenter les accords. Les glossaires pouvaient s'abandonner ou se voir détournés des poses de transparence. Les dialogues s'asphyxier sur l'impossible à dire. Les chapitres se défaire sous les rythmes et les cercles. Longer des abîmes où le Récit explose. Tenir tête aux vertiges où les genres se mélangent. Ameuter les tirets. Faire exploser le Temps. Construire les histoires dans le désir-imaginant de toutes histoires possibles. Installer l'Unité dans le désordre de la structure. Je dis ce Roman-monde où la Merveille connaît les mythes, les légendes, l'étrange, le fantastique, les voltes imprévisibles ; où l'Incertain déploie des échos et miroirs, des reflets de réel, des vérités roulées au gré des personnages, des niveaux de possibles et des tremblées du vraisemblable ; où la Créolisation estompe le héros dans la nouée des histoires, des races, des langues et des cultures ; où le Sacré s'émeut de tous sacrés connus en pagailles chatoyantes qui ameutent les fatwa ; où les voix s'emmêlent polyphoniques pour mieux prendre convergences ; où l'Amour est diaprure érotique libertine romantique jusqu'aux suprêmes fraternités ; où les littératures des peuples sont appelées en reflets, dialogues, allusions et connivences dans un jeu nitescent... Les diversités emportées dans l'Arche d'un vouloir amniotique, chacune exprimant son processus différencié, son scintillement irréductible et louangé dans l'échange et l'indéterminé. Mener joie de l'Écrire aux bouleverses de cette trame dont le *toujours-recommençant* devient une poétique de connaissance, sans dogme ni loi. Ainsi, les grands livres endormis dont chaque éveil au chevet d'un lecteur est un re-commencement, et dont l'unité toujours devinable (l'impérieuse cohérence) devient, en fait, un champ très achevé de *déclenchements* inépuisables.

> De Maurice Carême : La charmante inscription dans le Lieu, en clarté et chantantes merveilles... — *Sentimenthèque.*

> Des *hain teny* malgaches : Contre les fureurs, nommer la poésie d'amour en va-et-vient subtils, scintillante de mots-pouvoirs, et de proverbes-miroirs, et de mémoires sacrées, et d'un tramé de sens obscurs qui déroute à jamais toutes les traductions et qui les autorise autant... — *Sentimenthèque.*

Guerrier, parce que prompt aux rires, aux jeux, aux innocences, donné parmi les siens, apte aux émerveilles, en vertige toujours d'un abîme et d'un doute, en croyance et distance, exposé aux flambées des mutants, installé-déplacé, en retenue et sans limites, en à-plat et perspective, puissant dans l'émoi de l'abandon et le haut gel de la maîtrise. Guerrier, parce que compagnon de sa mort, en train de naître toujours et orienté vers l'intense de la Vie, et jamais retenu par le treillis de ses racines.

> De Proust : Le déport au climat d'une infime sensation, d'une nuée d'affects fragiles... ; capte le Temps-allant avec des temps recomposés, deux, trois rituels, l'éternité de quelques extases — le Temps, grandiose alors, s'offre aux complexités neuves. Vision. Beauté des captations seules... et beaux sillages de vérités... — *Sentimenthèque.*

Chaque jour, répéter ce vouloir de Guerrier. En faire un bégaiement de mon esprit. Le dire en toutes manières, le reprendre sous d'autres angles, l'accumuler comme la spirale réinvente ses retours. Et surtout le rêver. Le plus simple pour moi, c'est de rêver. Rêver offre le sens du Tout et l'appétit de l'élément. Cet archipel fluide m'anime par-delà ma conscience. Lors de mon retour au pays, le Nord m'avait ému. J'ai eu ce chant[1] à propos de *La Trace* et de son paysage : un filet d'asphalte (la route) qui tortillonne à travers les grands bois, épousant une ancienne trace jésuite. Ces bois-là sont troublants pour l'Écrire.

1. In *Martinique,* Éditions Hoa-Qui, Paris, 1989.

Les grands arbres posent les points d'ancrage. Ils pointent vers la lumière du ciel, patients, avec des orgueils d'immortels. On les devine amis du soleil, fils de l'eau. Autour d'eux, c'est le bankoulélé des lianes torsadées, des fougères arborescentes, des troncs grêles, des écorces marquetées, des racines échassières immobilisées dans une veille éternelle. Des feuilles. Des feuilles. Un désordre de feuilles jamais identiques. Le tout couvert de mousses, de décompositions noires. Là, nul arbre n'est égoïste. Chacun porte et transporte, sert d'échelle et de terreau à une autre forêt, une solidarité protéiforme nouée impénétrable. Un raz de marée de verts, de lumières et d'ombres, habité de sauvages d'orchidées, des petites coiffes d'ananas-bois, de ces nattes de jeunes filles vierges que font les ailes-à-mouches, des bouquets offerts (don certain des zombis invisibles) par les siguines rouges. Les bois-canons balisent de leurs grandes feuilles l'ombre des bénitiers. Les squelettes du bois-côtelettes comblent les trouées. Les larges oreilles du chou-caraïbe écoutent on ne sait quoi, plus attentives que des maquerelles. Pénétrer là, c'est percer une enveloppe chaude, humide, obscure, odorante de vie pourrie et de vie neuve, de morts anciennes et de morts à venir, de remugle d'éternités. On est englouti dans le glauque d'une dame-jeanne. On semble traverser une communauté d'existences inconnues. Le soleil y parvient comme une lumière arachnéenne, qui tombe en fils, en cordes, lourdes comme les amarres d'un bateau suspendu.

Tout ici est de l'eau. Il n'y a pas d'air mais un humide vitré. Pas de végétation mais des geysers saisis au vol par d'inconnus quimbois. On foule une frontière incertaine entre la veille et l'hypnose, entre l'ombre et le clair, entre la mort et la vie. L'humus sous le pied n'offre aucune certitude, rien qu'une dérobade spongieuse, une succion. On est vite trempé, comme si chaque feuille se liquéfiait sur votre peau. Pas un animal. Au loin, toujours la sifflée du serpent. Danger diffus partout. S'immobiliser, c'est tomber dans un silence qui bat comme un tocsin. Accélérer, c'est s'engloutir jusqu'à l'impasse : cela se referme dans votre dos sans s'écarter devant. Et le ciel au-dessus est défait en des points d'un bleu fixe...

Ô ce défi !... L'Écrire ainsi, en paysage deviné par le rêve. L'Écrire ainsi.

> De Yeats : Le tumulte intérieur comme une aile précieuse... et l'infinie mémoire du symbole, son émotion aussi. — *Sentimenthèque.*

> De Joyce : Ni dedans ni dehors, ni bien ni mal, ni conscient ni inconscient, ni haut ni bas, ni harmonie ni désordre... — l'appétit du total-monde en son chaos vital. — *Sentimenthèque.*

(Segalen voulait instituer, auprès de l'*état de Connaissance,* un *état de Clairvoyance,* non nihiliste et destructeur. Additionne-les, Guerrier.)

De Montesquieu : Contre l'Unicité, affecter le Politique aux équilibres intérieurs et extérieurs de nos diversités, le devoir du citoyen courbé sous le devoir de l'Homme... — *Sentimenthèque.*

De Gracq : Le Lieu-frontière, toujours, hors paysage, et le rêve sans paupières (en émotion)... — *Sentimenthèque.*

Ce que nous affrontons est global mais s'exerce en des points singuliers. Mais chaque pays nôtre, instruit de sa diversité et en chemin vers une idée du Lieu, ouvre à la Pierre-Monde. Cette dernière se reflète dans l'emmêlement des Lieux-imaginés du monde. Défendre l'idée du Lieu-naissant (ni meilleur, ni exportable) s'inscrit dans le désir-imaginant de cet ensemble. Admettre la perte d'un Lieu-naissant est comme souscrire aux avortées de tous. La mise-en-alerte dans un Lieu-naissant permet d'envisager les autres Lieux sans universel vide. La Pierre-Monde ne se devine qu'au plein d'un Lieu conscient de lui-même et qui lustre ses principes comme des valeurs sacrées. Ce Lieu en constant devenir fonctionne alors comme ces enveloppes mentales qui délimitent mais se révèlent capteuses des substances du dehors. Qui cernent et qui relient. Qui densifient et qui étalent. Qui construisent et qui acceptent les risques du pollen. C'est pourquoi le Guerrier ne flotte pas. Il a récusé le bond hégémonique. Il ne goûte pas aux conquêtes, aux élections de Centres, aux moulages de modèles, aux mises en transparence. Il est au monde. Total. Berger des Lieux en germe au mitan de son Lieu.

> Le vieux guerrier me laisse entendre : ... le rhizome offre des accroches (cartes électroniques, antennes paraboliques, émetteurs, satellites, câbles, Minitel, fax, visio-fax, modems, multimédias...). En ayant conscience de ses processus, en maîtrisant ces machines, on peut imprimer dans ces flux les principes d'une relation vraie, gourmande de différences, d'échanges démesurés, étrangère aux dominations. Et pour ce faire, il faut moins de puissance financière que d'imagination libre, moins d'hypertrophie économique que d'hérésie joyeuse... *(il rit, exulte)...* J'entends venir ces artistes-monde qui sauront humaniser le rhizome-de-réseaux, d'errances-flash et de déflagrations !... *(un temps, puis sa voix se concrétise, venant de loin, terrible)...* La nervure des dominations brutales, silencieuses ou furtives est l'Unicité, le Même en extension. L'hérésie symbolique leur insufflera le maelström des différences, les joyeuses surrections de l'imaginaire... ! — *Inventaire d'une mélancolie.*

L'unique voie d'accès à l'idée d'une Pierre-Monde passe, pour la plupart des peuples, par le goulot occidental, ses réseaux, ses techniques, son commerce, ses langues... On s'y abandonne ou on s'y refuse. S'y abandonner, c'est n'atteindre que les valeurs dominantes du monde : c'est ne pas être au monde. S'y refuser revient au même car on s'écarte des flux. Pour le Guerrier, sa culture, sa langue, son imaginaire sont des pôles d'alerte. Par cette mise-en-alerte, le Lieu-naissant s'affirme tel, et s'invente soudain (dans son désir-imaginant de tous les Lieux possibles) des passages inattendus, des trouées, des abîmes, des hampes de ciels braisés, des accès inclassables aux jeux de la Pierre-Monde — cette démesure. Règle ton Écrire sur cette tension-là.

> Le vieux guerrier me laisse entendre : ... au mot « Développement », fils, il vaut mieux préférer celui, plus endogène, non vertical, d'*épanouissement*... C'est déjà un écart. Qui met en interrelation tes dynamiques internes et les forces agissantes externes, et qui ne te hisse pas vers un modèle, mais tend à te réaliser selon des lois intimes... *(un temps, il soupire)*... Le rhizome a tout transformé... *(il soupire encore, acajou pâle)*... Dans l'épanouissement ce ne sont plus la terre, les espaces, les matières premières, les forces industrielles mises en chaîne, les stocks, les capitaux qui feront la richesse d'un pays ; mais sa capacité à intégrer l'information de manière innovante, à vivre le non-équilibre, à s'assouplir aux différences, à muter, à exister au Monde-Relié... *(sa voix se rapproche, orchidée d'ombre)*... Frissonne désormais à notre portée, le vertige non écrit de cet épanouissement... — *Inventaire d'une mélancolie.*

Je pouvais désormais appeler dominé : ce qui bat stérile aux geôles du mimétisme, dans le refus intégriste et obscur, ou dans l'accord béat aux abondances qui tuent. Ce qui devient un jouet quasi inerte de la Pierre-Monde, donc n'y participe pas. Contraire de ce qui, fécondé, souverain et actif, embellit dans le sentiment sacré du Divers, du différent, de l'incertain, de l'Unité sans nombre. Ce sentiment manié en liant et en rempart, et comme écran sensible où peut s'éclabousser l'impossible Pierre-Monde.

Le vieux guerrier me laisse entendre : ... aucune solidarité institutionnelle ne compensera la perte des solidarités naturelles. La solidarité institutionnelle doit être l'animatrice des solidarités naturelles. Le rhizome doit se trouver une âme dans le respect des différences. Notre résistance par l'imaginaire sera une puissance d'impulsions diverses, dans tous les domaines. Ces impulsions relèveront d'un imaginaire qui élira en nousmêmes le chaos des langues, des cultures, des spiritualités, des visions du monde, tous relativisés par leurs propres concerts. Par cet imaginaire de combat on échappe au concentré de valeurs dominantes, aux fanatismes nationalistes ou religieux, aux identités sectaires, aux aliénations invisibles... *(un temps, puis sa voix revient, voilage d'eau pure)*... Les anciens Centres dominants (satisfaits de l'Unicité dans leurs rapports à nous) en subissent le contrecoup dans leurs rapports aux USA. La vague des images étasuniennes suscite en eux le désir de l'« exception culturelle ». Mais le principe de l'exception culturelle reste dans la logique de l'Unicité : les Français, par exemple, veulent protéger leur Un contre l'Un étasunien. La francophonie reste dans la même ornière : ma langue contre ta langue. Et c'est perdu d'avance... *(il soupire, fougère sèche)*... Il faut nommer et cultiver l'imaginaire dont j'ai parlé comme on cultive l'herbe-à-tous-maux. — *Inventaire d'une mélancolie.*

(Le Lieu sera incontournable, dit Glissant, mais on pourra l'élire (aider à sa naissance) en quelque coin du monde, hors de sa terre natale. Cela pourra être la terre natale, ça sera souvent elle, mais plus elle obligé. Incontournable aussi, sera cette famille-monde qu'évoque Edgar Morin. Des frères, des sœurs, des fils de relations, offerts à travers la planète et dans le Lieu en marche, selon des affinités d'échanges étrangères aux rapports biologiques de la famille ancienne. Une famille-monde augmentant cette dernière ou bien la remplaçant, née de nos fraternités avec le Divers et compensant nos pertes dans les décadences familiales qu'induisent la fin des Territoires et de ses architectures sociales traditionnelles. Ainsi, le Guerrier, au monde qui vient.)

Le vieux guerrier me laisse entendre : ... oui ! oui !... *(sa voix exulte, roulis d'eaux et de roches)*... être conscient du Monde-Relié, c'est là le maître-mot !... Ta structure traditionnelle doit évoluer avec les forces extérieures mais sans en être désarticulée ni anéantie, ni invalidée ! En conscience, tu dois harmoniser l'influence de ces forces avec celles qui sont les tiennes ! Incline l'impact des centres et du Centre diffus à force d'imaginer de la nourriture à nos diversités !... — *Inventaire d'une mélancolie.*

La Créolisation et ses créolités sont l'énergie de la Pierre-Monde. Cette énergie nourrira d'étonnants poètes du Divers, errants d'une autre connaissance, tel aujourd'hui Glissant. Mais dans la Créolisation — même élevée en valeur et habitée d'un imaginaire de la Diversité — subsisteront des désirs d'Être et d'essence, des refuges dans une langue, des Patries closes, des solitudes étanches, des dominateurs régressifs, des idéologies totalitaires, des furies religieuses, d'immatériels conquérants... Ces réactions iront leurs trajectoires dans la dissolution, le renforcement, la brisure, la réapparition en force et les ellipses brutales... *Tous imprévisibles dans l'Imprévisible et dans les invariants,* déjouant la ligne des déductions. Ainsi, toutes les guerres seront à mener en même temps, contre toutes dominations. Nulle paix ne peut être annoncée, aucune crème de coco, aucune fatalité d'enfer ou d'enchantement céleste... sauf la participation-poétique du Guerrier : cette nécessaire et sereine discipline.

> De Dante : Surgir dans l'épopée tellurique du livre total, inconcevable et illisible, illuminant et royal, le regard sur l'effroi où se mesure l'énergie du Nous dont la Patrie est le monde...
> — *Sentimenthèque.*

> De Michel Butor : Qui parle ? Plusieurs. En différents endroits. En de multiples manières.
> — *Sentimenthèque.*

La perception-imaginée du chaos devient une donnée de la Pierre-Monde. L'idée de cette dernière doit électriser la phrase, le mot, la thématique, forcer à des rythmes marqués de tous les rythmes, verser au non-équilibre dans l'émulsion des relatifs. Dans un tel afflux des forces en désordres, aucune langue ne peut se voir élue, aucune culture, aucune frontière ne peut se colmater, aucun angle de vision s'arrêter-sur-image, rien que l'écart participant, l'abandon vigilant, tension vers le Total. L'Écrire devient à la fois acte et nœud de mise-en-relations se dérobant aux mises-sous-relations. Notre imaginaire est désormais ému de la conscience d'une Pierre-Monde en partage. De l'Universalité souvent aplatissante, nous tendons vers un imaginaire où l'Unité humaine s'exprime dans la diversité. Et cette dynamique de l'Unité qui se fait en Divers s'appelle la Diversalité. L'emmêlement des humanités fonde les poly-rythmies de cet imaginaire de Diversalité. L'Écrire — question tremblante toujours — peut se réin-venter ici : interface baroque des en-dedans et des dehors, d'une parfaite solitude et du Tout activé.

Le vieux guerrier me laisse entendre : ... l'actif invisi-ble que représentent la force culturelle, la lucidité et la non-adhésion au concentré de valeurs dominantes sont des atouts de circulations, des ressources mobilisables, immatérielles donc projetables dans le rhizome, et qui ne s'évaluent pas en termes de puissance ou d'argent. Notre résistance ouverte sera (c'est paradoxe) une part de notre capital... *(un temps, il soupire, puis revient, nappe de murmures)*... Avec un autre imaginaire on peut s'enrichir des modèles dominés, convoquer les

modèles oubliés, et recombiner le tout pour de nouvelles *possibilités* — et cela en termes économiques,
politiques ou culturels. C'est la voie de salut car pour
nous en sortir... *(il rit, feuille amère)*... nous devrons
tout réinventer. — *Inventaire d'une mélancolie.*

(Tout réinventer, c'est sûr, et tout le temps ! Le Lieu
sera toujours en devenir, toujours dans le remous
des équilibres, toujours avide d'un imaginaire de
Diversalité qui aura besoin de lui et qui en prendra
soin.)

> De Segalen : Exote, toujours — alchimiste du
> Divers, cette saveur éternelle. — *Sentimen-*
> *thèque.*

> De Faulkner : N'élucide pas ton tragique,
> déverse de rêches opacités et choque autant
> que tu peux ; fouille ton Lieu au plus profond
> pour deviner ce point indescriptible où il tou-
> che aux éclatements du monde ; n'élucide pas.
> — *Sentimenthèque.*

(Écrire, Guerrier, avec et contre soi-même. Enrichir
son projet d'un assaut permanent des scellés du système. Secouer les dogmes et les écoles. Et demeurer
gentil et très méfiant envers soi-même, car c'est
l'unique appui dont la fiabilité dépend de ton vouloir. Et ne crois pas — inaccompli irrémédiable —
que cette méfiance suffise à ta justesse.)

De J.M.G. Le Clézio : Contre les prisons intérieures, se voir germer dans l'Autre, en errance
et silence. — *Sentimenthèque*.

De Abdelkebir Khatibi : Contre l'« Identité et
la différence folles », méfie-toi des ivresses dans
ta propre parole et de l'effacement lent dans
la parole des autres — va bilangue, ta vie en
constante traduction... — *Sentimenthèque*.

(Comment réagira mon Lieu-naissant dans les bras-
sages de la Pierre-Monde ? Qu'adviendra-t-il de ma
langue première, de ma culture ? Quelles sont les
cultures qui nous seront amies ? À laquelle nous
fermerons-nous ? Quels événements nous transpor-
teront en périlleux échanges ? Quels drames et quelles fascinations ? Pas de réponse. Juste l'ouverture
sans abandon et la défense sans fanatisme de ce qui
fonde la part de mes échanges. Le Divers n'est pas
une nuée satellite de mon moi, observable à distance.
Il est ce qui me densifie et me disperse, m'éloigne et
me ramène, me nomme et me dilue, m'a précédé et
me prolongera. Écrire l'apprivoisement de ce Tout-
possible en mouvement. En tenter l'énergie dans.)

Le vieux guerrier me laisse entendre : ... dans l'imaginaire de combat, il n'y a pas de modèles car tous les
modèles sont élus (donc désarmés) dans les recombi-
naisons des possibles infinis. Avec cet imaginaire on
lutte pour ne rien perdre de soi et ne rien perdre du
Monde-Relié, et vice-versa. On défend le soi au nom

de la diversité du monde et la diversité du monde au nom de soi... *(un temps, il soupire et revient raffermi, vapeur de pied-moubin)*... Cela change tout... — *Inventaire d'une mélancolie.*

Ne pas tenter la rupture — rupture étant continuité. Oser l'alternative. Envisager l'autre mode, ni en rupture ni en opposition : qui est *autre*. De l'Un au Divers, du Même à l'Autre-pluriel, de l'Unicité à l'imaginaire de Diversalité, il y a le bond vers plus de vie. Et ce bond n'est pas une certitude, ni un nouveau système, ni une conception : rien que l'intensité généreuse des possibles préservés. C'est pourquoi la Pierre-Monde ne sera pas une Patrie monumentale. Ni une immense Nation des hommes. Ce serait opposer aux éventualités cosmiques les sectarismes du Territoire. J'y vois l'enveloppe d'un autre mental sur la gerbe des Lieux possibles. La sphère d'une autre pensée destinée à nous rendre meilleurs dans le partage de tous les règnes de l'existant. L'imaginaire de Diversalité peut se vivre mais est inconcevable : il autorise terriblement, même à ne pas définir et à ne pas atteindre. À nous d'y cultiver sans fin les relations qui humanisent à fond. Écrire, là, sur cette amorce, au plus exact.

De Céline : Contre le « lourd-à-l'encre », l'émotion, l'émotion, les ombres-obsessions, barbarie génésique du langage nourri par la furieuse conscience... — *Sentimenthèque.*

> De Rabelais : Aller en tous extrêmes, sanctifié de langages. — *Sentimenthèque*.

(Valéry disait : *Écrire enchaîne. Garde ta liberté.* Me voilà enchaîné au Lieu à faire naître, et à la Pierre-Monde, et à leurs boucles d'inter-chaos-actions. Là encore, ni militant, ni soldat, combattant ou mystique, mais Guerrier : ce mot me permettait la distance amusée qui descelle les chaînes, et dans cette vigilance, de garder l'intouchable vouloir, risqué précieux dans les abandons mélodiques du concert.)

> De Glissant : Une démesure émue de la démesure du Tout-monde. — *Sentimenthèque*.

> De Beckett : Attendre, non pas la satisfaction du prévisible, mais la déroute stimulante de l'imprévu — demeurer désirant dans les errances immobiles où le présent s'acclame solaire... — se fonde alors une autre lucidité. — *Sentimenthèque*.

(Valéry appelait *esprit total,* le tabernacle de l'émotion poétique et de la froide Raison. L'Écrire jamais clos sur l'Écrire. Déjà Guerrier.)

> Le vieux guerrier me laisse entendre : ... si l'imaginaire de l'Un regarde la Caraïbe, il pensera fédération ou confédération à l'occidentale et dira : *Tâche impossible dans ce chaos !...* Si l'imaginaire que j'appelle de mes

vœux regarde la Caraïbe, il cherchera les invariants de ce chaos, les lois de ce désordre, les rythmes de ce maelström, et y devinera un espace d'humanisation virtuelle dans une intelligence de réseaux. M. Glissant dit déjà cela, tu dis ?... *(un temps, il revient)*... Beaucoup de valeurs ont des espaces communs mais aucune n'a vocation à s'étendre à l'ensemble des peuples. L'accroire serait nier l'idée de diversité. Une valeur ne vaut que répercutable dans l'infinie diversité des assises culturelles préservées. Ou alors, mise en conjonction non synthétisante avec diverses valeurs... *(il rit)*... Bouquet garni, mon fi. — *Inventaire d'une mélancolie.*

Cette présence du Monde nous transmet ses horreurs en direct. La folie meurtrière qui traverse les hommes, inlassable, intacte depuis la nuit des temps nous donne chaque jour de ses nouvelles. Comme si la Pierre-Monde suscitait en chaque endroit (ému par un possible du Lieu) des négations actives de son nouvel ensemble. Le destin de la Diversalité ne se joue pas en tel ou tel Lieu-naissant du monde où le Divers s'est enflammé (Afrique du Sud, Liban, Sarajevo, Bosnie-Herzégovine, Israël-Palestine...). Il est dans le flux qui désormais remue les imaginaires et embrase le Divers dans les Lieux potentiels. Tel ou tel pays connaîtra ainsi des régressions épouvantables ; mais cet épouvantable même nourrira l'imaginaire de Diversalité. Il soulignera le salutaire d'un concert relationnel vrai. Le drame de la Bosnie-Herzégovine a beaucoup alimenté (et fait avancer) la conscience-monde sur la question des identités ouvertes, même si, en Bosnie-Herzégovine et dans les alentours, l'identité ancienne semble encore prévaloir. La furie humaine semble mieux s'accorder aux ethno-identités, y trouver des conforts immédiats, puiser aux nouées relationnelles de quoi nourrir son goût du sang. L'incertain aiguise l'envie de certitude. Le Divers rappelle le confort de l'ethnie. L'imaginaire de Diversalité ne déconnectera pas notre cerveau reptilien. Nous aurons encore les perfidies, les frappes, les larmes de sel. Dans chaque époque, quelque artiste tentera toujours d'échapper à une domination. Car nos imaginaires se nourrissent justement des émotions humaines. Nul angélisme minéral ne maintient le vivant. Nos intempéries émotionnelles nous érigent, par leurs dérèglements mêmes, au cœur de la Pierre-Monde. Elles nous mettent en demeure de la deviner mieux. J'y vois un commandement de l'ombre nous sommant d'acheminer la fragile étincelle à son inconnaissable éclat majeur. Sois impeccable dans ton désir (et dans l'amorce) de cet acheminement.

Le vieux guerrier me laisse entendre : ... la Démocratie est importante car elle autorise les relations de diversités et des communions équilibrées entre modernité et tradition. L'équité homme-femme aussi. À la rationalité, accrocher les banderoles des au-delà du rationnel. À l'intelligence, porter les saisons de l'émotion et les orages du risque. À la science, la sensibilité aux ondes non quantifiables du vivant. En fait, tendre à tout moment, de toute manière, au total, évolutif, ouvert, et à jamais inatteignable... *(il murmure des choses inaudibles, voix océane, puis revient, avec un ton de source vive)*... Il faut cultiver la mise-en-relations, cultiver le lier et le relier, l'interférence inouïe, l'analogie impossible nouée à tes émotions, à ton imagination, à ton intuition et à ta raison, mises en gerbe dans une fête passionnée ! Fais force de ce nouveau Savoir ! Joue avec ! Notre surrection dans ce Monde-Relié ne se fera pas sous un mode révolutionnaire, mais sous la forme irradiante de mille écarts, de mille utopies, de mille déflagrations inspirés par l'imaginaire de combat. Avec la force joueuse qu'il faut à notre esprit pour s'extraire des os de notre crâne ! ... *(il chante une chanson inconnue dans une langue inconnue, puis sa voix renaît, bleue comme murmure de feuilles vertes)*... Fils, il faut régler ta vie en quelques rites pour mieux affronter les incertitudes intérieures que va poser la résistance nouvelle... — *Inventaire d'une mélancolie.*

Pris par la houle télématique, nous aurons à nous définir dans des écosystèmes de diffractions relationnelles. Famille, Patrie, langue maternelle, terre natale, drapeau et peaux... ne seront pas l'essentiel comme dans l'ancienne identité (un personnage de Joyce abandonne tout cela, et du même coup l'ordre connu de l'univers). Des Lieux virtuels recueilleront nos racines réticulaires. Des villages situés nulle part offriront des adresses à l'arrière des écrans. Des forums sans géographie recueilleront nos paroles, nos alliances, nos passions. Nous aurons notre Lieu topographique et nos Lieux électroniques virtuels. De jour comme de nuit, un *Existant-en-relations* nous servira d'identité. Nous chercherons de nouveaux liens communautaires, plus charnels, plus concrets, indispensables à notre confort mental. Ou nous les combattrons comme des souvenirs de pestes. Certains remobiliseront l'identité ancienne. D'autres feindront de la réinventer. D'autres exacerberont leurs solitudes télématiques. Certains allergiques aux métacommunications opéreront de grands retours au sol, au Territoire, à l'exclusion de l'Autre, à l'Être (clans, tribus, sectes, bandes de quartier des actuelles mégapoles). D'autres vivront des dépersonnalisations effrayantes dans les reflets de leurs écrans... Mille dérives, mille possibles en spirales, régressions et progrès synchrones, organisations et destructions entrelacées et *allant* au hasard de cette énergie-là. Mais certains hommes — *les voir, les imaginer* — disposeront d'un vaste imaginaire de Diversalité, poètes des mises-en-relations, errants majeurs bien inscrits dans leur Lieu, ils vivront ces phénomènes en eux répercutés, les possédant tous et possédés par eux, conscience-interface de ces vivacités qui se féconderont et féconderont l'entour. Belle charge d'annonce (et d'envies) pour l'Écrire.

De Segalen : L'Écrire comme spectacle du Divers, et sa mise en beauté. — *Sentimenthèque.*

De Hölderlin : La vie-miracle, vibrionnante hors cadre et mesures, mystère-miracle du sens en polyrythmes. — *Sentimenthèque.*

(Disposer de plusieurs Lieux topographiques ? Possible. Mais tout Lieu topographique aura, dans ses plénitudes, des extensions de toutes natures, bien au-delà de la terre circonscrite : échos, solidarités, diasporas, famille, amitiés, influences... Le Lieu précipite en Pierre-Monde. Un Lieu, tous les Lieux.)

Le vieux guerrier me laisse entendre : ... les valeurs traditionnelles sont faites pour des sociétés closes, tendant à une prise en charge totale des êtres qui se pensaient au centre du monde pour se savoir au monde, et qui avaient souci de l'agression extérieure, humaine ou naturelle. Elles n'expliquaient pas le monde mais l'interprétaient en quelques certitudes. Méfie-toi de la nostalgie des sécurités enveloppantes du grand « Nous ». S'organiser au Monde-Relié exige un dépassement de ces valeurs mais pas leur reniement brutal... *(il soupire)*... Chaque peuple devra trouver son adaptation évolutive, maîtrisée. Les temps ne seront pas les mêmes. Les rythmes n'auront pas d'uniforme. Il y aura des boucles stagnantes et des élans précipités. Des peuples resteront attachés aux espoirs de la Terre cultivée ; d'autres rêveront des éclats industriels qui firent la force de l'Occident ; les anciens Centres vivront les troubles d'une bascule dans les économies communicationnelles du rhizome et tenteront de se fondre dans de nouveaux empires... *(sa voix s'amasse en un murmure pressant)*... Pour garder notre mise, il nous faudra devenir des « physiologistes » du monde total, capables d'apprécier cet ensemble organique fluide, où tout sera très exactement alimenté de tout... — *Inventaire d'une mélancolie.*

(Guerrier, peu importe tes erreurs-faiblesses-doutes-misères si tu tiens la posture, cette folie des alliances et des contraires dont tu tentes le contrôle, érigée en théâtre sacré dont tu ignores la scène finale que tu sais insoluble. Joue de ton mieux cette combustion de vie, enchantée-désenchantée, damnée-divinisée, à chaque seconde au plus extrême, car l'aube est incertaine, la nuit n'est pas amie, le jour n'est pas donné, soleil et lune sont sans promesses. Le Tout-possible te regarde fixe. Regarde-toi chaos le regardant chaos. Sois beau en ce défi tragique.)

Le vieux guerrier me laisse entendre : ... les dominateurs même ont besoin de notre résistance pour leur ré-humanisation. Car tu l'auras compris : il ne s'agit pas de vaincre ou de prendre la place dominatrice de qui que ce soit, il nous faut résister au nom des humanités, et pour les humanités, afin d'augmenter l'humanisation du Monde-Relié, et faire de cette transformation du monde un élan parfait vers l'humanisation. Imaginer la beauté de cet élan, s'y inscrire comme en cérémonie, ciseler en artiste ses courbes et ses lignes de forces. C'est cela, ma guerre, et c'est en cela... *(il rit, bon cœur)*... que je suis le plus virginal des Guerriers... *(il rit, sa voix disparaît puis irradie, chaude comme vapeur d'asphalte)*... Il ne s'agit pas de s'opposer à l'Occident mais aux dominations qui naissent de la mise-sous-relations. L'Occident est en nous, mais pas le dessein de ses États ou de ses Territoires ; nous sommes désormais dans l'Occident, reliés aux épaisseurs humaines de ses pays, à leurs éclats et à leurs ombres. Il faut l'éclatement des monologues sous l'échange, le partage, la soif bonne de la diversité. Que cet éclatement devienne la valeur haute de notre humanisation dans le Monde-Relié... *(solennel et joyeux, source soufrée)*... Un Sacré très lucide. — *Inventaire d'une mélancolie.*

Face à la Pierre-Monde, ton Écrire tend à une niche virtuelle qui réunit l'imaginaire des Lieux et instruit la prolifération des racines. Les Lieux possibles du monde en paysage grandiose. Superposés. Reliés. Alliés. Enracinés. Réels et inventés. Les symboles qui s'appellent, s'entendent, s'étendent, se répondent, s'informent et se dépassent. L'émotion quasi religieuse du Divers en mouvement dans ces ensembles indéfinis. Leurs chants et leur répons qui forment des aires de suggestions. Le mystère célébré dans son tocsin inarrêtable. L'aventure retrouvée comme valeur émotionnelle d'un Écrire de jouvence : les îles désertes, pirates et chevaliers, les errances en toundras, de nouveaux bateaux ivres, des rires qui diaprent les légendes et les mythes, d'étranges machines à coudre avec des parapluies, les guerres saintes sous d'héroïques armures... Là, peut se deviner le Roman réinventé du Tout-équiprobable, du Tout-possible démesuré. Là, peut s'éprouver une Poésie Autre, devenue virginale dans tant d'espaces ouverts. C'est la beauté — cette toujours neuve — qui te fera le lien.

De Chateaubriand : L'Existence, transportée dans la mesure vibratoire, qui soupçonne le désordre. — *Sentimenthèque*.

D'Adonis : L'Écrire en devenir ; le poème guettant toujours (à l'horizon du temps) le pays du refus... — *Sentimenthèque*.

(Guerrier, ne te préoccupe pas de victoires, d'échec ou de vérités. Érige ta résistance en acte de beauté face aux « esprits-animaux » qui t'habitent comme ils peuplent la Pierre-Monde. Être du bond, n'être pas du festin, son épilogue — murmurait Char.)

Le vieux guerrier me laisse entendre : ... en résistance ouverte pour l'humanisation du Monde-Relié, on quitte la notion du « bien » ou du « mal », du « juste » ou de l'« injuste », pour entrer, comme les anciens alchimistes, dans l'horlogerie complexe de forces contraires à équilibrer. Ainsi, on n'est ni en défaite ni en victoire, ni en recul ni en avancée, mais dans la tension constante du plus vaste et plus beau des désirs... — *Inventaire d'une mélancolie*.

Écrire en circulation, dans un non-linéaire qui commerce avec théâtre et roman, essai méditatif et poésie, texte tournoyant sur mille strates de discours, s'en allant vers une fin qui appelle le début ; chaque paragraphe n'appelant pas cette fin seule mais veillant, en boucle soutenue, à densifier la première ligne, et toutes les autres l'une après l'autre. Agrège tes ouvrages en réseau organique sans commencements ni fin, questionneurs toujours des feux de l'existence, liés par l'éloge du Lieu-en-devenir et de celui de la Pierre-Monde. À travers les genres et les langages, transversale fluide, prendre beauté dans l'intense organisé d'un tant de relations. Écrire en symboliques qui reviennent vers elles-mêmes, continues, et s'augmentent à chaque fois de poésies nouvelles.

> De Segalen : La Stèle — vivante langue, sculptée comme langage, épure emplie du Tout... — *Sentimenthèque*.

> De Rabelais : La démesure, visionnaire déjà, dans toutes les démesures — le maître-étonnement très précieux à-présent. — *Sentimenthèque*.

Guerrier, parce que tu fais *projet* d'une déroute des inerties psychiques ; et cela par tes complicités avec l'infinité, ton commerce des chances avec l'imprévisible, ta rupture des schèmes attendus, ton différé de toute explication, des standards, des modèles et des formes agréables, tu tentes les équilibres précaires en ré-information, le danger du rebond qui garde l'acquis de chaque saut, les frontières confuses où battent les relations proliférantes. Guerrier, dans un monde de transparence-moule et d'hypnose-consommatrice, ne goûte l'attente qu'aux désordreuses libérations. Demeure dans le mouvement de la *métamorphose* qui appelle, constitue et devance le regard des *voyants,* et que le regard de ces derniers révèle. Et là, tu ne peux maîtriser que la beauté de dessein, son organique perfection de geste-signe-symbole — réjouis-toi en cela, Guerrier.

> De Joyce, Kafka, Faulkner, Glissant : Tout incontrôlable, tout imprévisible. — *Sentimen-thèque.*

> De García Márquez : L'immuable hanté de démesure, les pluies d'oiseaux morts, l'imma-nence des crabes, la beauté qui s'envole dans le claquement des draps, et le vieil ange très vieux avec des ailes immenses... qui nomment en nous mieux que l'enchantement : le désor-mais *Tout-possible* du monde... — *Sentimen-thèque.*

La culture d'un peuple n'a jamais été close. Prise dans un flux d'interactions plus ou moins vives, chaque culture est facette-témoin d'événements en mouvements. Si chaque culture a connu des champs de stabilité bordés de déviances mineures, cela n'existe plus. La précipitation-sous-relations est immédiate et totale. S'y opposer ? Qui le pourrait ? Mais affirmer l'acquis d'un processus plus lent. Détester tout abandon. Tenter la mise à jour des influences actives. Garder cette posture-là qui se veut créatrice. Se soustraire aux dominations demande une intelligence des accélérations, aller par l'intime faisant socle aux échanges. Ni clos, ni ouvert, mais clos-et-ouvert, son moteur en soi-même, toutes labiles références construites par soi-même dans ce vent des partages du Divers.

> Des Romantiques allemands : Vivre l'émotion qui erre à fleur des choses et t'offre l'autre réel sensible et fugitif. C'est connaissance. — *Sentimenthèque.*

> De Segalen : L'Unité, consciente d'elle-même dans la diversité seule. — *Sentimenthèque.*

(Guerrier, berger et prophète des possibilités et de leurs relations polyvalentes, maître d'une détermination qui imprime d'autres élans aux instruments anciens.)

> De Baudelaire : Contre soi-même, la forme-symbole qui, dans son geste même, dégage sa mesure d'un enfer de nostalgies boueuses... — *Sentimenthèque.*

> De Faulkner : La débâcle des consciences solitaires qui s'entremêlent totales — avec l'art comme régent... — *Sentimenthèque.*

Au lever de chaque jour, je prépare le festin des colibris, et je prends nouvelles des chattes et des plantes de la terrasse. Je goûte au soleil doux en confidences avec des restes de nuit. Sous le vent qui traîne encore des secrets, je m'occupe de mes muscles et de mon cœur. Puis, je me mets à l'Écrire, aux rêves, où les paysages du Lieu-à-venir-Martinique se superposent aux panoramas de la Pierre-Monde. Je veille à ne pas écouter la radio ni ouvrir un poste de télévision. Je préserve cette petite réalité de plantes, d'oiseaux, de clairs-obscurs qui sculptent l'abandonné jardin. J'évite de participer aux dérives aliénantes de l'entour médiatique, du marigot politicien, je me dérobe à nos fastes assistés. Dominé, je résiste. Cette domination me relie aux peuples du monde par la facette la plus tragique. Mes silences avaient augmenté. Et une aigreur abîmait mes paroles. Un sentiment âcre m'inclinait doucement au confort des très fausses certitudes. Pour relancer le doute, et le supporter, j'ai réfugié ma vie dans l'espace de mes habitudes, dans le creux de mes rêves, autour des vols de colibris, des plantes, des ombres. Réinventant la Terre autour de moi, convoquant sa démesure dans les plis et les replis de mon Lieu-en-devenir.

> Le vieux guerrier me laisse entendre : ... il faut, dans ce rhizome, se construire en flexibilité, innover en polyvalence, cultiver sa rapidité de relations internes-externes, intégrer le fluide et le flou, les fécondations aléatoires du pollen, la dormance des graines les plus patientes, se construire et s'ouvrir, accueillir et projeter, se densifier et s'alléger, veiller aux perfections du geste sans souci de la prise... Sacré programme, pitite : c'est moins

une résistance qu'une poétique... Je suis un jeune poète !... affirme M. Glissant, tu dis ? Il a raison... (riant, voile de lumière)... Moi, je suis le plus jeune de tous les guerriers !... — Inventaire d'une mélancolie.

Je partais à la conquête de parages intérieurs assemblés dans l'Écrire. Mobiles, éclatés, en touches et parenthèses. Compacts comme la vie qui ne s'étend jamais, laissant l'éternité aux pierres mais se répercutant à l'infini dans les innombrables densités éphémères. Si la Vie se montrait en accéléré, les mouches, les papillons, nous-mêmes ferions de clignotantes étincelles. Les falaises de dacite disparaîtraient au bout d'une invisible usure. Mais nos minuscules étincelles seraient inépuisables, multicolores, leurs boucles instantanées recommençantes toujours. Être intensément vivant dans cette mort et se poursuivre en relations étendues — réjoui, comme dirait Segalen, d'une diversité réintégrée en moi, réintégrée au monde.

> De Segalen : Entendre *disharmonies* — ce sont harmonies du divers. — *Sentimenthèque.*

> De Saint-John Perse : Dans l'immuable vision, indéchiffrable à force de sens, deviner l'inapprochable Total... — c'est « respirer avec le monde » — *Sentimenthèque.*

Je me mis à écrire ce livre, non pour des vérités, mais pour vivre disponible, questionner, dégager des tremblées, soucieux d'échapper aux réflexes de la survie aveugle pour tenter la distance, le symbole aux répertoires multiples, choyé par les concerts du Lieu invoqué et du monde retrouvé. Pour propager de la vie en moi-même (merveilleuse anabiose), et pouvoir annoncer que mon pays connaîtra, un jour, des élans plus libres, un imaginaire neuf loin des consommations et des assistanats, dans l'échange créateur avec la Caraïbe, les terres américaines, avec l'Europe, avec le Total-Monde. J'annonce ici un Lieu, une Méta-Nation souveraine mêlée et emmêlée à toutes les terres du monde, altière et interdépendante, nouée et dénouée dans la Pierre-Monde. J'annonce cela, sans orgueil de prophète égaré hors-saison, avec seulement la force de l'hymne qui fait prière, incantation, et s'élève comme un ordre.

> De Goytisolo : Dialogue toujours avec l'arbre entier de la Littérature, toutes ramilles et toutes branches, toutes époques et toutes langues. — *Sentimenthèque.*

> De Michaux : Rapide, fluide, loin des grands feuillages, la métaphore-mouvement, la phrase qui se dépouille, la peinture qui en conserve le jet... — *Sentimenthèque.*

Pour m'accompagner, j'ai ameuté ma vieille Sentimenthèque, sédiments de la présence des écrivains en moi. Ils m'avaient fait don de leurs luttes dans ce pays dominé que chacun porte en soi. Donc, j'ai erré en leur compagnie. Écrire. Rêver. Percevoir ce qui me restait d'eux. Un mot. Une impression. Un rire. Les sensations accumulées. D'eux, j'ai ramené le sentiment qu'il y a tant d'ombres en nous, tant de forces obscures dans le profond de nos maintiens, que la lutte est éternelle pour approcher du juste. Nul dominateur n'est vraiment hors de nous, nos ombres les créent souvent, les renforcent toujours dans nos cavernes les plus intimes. L'Écrire reste fondé sur l'élan d'une liberté intérieure et d'une autorité paisible exercée sur soi : on est toujours en résistance contre soi, et en libération de soi, quand on écrit vraiment. Nul bonheur ne le désarme ou ne l'alarme. Pièce malheur ne l'éteint ou ne l'avive. Ce sont les données d'un autour où il puise de la chair sans risquer l'essentiel cheminement. Pour échapper aux pesanteurs de son pays et de ses histoires, pour aller riche d'elles, se garder vigilant sur soi-même, s'extraire des défaites et victoires, sortir des sujétions, prendre pied de son mieux dans un bel acte de vivre, l'Écrire n'est pas l'unique façon, mais c'est là qu'il habite. Il est en nous, il est au monde. Il dit : quel sens dégager de tout cela ? Quel ordre dans cette folie ? Comment témoigner de tant de vies, de morts, d'énergie et de rythmes en boule dans ce cosmos, et nous en éclairer pour vivre légèrement mieux que d'ordinaire ?

Le vieux guerrier me laisse entendre : ... sans doute existe-t-il quelque part, dans un coin perdu, dans un peuple oublié du cyberespace, ou dans un quartier mutant d'une mégapole urbaine, les prémisses d'une alternative au développement occidental, une autre manière de penser l'homme-au-monde et d'envisager son épanouissement diversel... *(un temps, sa voix revient, mélancolique pollen)*... Sans doute cela se met-il en place quelque part de manière anodine, un peu comme ce battement d'aile du papillon détermine cyclone à l'autre bout de la terre ; un peu comme cet œuf simple rumine un dinosaure... *(il soupire, puis sa voix lève comme un bond de terre fraîche)*... Je suis là, qui l'imagine, et le simple fait de l'imaginer commence à introduire cette idée dans le monde !... — *Inventaire d'une mélancolie.*

Le vieux guerrier a murmuré à mon oreille une spirale sans fin. Il soulevait en moi des impatiences mais aussi des éclairs d'eau de roche, des puretés de terres, des fluidités de plus hauts songes, des fragrances végétales très chaudes ou très froides. Il était la Voix sans corps des vieilles mythologies, âme des pierres, voile chanteur des fontaines, respir des contes, sursaut de mes chairs mortes transformées en matière, tout à la fois cri vocalise chant et langage, et au-delà de ça dans les souffles informulables des plus anciennes mémoires. Radoteur. Ressasseur d'évidences. Astiqueur de paroles inutiles. Je lui ai murmuré les miennes, ces rêves fuyants. Nous nous répétions à des rythmes différents. Nous cherchant dans les mêmes douleurs mais pas au même moment. Moi dans mon Lieu-en-devenir, lui dans le Monde.

Moi dans le Monde, lui dans son Lieu-virtuel, nous rencontrant par déports, accidents, et nous retrouvant à la fin, ou plutôt dans l'ensemble. Pour rire, je me suis déclaré moi-même Guerrier. J'ai prétendu (pour l'intéresser) que mon souci était de bien mener l'Écrire en pays dominé. Je connaissais déjà la réponse, je l'ignorais aussi. Je refis avec lui le parcours vers l'Écrire, déjà effectué par tant d'autres en des temps différents, ce parcours qui ne s'épuise jamais. Lui m'a écouté à peine, diable sourd, m'interrompant pour solliciter une confidence de moi, ou m'assener son expérience acide. Le son de sa voix a dentelé mes phrases, compagnon de parole, bruit des peuples et des luttes, vieux bois martial de toutes les résistances, soucieux comme moi d'habiter le monde avec prudence, de la manière la plus humaine possible, et tenter d'être heureux sur cette terre dont le réenchantement m'était enfin donné.

Le vieux guerrier me laisse entendre : ... l'Un est une des tendances du Divers ; le Divers est une des mutations de l'Un. L'Unicité est une perversion de l'Unité. Le chaos-désordre une perversion du Divers. Il y a une unité humaine informée du Divers qui n'est pas l'Unicité universalisante. Il y a une diversité chaotique du monde qui n'est pas le désordre des intégrismes agissants... *(il soupire)*... Les prophètes du futur annoncent les changements, proposent politiques, religions, institutions. C'est bien... *(il rit, remous de crépuscule et d'aube)*... Mais le monde se dérobera toujours à un moment donné, un point insupposé, là où il reste

349

sensible aux chimies hasardeuses du Vivant ; sensible à nos résistances, à nos effondrements, à nos lâchetés, à nos courages... *(sa voix s'ouvre comme un ciel de pleine lune, et scintillante autant)*... Je sens dans ce chaos qui nous bouscule de grandioses concordances, à la fois probables et impossibles, creusées et effacées, qui me laissent deviner comme un allant secret. Alors, veillons juste à nous mettre du côté de la Vie. Au cœur de ces forces contraires, veillons à construire nos résistances, je veux dire *nos équilibres,* pour mieux garder l'esprit au-dessus de notre Terre, en son idée superbe, touché par la rumeur des Galaxies, et de là, pour nous-mêmes, en un murmure de biguine douce, poser longuement la seule question qui vaille : LE MONDE A-T-IL UNE INTENTION ? — *Inventaire d'une mélancolie.*

Le 4 février 1996, 19 heures.
Favorite.

Les jours, voilà, ont retrouvé les vents, l'âme très pure des songes venue de Perse nous suicide les nuages et ensalive la terre, le simoun (en sa lune la plus belle) a éveillé l'oiseau dans la germination, et des amis se sont perdus dans des brumes pas claires, un frère est revenu (il est porteur d'une pierre), des haines d'enfance en sont restées aux brumes africaines, tout pousse, il faut planter ; avec les chiens je mène rituel aux audiences des Pitons du Carbet, là où les vents persistent, où je salue le vieux manguier, et où je dresse l'attente non du soleil levant, mais d'une promise naissance ; et le destin, scellé au clair du rêve, annonce corolle d'une force ; et les chiens sont déjà loin qui explorent la gloire des odeurs insues et d'un monde à venir déjà bien installé, ils oublient même ma main au midi de l'amarre ; amis, les jours baillent une juste alliance aux vents, hautes traces où j'ai tremblade de la plus haute saison, plus solitaire aussi ; amis, je vais ainsi, aux crèmes tendres du simoun, mentor des alizés torves sur l'émotion d'argent des feuilles du bois-canon.

REMERCIEMENTS

*À Édouard Glissant
dont l'œuvre et les paroles
nourrissent cet Écrire — et m'animent.*

*À Miguel Chamoiseau,
qui sait si bien en quelques mots
affoler mon esprit.*

DU MÊME AUTEUR

Aux Éditions Gallimard

CHRONIQUE DES SEPT MISÈRES, *roman*, 1986. Prix Kléber Haedens, prix de l'île Maurice.

CHRONIQUE DES SEPT MISÈRES, *suivi de* PAROLES DE DJOBEURS. *Préface d'Édouard Glissant* («Folio», *n° 1965*).

SOLIBO MAGNIFIQUE, *roman*, 1988 («Folio», *n° 2277*).

ÉLOGE DE LA CRÉOLITÉ, avec Jean Bernabé et Raphaël Confiant, *essai*, 1989.

ÉLOGE DE LA CRÉOLITÉ/*IN PRAISE OF CREOLENESS*, 1993. Édition bilingue.

TEXACO, *roman*, 1992. Prix Goncourt 1992 («Folio», *n° 2634*).

ANTAN D'ENFANCE, 1993. *Éd. Hatier*, 1990. Grand prix Carbet de la Caraïbe («Folio», *n° 2844* : *Une enfance créole*, I). Préface inédite de l'auteur.

ÉCRIRE LA «PAROLE DE NUIT». LA NOUVELLE LITTÉRATURE ANTILLAISE, *en collaboration*, 1994 («Folio Essais», n° 239).

CHEMIN D'ÉCOLE, 1994 («Folio», *n° 2843* : *Une enfance créole*, II).

L'ESCLAVE VIEIL HOMME ET LE MOLOSSE, *roman*, 1997. Avec un entre-dire d'Édouard Glissant («Folio», *n° 3184*).

ÉCRIRE EN PAYS DOMINÉ, 1997 («Folio», *n° 3677*).

ELMIRE DES SEPT BONHEURS. *Confidences d'un vieux travailleur de la distillerie Saint-Étienne*, 1998. Photographies de Jean-Luc de Laguarigue.

ÉMERVEILLES. Avec Maure, 1998 («Giboulées»).

BIBLIQUE DES DERNIERS GESTES, *roman*, 2002 («Folio», n° *3942*).

À BOUT D'ENFANCE, 2005 («Haute Enfance»).

Aux Éditions Gallimard Jeunesse

LE COMMANDEUR D'UNE PLUIE, *suivi de* L'ACCRA DE LA RICHESSE, illustrations de William Wilson, 2002 («Giboulées»).

Chez d'autres éditeurs

MANMAN DIO CONTRE LA FÉE CARABOSSE, *théâtre conté, Éd. Caribéennes*, 1981.

AU TEMPS DE L'ANTAN, *contes créoles, Éd. Hatier*, 1988. Grand prix de la littérature de jeunesse.

MARTINIQUE, *essai, Éd. Hoa-Qui*, 1989.

LETTRES CRÉOLES, *tracées antillaises et continentales de la littérature, Martinique, Guadeloupe, Guyane, Haïti, 1635-1975*, en collaboration avec Raphaël Confiant, *Éd. Hatier*, 1991. Nouvelle édition («Folio essais», n° *352*).

GUYANE, TRACES-MÉMOIRES DU BAGNE, *essai*, C.N.M.H.S., 1994.

LES BOIS SACRÉS D'HÉLÉNON, en collaboration avec Dominique Berthet, *Dapper*, 2002.

COLLECTION FOLIO

Composition Nord Compo
Impression Novoprint
à Barcelone, le 3 juillet 2006
Premier dépôt légal dans la collection: avril 2002
Dépôt légal : juillet 2006

ISBN 2-07-042217-8./Imprimé en Espagne.